荒巻義雄

Yoshio Aramaki

小鳥遊書房

【日本超古代伝奇ロマン　書き下ろし】

有翼女神伝説の謎

――蝦夷地に眠る古代シュメルの遺宝――

荒巻義雄

あり得ないことを
考えるとき
脳は活性化する。

目次

第一部　シュメル金庫の秘密

第一章　山門《やまと》探偵事務所

1

久しぶりに豪勢な昼飯《ひるめし》だった。

米軍食堂からエルビスがくすねてきたコンビーフの大缶を開け、貴重なメリケン粉に米糠《こめぬか》を混ぜて増量したホットケーキをぱくつきながら、おれの双眼を海岸通りで拾った英字新聞の活字の海で遊弋《ゆうよく》させた。

エルビスってのは、進駐軍の厨房《ちゅうぼう》で働く黒人の下士官。彼はコックだが、花苑《はなぞの》町の盛り場で街のチンピラども十数人に絡まれているところを、おれが中に入って収めてやったのである。

エルビスが、おれの探偵事務所にやってくるようになったのはそれ以来だ。義理堅いやつで、必ず厨《ちゅう》房《ぼう》の残飯《ざんぱん》を、ときには、ちょろまかした本物のハムやベーコンの塊を運んでくるのだ。とにかく、女には目がない男なので、ちょくちょく、美人局《つつもたせ》に引っかかって因縁を付けられる。だが、おれが付いていると、盛り場に巣くう地回りに狙われないと信じているのだ。

事実、日本中がこのご時勢だ、小樽湊《おたるみなと》にもシノギで暮らす連中は大勢いるのだ。むろん、おれはやつらの仲間ではないが、やつらが一目置く鍛冶村《かじむら》組の組長とはシベリア抑留以来の戦友である。

――たしか、昭和二二年の初夏だったはずだが、わが国の対岸、沿海州のナホトカからの引揚船が、大勢の復員兵と、異国の地で亡くなった人々の魂を乗せて、舞鶴港に着いたときも、おれと鍛冶村鉄平《てっぺい》は一緒だった。だからと言って、〝同病あい哀れむ〟ような柔《やわ》な仲ではない。

だが、この日本海に面した港湾都市に流れてきたのは、鍛冶村の誘いがあったからだ。というのも、ようやく祖国の土を踏んだはいいが、帝都の下町に住んでいたおれの養父母は、昭和二〇年三月の東京大空襲で亡くなっていた。

米国の戦略空軍は、この夜、帝都の下町に一六六五トンの焼夷弾を投下、結果、一〇万人が死んだらしい……。

それからは、上野界隈をねぐらに、闇屋《やみや》まがいのことをしながら暮らしていたはずだが、なぜかおれの記憶は朧気《おぼろげ》で、このなんとなくおれの精神がこの地に馴染んでいないような違和感は、引揚船が舞鶴港に着いたときからつづいていた。

やがて、あたかも妙に静まりかえった薄明の世界を、北へ帰る上野発の夜行列車に乗車、海峡を連絡船で渡り、この小樽湊に流れ着いたのである。

探偵事務所を開いたのは、徴兵前の仕事を思い出したからだ。運河通りのいっぽん山手寄りの、通称、銀行通りにある崩壊寸前のビルに空き部屋を見つけ、おれは山門《やまと》探偵事務所を開いた。

だからと言って、仕事がすぐ来るわけではない。さしあたり糊口《ここう》を凌ぐおれの副業、むしろ本業は、クライム・マガジン向けの翻訳である。

主な寄稿先は、株式会社解放出版が出している「綺想世界」という、文学臭皆無のカストリ雑誌だし、帝都在住の発行人兼編集長、児屋勇《こやねいさむ》も鍛冶村と同じ復員仲間で、いい加減な意訳を気にするどころか、むしろ大歓迎である。そのほうが、愛読者に喜ばれるというわけだ。

米糠《こめぬか》入り特製ホットケーキを食い終わったおれは、エルビスから貰ったラッキーストライクを口に咥《くわ》え、同じくエルビスから貰ったライターで火をつけたが、燃料にディーゼル用の軽油を使っているせいか、真っ黒い煙となって立ち上った煤《すす》の臭いが、おれの鼻孔を優しく愛撫した。

午後の仕事にかかる前に、一杯飲《や》りたいところだが、あいにく酒精《アルコール》を切らしていた。陽が暮れるまで頑張ってから、電気館《でんきかん》通り裏手の岩戸家《いわとや》で密造のドブロクを飲もうと考え、おれ自身を慰めた。

昼飯はフライパンから、直接、食ったので食器を洗う手間が省ける。一旦、廊下に出てから給湯室へ行って洗い、ついでに赤錆び混じりの水道水を飲む。

部屋に戻るとき、おれは、廊下の突き当たりの事務所から出てきた女事務員と、目が合った。

この部屋は、ドアの摺り硝子《ガラス》に諏佐《すさ》水産と表示されているが、どんな仕事をしているのかよくわからない。社長の名は諏佐泰一朗《たいちろう》、賃貸契約を交わしたときの印象は、好色と狡猾さを混ぜたような人物である。

おれは、立ち止まって体を開き、女のために道を譲った。

背は、おれのほうが頭一つ高いので、女の髪が匂った。

「すみません」

と、言って、いったん伏し目になった女の視線が、手にしていたおれのフライパンに注がれると、ふたたび顔を上げて、福笑いのお多福《たふく》のように笑った。

名前はまだ知らないが、顔見知りである。多分、三十半ばだ。

「やあ」

と、応じたとき、暗くて狭い廊下がおれと女の物理的距離をゼロにしたので、嗅覚が魚の臭いを捉える。

おれの視線は、女の後ろ姿が洗面所に消えるまで追尾しながら、

(このシーンを、米人探偵作家、ダシール・ハメットならどう書くだろう?)

と、思った。

それから自分の事務所へ戻って、出所《でどころ》が駐留軍のゴミ捨て場らしい犯罪雑誌《クライム・マガジン》を開き、眼を付けておいた短編『赤い呪詛《じゅそ》』を選んで、翻訳にとりかかった。

アメリカ作家の文体は平易なので、読みやすい。イディオムの類《たぐい》をはじめ、難しい個所は完全に無視、上野駅界隈の露店で買ったぼろぼろのコンサイスもほとんど引かず、訳をつづける。

内容は、メーン州の片田舎で起こった、一家皆殺し事件の実録である。

おれは、何個所か、あまりにも残酷すぎるので気分が悪くなった。だが、戦争に負けたわが国でも、凶悪犯罪は連日のように起きているのだ。

気がつくと、部屋が暗くなっていた。

鉄製の窓枠が錆び付いて開かなくなった曇りガラスを、雨足が根気よく叩いていた。

季節は、まだ春とは名ばかりの四月初旬だ。内地では、もう櫻が咲いているにちがいないが、この街は高緯度だからまだ先である。

底冷えのする寒さを覚えたが、前の借り主が置いていった達磨《だるま》ストーブにくべる石炭が入手困難だから、厚着をして我慢するしかないのだ。おれは進駐軍払い下げの軍用外套を着込む。

頭上の電灯は、午後一時すぎから停電のままだ。火力発電所も石炭不足らしいが、炭鉱も鉄道もストライキばかりやっているせいだろう。

手許を照らすため、ランタンに火を灯した。蝋燭《ろうそく》も灯油も手に入らないので、魚油で代用しているランタンは臭いがきつい。

最後のラッキーストライクを咥《くわ》えて、肺一杯に吸い込むおれ自身の姿を、まるで離人症の患者かなにかのように思い浮かべる。

暗いので目が疲れる。仕事机の上に両脚を投げ出して休憩しながら、シベリアの過酷な伐採作業を思い出している……。

仲間が大勢死んだ。零下何十度という極寒の地では、遺骸を埋葬しようにも地面はコンクリートより硬いのだ。

仲間を異国の地に置き去りにした後ろめたさで、帰国後もよく夢を見るのだ。連中の魂も引き揚げ船に乗って、無事、祖国に戻ったろうか。

おれたちは、母国という名の〈母親〉に裏切られたのだ。帝都で戦争裁判を受けたわが国の指導者たちは、戦勝国にではなく、我々人民にこそ謝るべきだ。

2

今現在は、昭和二四年四月九日の夕刻である。翻訳作業は最後の一行に達した。あとは清書して出版社へ郵送するだけだ。おれがほっとすると同時に、極限的空腹感も刻《とき》を告げた。

夕飯は何を食おうか。おれだけではない、日本中が飢えているのだ。死は少しも怖くない。だが、餓えは耐え難い。しかし、少なくともこの港街《みなとまち》には食べ物がある。眼の前に母なる日本海という漁場があるからだ。
（そうだな）
と、おれは、とりあえず、近くの通りに夕方から店が出る港湾労働者相手の屋台を思い浮かべる。このスイトン汁は、雑魚《ざこ》の出汁《だし》が効いて旨《うま》い……。小降りだということは、暗くなった部屋に届く音でわかる。

撥条《ぜんまい》式の懐中時計は、午後五時を示していた。御徒町の闇市で、物々交換した鉄道時計である。すると、なぜか、いろいろな過去が思い出されて、妙にセンチメンタルになり、シベリアの地に残してきた戦友らの墓地の白樺の芽吹きをイメージしているのだった。

誓って言う。おれは死んだ仲間の肉こそ食わなかったが、蛇も蜥蜴《とかげ》も鼠も昆虫も野草も何でも食った。あの極限状況を思えば、スイトンの食える今は天国である。

だが、心は、いつまでも空虚だ。

神国敗戦の虚脱感だ。

日本不敗神話はなんだったのだ！

復員兵全部にも言える空しさなのだ。

これから、いったい、何が、この空虚感を埋めてくれるのだろうか……。

いや、もっと本質的違和感……いや異界感なのだ。ナホトカ港を発った復員船が、舞鶴《まいづる》の岩壁に接岸したとき感じた異界感……うまくは言えないのだが、ここはおれが記憶している母国ではない何か……もしかすると、ここは彼岸かもしれないと感じた未知の感覚……それがフラッシュ・バックして思いだされたが、激しく頭を振って振り払い、机の上のランタンを手許に引き寄せ、誤字、脱字を直すため、訳した分を読み返した。

すぐ気付いたが、冒頭の部分が弱い。

思い切ってレイモンド・チャンドラー風に意訳しなおす。

〝その日は、初夏の初めの午前中だった。陽は射さず、驟雨《しゅうう》がくる前触れか、ホワイトケープ山の山際だけが、くっきりと浮かび出ていた。〟

もう一度、読みなおしてから席を立ち、いったん、廊下に出たが、部屋に戻って傘立てから蝙蝠傘《こうもりがさ》を抜き、ふたたび廊下に出る。

午後六時である。空き巣に入られても盗られるものはないが、習慣的に事務所のドアに鍵を掛ける。

廊下は、手探りで進まねばならぬほど、暗くなっていた。

その先が、大正時代か昭和初期かは知らないが、当時はモダンであったであろう階段である。

おれは、手摺に右手を辷らせながら一階まで下る。

さらに、ホールの真鍮《しんちゅう》の目地《めじ》が入った研《と》ぎ出しの床を斜めに横切り、回転ドアをすり抜けて外に出ると、庇《ひさし》の下にあの女が立っていた。

蝙蝠傘《こうもりがさ》を広げるため並んで立つと、

「こんばんは」

女のほうから声が掛かった。

「やあ」

「あいにくの雨だわ」

傘を持っていないらしい。

髪もレインコートも湿っていた。

昼どき目を合わせた例の事務員である。

そういえば、昨日の朝もガスコンロのある給湯室の前で彼女と会った。事務所のほうで鳴る電話に気付いて、走ってきた彼女とおれの肩が接触したのだ。

たしか、午前九時ごろである……。

諏佐水産合資会社が正式の名だ。海産物の仲買のような商売をしているようだが、食糧難のご時世に便乗して、内地へ海産物や穀類などを送る闇商売で儲けているらしい。

しかも、諏佐泰一朗が、事務所の金庫に貯めこんでいると噂されているのは、札束だけではない。敗戦国日本は、目下、猛烈なインフレに見舞われているから、紙幣自体の価値がどんどん下がっているのだ。

となると、いったい、何が隠されているのか。金の延べ棒だろうか、宝石類だろうかなどと、噂が勝手に独り歩きしているのである。

おれは女に声をかける。だが、女そのものに下心があったわけではない。

目的は、諏佐水産の内情だ。実はある筋……ぶっちゃけた話、鍛治村鉄平から内偵を依頼されているのだ。

「あんたがよければ、送ってやるぜ」

と、おれは誘った。「むろん、あんたの家まで送り狼するつもりはないけどな。銀行通りは、この時刻、物騒だしな、おれは、これから電気館通りの裏手の店で飯を食うつもりだ。ついてくるかい。どう？」

「いいわ」

返事の是非《ぜひ》は五分五分とふんでいたが、誘いに応じた勢いは一〇〇パーセントだった。

諏佐ビルヂングの前は、〈小樽湊のウォール街〉と呼ばれ、むろん、戦争前の話だが、この港湾都市の繁栄を象徴する通りなのだ。

「解放軍だか占領軍だか知らんけどさ、アメ公ども、強盗も殺人もやりたい放題だもんな」

「去年の事件でしょ。米兵二人が隣のアカシア市で起こした路上強盗殺人事件……あれ、犯人は捕まっても、裁判権は日本にないんでしょう？」

昨年、昭和二三年、金を奪う目的で通行人を襲い、市民三人が死亡、一〇人以上が怪我を負った凶悪事件だ。GHQも、さすがに報道管制を敷けず新聞等ニュースにはなったが、裁判の結果、犯人がどうなったかは知らされていないのだ。

「ええ。たしかに物騒な世の中。アカシア市じゃ、豊平川の堤防で女性たちが連中に襲われているのに、新聞じゃ、一三文の足跡としか書けないのよ。あたしみたいな中年の冴えない女でも、真っ昼間から何度も声を掛けられるわ」

「ははッ。冴えない女とは思わないけどな」

と、言うと、

「ありがとう、探偵さん。電気館通りならあたしの住まいの近くだわ。ナイトのご親切に甘えようかしら」

おれは、骨の一本折れた洋傘を開いて、女の上にさしかける。

歩き出してすぐ、名前を訊ねた。

「おれは、事務所のドアにあるとおり、山門《やまと》だ」

「下の名は武史《たけし》さんでしょ」

「ああ」

「タケシさんって呼んでいいかしら」

やけに馴れ馴れしい。

「あんたは?」

「ウメコ……サルメ・ウメコよ」

「ああ、そう」

と、おれは何気なく応じたが、そのとき感じた違和感は、おれが舞鶴港で感じたあれと同一である。

(サルメ・ウメコ? 聞き覚えがある……どこかで?)

傘一つの下で並んで歩きだすと、湿り気を帯びた女の体温が伝わってきた。

左手の厳めしい石造の建物は光井《みつい》銀行の小樽湊支店だが、今は進駐軍に接収されている。殖拓《しょくたく》銀行も同じ通りに面している。ついでに言うと、おれはこの街に来たのは初めてのはずなのに、なぜか妙に懐かしい気がするのだ。そう言えば、五歳よりももっと前の三歳か四歳のときに、おれはこの港町に住んでいたようにも思えるのだ。記憶は曖昧だが、おれの養父母は、大正か昭和の初めかは思い出せないが、本社の支店があったらしいこの付近に住んでいたのかもしれない。

おれたちは、郵便局本局の十字路で右折して、山手方面へ坂道を上る。

手宮《てみや》線の踏切の手前、左手にあるのが、いかめしくて左右対称の建築、ニホン銀行の小樽湊支店だし、右手はミツイ物産小樽湊支店である。

おれたちは踏切を越え、坂道をさらに進むと大国《だいこく》屋《や》百貨店。右手に行けばマル井百貨店。おれたちは、もう一区画上って、右へあま党の方へ曲がる。ここが電気館通りだ。

おれは、懐具合を考えながら、卯女子《うめこ》を連れて左の路地に入った。冬の間は除雪する者がいないので雪で埋まっているが、残雪こそあるものの、土の道が顔を覗かせている。

溝《どぶ》の臭いを嗅ぎながら奥へ進む。雪の下で真っ先に目を覚ますのは、ここでは土の香ではなく、溝《どぶ》の悪臭である。

3

岩戸家は路地の中ほどにある。

縄暖簾《なわのれん》を潜る。

狭い店内に男どもの体臭が籠もっていた。

馴染みの店だから顔が利くのだ。付けも利くからありがたい。女将《おかみ》の秦子《しんこ》は鍛冶村鉄平の妹である。

女将が示したのは、コの字型をしたカウンター席の山手側一番奥の席だ。

魚を焼く炉端の煤《すす》で汚れた柱時計は、六時半を指していた。

「武史ちゃん、今夜に限ってご同伴とは珍しいわね、この席なら口説話《くどき》もオーケーよ」

と、笑いながら、冗談っぽくけしかける。

「この女《ひと》は、おれと同じビルに勤めているんだ。ねぐらがこの近くだっていうので、送ってきただけさ」

女将に、彼女を紹介しようとすると、手提げからガリ版刷りの名刺を出して、女将とおれに渡して、

「あたし、中女卯女子《さるめうめこ》と言います。子供のころから、ご近所に住んでいるんですけど」

「まあ」

女将は、まじまじと彼女を見て、「まさか、画家の中女三郎《さぶろう》先生とこのお嬢さん？」

「はい」

「まあ、奥様の光子《みつこ》先生には双葉《ふたば》中学のとき、絵を習ったのよ」

「母は、終戦を待たずに転地先で亡くなりました。胸を患って」

「ですってねえ。三郎先生は南方で戦死されたと聞いたわ」

「ええ。でも公報は嘘。ほんとうは、戦死じゃなくって、餓死したらしいんです。ニューギニア戦線で」

「まあ……」

女将は、その話題を避けるように、おれに向かって、

「武史さん、ご注文は？」

「任せるよ」

「蛸《たこ》があるわ、武史さんは内地の人だから知らないでしょうが、地元では北海蛸《ほっかいだこ》と言ってね、こんなに大きいの……」

おれは目を見張った。

一メートルちかくある蛸の足が、カチンカチンの冷凍状態で直立していた。

「野球のバットみたいだな」

と、おれは言った。

「解凍したものがあるから、食べてみる?」

「むろん」

と、おれがうなずくと、女将の秦子は、

「お客さんもどう?」

と、カウンター席の反対に着いていた蟹顔《かに》の中年男にも訊ねた。

「竹羽《ちくわ》さんも蛸は好物でしょう」

すると、

「いや、今日は要らない」

と、なぜか驚いたように応じて、急に、

「女将、お勘定」

腰を浮かせた姿勢で薯焼酎を飲み干すと、カウンターに新円の札を置き、釣りも受け取らずに、逃げるように店を出て行った。

「今の人、だれ? ちょくちょく、この店で見かける顔だけど」

「常連さんよ。港湾地区に倉庫のある千島《ちしま》海産といったかな、水産物の仲買さんに勤めているはず。たしか竹羽十郎《じゅうろう》さんだったかな」

「ふーん」

と、うなずいて、「ところで、エルビスは来るかい」

「来たわよ、つい、さっき。すぐ帰ったけど。明日から、沖縄のキャンプへやられるんだって、ぼやいていたわ」

「厨房《ちゅうぼう》から、いろいろ、持ち出したのがばれたかな」

「恩恵は、うちの女の子もだけど、武史さん、あなたもでしょう」

「ははッ、否定はしないよ」

「この蛸《オクトパス》を持ってきたのもエルビスよ。彼は蛸が駄目なんだって、『オオ、ノー、海の怪物《シー・モンスター》』とか言っちゃってさ」

「ああ、外人はそうかもな。おれの知るかぎりではギリシアは例外だ。彼らは、エーゲ海の蛸をボイルしてさ、檸檬《れもん》を掛けてな、酢の物のようにして食すらしいぜ」

「へえ、そうなの。探偵さんって、もの知りね」

と、卯女子が言うと、秦子が、

「そんなことも知らないで、業者がまちがえて、米軍食堂へ蛸を納入したのかなあ」

「かもな」

おれが首を傾げていると、

「それより、エルビスが、当分、来れないからと言ってね、これを持ってきてくれたわ。彼って、今どきの日本人よりか、ずっと義理堅いわ」

と、他の客には隠す仕草で、ちらっとモノを見せる。

「おおッ！女将」

おれは叫んでしまった。「ジョニ赤じゃないか」

ジョニーウォーカーの赤ラベルのことだ。

「本物かい」

おれは冗談で言った。

「むろん、正真正銘……」

そう言うと、女将は瓶の底を見せる。

洋酒は瓶さえ貴重だ。栓はそのままにして瓶の底を抜き、噂だと鶯の糞をまぜた偽物と詰め替えた代物が出回っているのだ。

「おごってあげるわ。せっかくだから、ストレートがいいわね。でも一杯だけよ。貴重品だから」

「うん」

女将は、それでもタブルでついでくれた。

空腹に滲みるジョニ赤の味は、日本敗戦の副産物だ。ハリウッド映画、ブロンディーの漫画、リーダーズ・ダイジェストと共に典型的移入文化である。

「飲むかい？」

「ええ」

卯女子は、おれが残した分を飲み干して、

「美味《おい》しいッ！」

と、言った。

「飲める口？」

「ええ、家系よ。蟒蛇《うわばみ》なの」

「八俣大蛇《やまたのをろち》かい」

と、冗談で返すと、

「いいえ。猿田毘古神《さるたひこのかみ》の系列よ」

と、事もなげに答えた。

冗談には冗談と思って、おれが、

「じゃ、伊勢だ」

と、応じると、

「伊勢は『記紀《きき》』の捏造《ねつぞう》よ。ほんとうは高千穂の麓なの」

と、まともに答える。

つづけて、「高千穂の峰を山越えして、日向地方へ向かおうとした天孫族の一行に向かって通せんぼうしたんでしょ。だったら高千穂の東麓あたりと考えるのが、合理的じゃない」

「なるほど？」

内心、彼女の教養が意外だった。

「古代史詳しいんだねえ」

「この街じゃ、だれでも詳しいわ。教えてあげる、天孫族より先に日向に来たのが猿田毘古さんよ。彼の浅黒さはインド系のチュルク人だからよ。鼻筋が高く通った偉丈夫ですもの、女の子はひと目惚れよ」

つづけて、「出雲の佐太大神《さだのおほかみ》だという説もあるけどね、しかし、『記紀』にあるような猿面冠者じゃあ、絶対、ありませんわ」

手強い感じがしたので、おれは話題を逸らすつもりで、

「女将、ドブロクある？」

「あるわ。けど、内緒よ」

麹《こうじ》で造った自家製は密造酒だから、もちろん酒税法違反である。

ともあれ、卯女子の飲みっぷりに、いささか、恐れをなす。

「探偵さん、あたし、虎になってもいいかしら？」

そうとう、酒癖が悪そうだ。

戸惑っているおれに代わり、女将が応じた。

「卯女子さん、どうせ虎になるなら、ダリの虎がいいわ」

おれに向かって、

「卯女子さんの親御さんは、ご夫婦とも、そろって、有名な絵描きさんだったのよ」

「あたしはアプレゲール」

「あたしたち、みんな敗戦国民なんだからアプレゲールよ」

女将も言った。

「たしかに我々はみんな戦後派《アプレゲール》だ」

おれも応じた。

「でしょう、だからあたしたちは同志なんよ。カンパーイ……」

「同志か」

おれは呟く。

タヴァーリシシ——シベリアで、飽きるほど耳にしたロシア語だ。幾度となく同志《タヴァーリシシ》に裏切られたことか。人間、いざとなると自分がかわいいのだ。

店内の反対側、薄暗い小あがり席から、ロシア民謡の合唱が聞こえてきた。

おれは、岩戸家の女将が、小樽湊の戦後文壇をリードする詩人グループの一人であることを知っていた。常連客に、文壇関係者が多いのはそのためである。焼け野が原になった帝都を逃れて、この港湾都市に一時避難している知識人も多いはずだ。

そのとき、突然、朗々と、
虎よ、虎、輝き燃える
夜の森の中で……

ウィリアム・ブレークである。

吟じたのは、女将の秦子だ。

吟じ終わったとき、カウンターの端にいた客が拍手した。

「スクナちゃん、いらっしゃいな」

と、右手にジョニ赤の瓶を掲げ、左手で手招きする。

カウンターの角の席から辷り落ちて床に立った男は、子供のように小柄だった。

小男はおれの隣に坐る。

「店のおごりよ。でも、貴重品だから一杯だけ」

と、女将は、おれに言ったのと同じ科白《せりふ》でことわりながら、グラスに注いだ琥珀《こはく》色の液体を手渡す。

小男は押し頂くように受け取り、嘗めるように飲みながら、目を細めた。

「紹介するわ。スクナさんよ、このかたは私立探偵の山門さん。でも、小説の翻訳もされているのよ」

小男は、澄んだ眼でおれをみて、名刺を渡した。

紙質が珍しい。

「手漉《てす》きですか」

と、訊くと、

「はい。でもコウゾウではありません。地元産の材料ですが、何かは企業秘密です」

と、応じた。

名刺には、
古本高価買い取ります。

案山子《かかし》書房店主　少名史彦《すくなふみひこ》
と、あった。

「お宅には、進駐軍の連中が棄てた雑誌とかはありませんよね」

と、質すと、

「ありますよ。仕入れ値タダのやつがね。しかし、地元では売れませんので、神田の古書街の知人にまとめて送っております」

と、答えた。

「一度、寄らせてもらいます」

と、おれは言った。

店は、駅方面から花苑《はなぞの》十字街へ上る坂道、通称左《さ》文字坂《もんじざか》の途中である。

「ええ、ぜひ。港街のせいか、海外の古い地図、海図、航海日誌など、ほか稀覯本《きかんぼん》もありますよ」

などと、おれの気を惹く……。

「それにしても珍しい姓ですね」

おれは訊ねた。

「そうよ。あたしも一度うかがおうと思っていたの」

と、秦子女将が割って入る。「少名さんは、『古事記』に出てくるわ。大国主神《おおくにぬしのかみ》が出雲の御大《みほ》の御前《みさき》におられたとき、羅摩《かがみ》の船に乗ってやってきたのが少《すく》名毘古那神《なひこなのかみ》で、大国主神とともに国を治めるのでしょう」

「へえ、教養あるんだ」

と、言うと、

「女学校のとき、古文が得意だったのよ」

「そのとおりですが、この小さな神は漂流民だと思います。しかし、最近、知ったある説ではね、この名はシュメル語の漁民なんだそうです」

彼の説明によると、シュ（取る）＋ク（食物）＋ア（水）からの転訛で〈漁民〉なのだそうだ。

「日本語のサカナも、多分、スクナからの屈折だと思います」

　と、会話が弾んで、いったんは腰を上げようとしたが、また下ろす。

　女将によると、彼は、東京の有名私立大学で比較文学の研究をしていたが、戦災に遭って故郷に戻り、親代々の家業を継ぐことになったのだそうだ。

「自分は、英文学なので縁遠いな」

　と、言うと、

「実は、私の親父が生前、酔っぱらうとよく話していた説なんですが、古代シュメル人とドラヴィダ人たちは経済的な同盟関係にあって、わがジパング国へ黄金を求めて渡来していた。しかも、太古のわが蝦夷地にも来ていたにちがいないと話していたんです。この考え、山門さんはどう思いますか」

　と、言われたので、

「えッ」

　思わず、首を傾げてしまった。

　すると、意外なことに、半分は眠っていたはずの卯女子が、なぜか、違和感を覚えるほど興味を示して、

「あたし、その話、知ってるわ」

「あたしも」

　と、女将も、「この街じゃ、たいていの人がその話を知っていると思うわ」

「しかしねえ。一歩譲って聞くけど、根拠でもあるの？」

　と、おれが言うと、

「そう言えば、大東亜戦争開戦の前だったかしら、錫蘭《セイロン》島出身の船員をスクナちゃんのお父様がこの店に連れてきてね、まあ、当時はね、日本人は印度《インド》贔屓《びいき》だったのよ。そら、新宿中村屋の相馬家のお婿さんになった……ええ、と」

「印度独立運動の志士で知られたボースさんですか」

「あのかた、戦争が終わる年の一月だったかしら、日本で亡くなったのね」

「小樽湊は外国船も入港する港湾都市ですからね、世界各国の船乗りがしょっちゅう街を歩いていたりね」

　と、少名も言った。

つづけて「たとえば、女将《おかみ》さんのカミはタミル語だそうですよ」

と、今度はメソポタミアから南印度である。

ちょっとついて行けない感じで、

「お上《かみ》の上からの派生語じゃないんですか」

おれが質すと、

「いや。国語学者の説とはちがいます」

少名はきっぱりと言った。「タミル語の càmi が貴婦人や女主人の意味なんですよ」

なお、彼によるとタミル語と日本語の間に、ca → ka の交替があるのだそうだ。

「つまり、我々の日本語は、かつては隣国の漢音や呉音、唐音などの外来語が、さらに近世では西班牙《スペイン》語や葡萄牙《ポルトガル》語、阿蘭陀《オランダ》語など、さらに明治の開国後は英語などの外語がどんどん入ってきたように、いわゆる神代の昔にも、我々の古日本語にタミル語が移入されていたと言うことですか」

と、おれが応じると、

「むろん……サンスクリット語やシュメル語もですよ」

と、少名は言った。

「革命的ですね、考えが……」

と、おれは言った。「思いつきもしませんでした」

「グリムの法則をご存じですか」

「ええ、まあ。一応、翻訳家ですから」

「じゃ、話が早い。グリム童話で有名なグリム兄弟が見つけた印欧祖語とゲルマン祖語の子音変化ですね。たとえば、pがゲルマン祖語や古英語、現代英語ではfになる。しかし、私の友人でタミル語を研究しているやつがいるんですが、タミル語・古日本語の変化は印欧語族系の変化があてはまらないいんだそうです」

こうして、意外にもおれは知的会話を楽しむことになる。たしかに、この小樽湊という街はある意味、特異な街である。

4

——ともあれ、敗戦後という特異点が存在していると、おれは感じているのだ。

歴史を竹に例えるなら、戦前と戦後の間に、竹の節のような異時間が、挟まっているように思えてならないのだ。繰り返すが、この言葉にできない感覚は、復員船が舞鶴港に着いたときからのものだ。過酷だったシベリアの抑留生活、あるいは戦時賠償のためにソ連に差し出されたという怒り、それは母国に裏切られたという恨みでもあるのだが、おれ自身の精神が病んでいるからだろうか。

（あれほど帰国を望んでいた祖国なのに、異郷のように思えるのはなぜか）

ときどき感じる身体の喪失感……次第に馴れてはきたが、ときどき、その感覚に襲われるのだ。

今がそうだ、目の前にあるものが映像のように見える。

自分自身の身体が、なにか、上手くは言えないが、たとえば借り着のように思える……。

気がつくと目の前に春鰊《はるにしん》が出されていた。

留萌沖《るもい》でとれた春告魚《はるつげうお》だ。小骨を取りながら腹を割くと、なんともセクシーな白子《しらこ》が現れて、頭上の電灯の光を反射しておれの記憶巣をくすぐり、シベリアでその肌を抱くことを許されたナターシャ少尉殿の内股の白さを思い出させた。

それから、根菜入りの味噌雑炊《ぞうすい》で締めて、看板の夜の一一時まで……。

おれは、湿った雪の舞う下を、足元のおぼつかなくなった卯女子を送る。

彼女の家は、石炭ストーブの煤《すす》で汚れた小樽湊の街に、よく馴染んだ二軒長屋の家であった。玄関の土間に倒れ込んだ卯女子を抱えあげて、三〇ワットの電球の下で靴を脱がせたとき、スカートの奥の秘密の劇場が視野に入る。

それからのことは成り行きだった……

いや、成り行きに任せたのだ……

おれは、四月というのに、今にも吹雪そうな今夜という夜を過ごすのに、もっともふさわしい避難港を選んだだけだ。

誘ったのは卯女子のほうだ。屋根裏部屋の一間幅の押し入れから、湿った布団を引っ張り出して、寝かしつけたとき、

「今夜のあたしは解放区よ……」

と、囁かれたのだ。

岩戸家でしたこれまでの会話から、おれにも、およその想像はついていた……。

どことなく、男慣れした仕草からも想像できた……。

思った通り、卯女子は、諏佐水産社長、諏佐秦一朗の愛人の一人だったのである。

——その先のことは省略したい……。

人類が、何十万年前から反復してきたことを、例の行為をしただけだ。

ちがいと言えば、今年から発売が始まった、避妊具《コンドーム》をつけただけである。

行為の後で彼女は熟睡したが、おれには目的があった。

布団から抜け出し、座り机の引き出しをあけた。思ったより、きちんと整頓された引き出しのなかに、彼女の日記帳があった。

ページをめくると、不審なメモが挟まっていた。

探偵業七つ道具の小型カメラで手早く盗撮する。

さらに卯女子のバッグから鍵束を取りだし、同じく七つ道具の粘土で形を取る。

後ろめたさはない。完璧ではないが一応の収穫だ。

そのまま、消えてもよかったが、おれは卯女子の横たわる煎餅《せんべい》布団に潜りこんだ。卯女子が纏う布きれは、スリップ一枚のみである。おれは、上半身を横抱きにして、おれの腕にパーマネント・ウェーヴの頭を乗せ、キスしてやった。

卯女子はされるままである。

少し開いた唇から漏れる吐息。

夢の中なのか、気付いているのか、女の寝顔が笑っていた。

卯女子の胸の膨らみをまさぐりながら、思い出していた……おれにも乳色の記憶はある。

なぜ、卯女子という女に、まったく記憶のないおれを産んだ母親を重ねているのか、おれにもわからない……。

それから、少しまどろんで寝床を抜け出す。ギシギシときしむ階段を忍び足で降り、表に出る。

夜明けはまだだった。

おれは、電気の消えた電気館通りを歩く。

ねぐらは手宮《てみや》にある。

彼女がなぜ笑ったのか、歩きながら考える。

やはり気になる。おれは、あの厚めの唇に、ウツボカズラのような食虫植物を連想したのだった。

仕留めたのはおれではない。

仕留められたのだ。

ダイアナの裸身をみた猟師のように……などと自己分析しながら、朝食付きで下宿契約している旅籠《はたご》竜宮《りゅうぐう》の玄関を開ける。

二階へ上がる前に台所を覗くと、

「おや、朝帰り……」

家主のおばさんが声を掛けた。

「ええ、徹夜の仕事でね」

おれは嘘で応じた。

「まだ六時前だけど、朝御飯すませちゃったら。一番乗りならお焦《こ》げのサービスよ」

おれの子守りだったおキヨさんによく似たおばさんで、名も同じだ。

「ありがたい」

竈《かまど》で炊かれたお焦げに、生《き》醤油を垂らして食う朝飯は絶品だ。

むろん、米不足というよりは戦時中からの習慣で、細切りにした昆布とか、蓬《よもぎ》とか、馬鈴薯とか、いろいろ混ぜ込んだ七分づきの飯を、自分で丼によそった。

名称不明の海藻は、自家製味噌の具だくさんの味噌汁にも入っていた。先だっての日曜日、祝津《しゅくづ》海岸までてくてく歩いて、おれが岩礁で採取してきたものだ。加えて、自家製の鰊漬け。

なんとも贅沢である。

第二章　冷凍倉庫の死

1

腹の虫がおとなしくなった後は、寝直すだけだ。

おれはおれ自身の体臭が、しっかり、滲みこんだ万年床の自室へ戻る。

たちまち、朝鮮半島からの電波が交じるラジオを聴きながら、睡魔に委《ゆだ》ねる。

たしか、仲間を埋めた抑留地の墓地の夢だったはずだが、覚えていない。

明るくなってから、もう一度、目を覚ます。おれは小型カメラで撮ったフィルムを押し入れの中で現像し、紙焼きした。

改めて眺める……

開かずの大金庫――〈シュメル金庫〉

左三回　右二回　左一回
中身は不明
先生に報告すること　Tの帯広行き日程
砂糖買い付け

何を意味するのか、しばらく考えたがさっぱりわからなかった。

ただ、

〈先生〉って言うのは、だれを指しているのだろうか）

おれは、気になる……

それから、腹這いになり、至福の寝煙草をやりながら、今日が日曜日だったと改めて気付き、昼まで寝ることにした。

それから夢を見たが思い出せない。ぼんやりと残っているのは、妙に神話的な雰囲気だけである。

午後二時すぎ、やっと起き出す。

昨夜は飲み過ぎて、頭が痛い……

外は青空だったが、港の上空は真っ黒だった。

星条旗を掲げた小型駆逐艦《フリーゲート》二隻が番《つがい》になって、防波堤に抱かれるように停泊していた。

「探偵さん、電話よ」

と、呼ばれたのはその時だった。

階段の下から大声で呼んだのは、ここの孫娘だ。おれは寝間着のまま階段を駆け下りる。

廊下にある電話を取る。

「ちょっと拙いことになった。来てくれるか」

声は鍛冶村鉄平である。

「日曜だっていうのに、いったい、どうした？」

「刑事が来ているんだ」

「だれが来ているんだ」

「校倉《あぜくら》刑事だ」

「やつなら、気をつけろ」

戦前戦中、特高《とっこう》だった男のはずだ。

やつの顔をおれは記憶していたが、どんな手を使ったのか、公職追放令にあわずにすんだらしい。

鍛冶村から事情を聞き取り、おれは原付《げんつき》自転車に飛び乗る。おれの愛車だ。自転車に取り付けられた小型原動機は、旧日本軍から放出された発電機の転用である。

鍛冶村の屋敷は、山手の緑町で、花苑《はなぞの》公園の裏手のあたりだ。

港で船がやられた以外は、戦災に遭わなかったので、古い屋敷が多い。鍛冶村組の屋敷は高い塀に囲まれ、ちょっとした砦《とりで》である。組の者が門を固めていたが、おれは顔見知りだ。原付自転車を押して中に入ると、昨晩会った岩戸家の女将《おかみ》が出迎える。

「お休みなのに、すみません」

秦子が言った。

「容疑が組に掛けられているんですか」

「殺人事件なんですって。それで家宅捜査を受けているところ」

「殺されたのはだれ？」

「諏佐水産の諏佐泰一朗社長よ」

「えッ！」

驚きは本物だった。

「用心なさって……あなたも容疑者の一人なのだから」

「止してくれよ、女将さん」

彼女について、親代々の屋敷の奥へ向かう。

庭に面した奥まった部屋に、和服姿の鍛冶村鉄平が座っていた。ここが彼の執務室だ。凝った仕掛けの隠し部屋もあり、現金を納めた金庫があることもおれは知っていた。

居丈高《いたけだか》に組長を訊問する刑事の校倉は、おれを見ると、露骨にいやな顔をした。嬉しいことに、やつもおれの顔を覚えていたのだ。

おれが、やつの前歴を証明できる証拠を握っていると勘違いしているからだろう。むろん、おれは、それをネタにやつを脅すつもりはない。しかし、相手がそう思っているなら、訂正する必要もない。抑止力になるからだ。

おれが現れたせいか、校倉は、

「今日は帰るが、これで終わりじゃないぞ」

と、言い置き、相棒の若い刑事を連れて去る。

改めて、おれは鍛冶村に訊く。

「いったい、何があったんだい」

「いや、なに、うちの者が諏佐水産の闇取引の噂を耳にしたもんで、ちょっと、脅しを掛けたのだ。それを事情聴取された事務所のだれかが知っていて、警察に話したらしい」

「どんな、ネタだ？」

「だから、あんたに調査を頼んだんじゃないか」

「ああ、あれか。確証もないのに、先走ったものだ。いったい、組のだれだ？」

「こいつだ。こいつが小頭《こがしら》の権堂《ごんどう》だ。今、当分の間、出入り禁止だとな、校倉の前で怒鳴りつけたところだ」

「すんません」

顔付きが、おれの記憶の中のエノケンそっくりである。

「ああ、あんたか」

おれは訊ねた。「ニューギニア戦線の生き残りというのは」

「へい。ポートモレスビー攻略作戦の生き残りでさあ」

と、傷跡のある頬をさらに歪めて答えた。

「もしかすると、君は中女三郎先生と同じ部隊？」

「ええ、戦地でね。同郷だとわかって親しくしてもらいましたよ。あとで画家だとわかって、みんな似顔絵を描いてもらった記憶がねえ」

「昨夜、先生のお嬢さんに会いましたよ」

と、教えると、

「そうですか。自分も会ってみたいです」

「あれは、ひどい作戦だったそうだね」

と、おれは言った。「スタンレー山脈を行軍で越える作戦なんて、机上の空論だ」

「アホですよ、参謀本部の輩は……いや、無知ですよ。陸軍のお偉方は士官学校を出たはいいが、現地の実情を、なんにも知らずに作戦を起てた馬鹿ばっかりでさあ」

「ああ」

鍛冶村も言った。「漫画の冒険ダン吉を見て、それが南洋だと思っていたんだろうな」

「ほんと、許せないですよ」

と、おれもうなずきながらつづけ、「権堂さん、諏佐水産の話、もう少し詳しく聞かせてくれませんか」

「組長、話してかまいませんか」

「ああ。山門君は信用できる」

「わかりました。実は……」

権堂は話しはじめた。

権堂が耳にしたのは、帯広まで買い出しに出かけた時らしい。十勝平野は有数の穀倉地帯で、たとえば小豆や大豆などの生産地で知られている。

戦時下の日本では生活物資の大半が配給制であった。米、味噌、醤油はじめ、諸々である。敗戦後はもっと厳しくなり、まともな国民は耐乏生活を強いられているのだ。

「帯広へ行ったのは、砂糖ですよ。今のご時世、砂糖は貴重品ですからね。むろん、沖縄や台湾のように、砂糖黍《きび》は育たないが、甜菜《てんさい》は寒冷地でも育つ」

いわゆるビートである。秋に収穫した蕪のような大根を刻んで煮詰めると、どろっとした黒い液体になる。これを精製したものが、甜菜糖だ。

「で、家内の実家の伝手《つて》を頼って、やっと数キロ手に入れたんですがね、そのとき、あっしは、実際に諏佐の姿を見ましたし、闇取引の話も聞きました。それで、少し、ものを回してくれないかってね」

「ふん」

おれはうなずく。「それで……」

「ええ、ドスをちらつかせて、ちょっと脅しをかけると、なんとやってきたのは……」

「警察かい」

「いや、MP《エムピー》ですよ。なんせ、敗戦国民なので、泣く子と地蔵とMPには勝てっこない」

「で、どうした」

「ジープが乗り付けられるのを見るや、一目散でずらかりましたよ。二階の裏階段から、脱兎のごとく……」

「だろうな」

MPはミリタリー・ポリスだ。つまり、米軍の憲兵である。

「いったい、MPとどういう伝手《つて》だろう」

と、おれが言うと、鍛冶村が、

「諏佐泰一朗社長は地元選出の衆議院議員、赤染《あかぞめ》真作《しんさく》と繋がっていたのだ」

「あの改新党《かいしんとう》の大物……」

「ああ、連立ではあるが、政権与党だよ、改新党《かいしんとう》は……。しかも、あの大物の遠いご先祖様はな、新羅《しらぎ》系渡来人《とらいじん》の豪族で、同じ系統の大豪族秦《はた》氏と同根だという噂だ」

「おい、そんなことまでわかっているのか」

と、妙な違和感を覚えて聞き返すと、

「ああ。小樽湊だからな、ここは……」

と、答える。

おれと彼との間に微妙な空気の変化を感じて、首を傾げていると、

「とにかく、あっしは……」

と、権堂が割って入る。「実はね、諏佐水産の社長室で珍しいものを見たんです」

「社長室で何を?」

おれは、諏訪水産の事務所へは、家賃支払いで出入りしているが、奥にある社長室はまだである。

「大金庫でさあ。あっしはね、金庫にはちょっと詳しいんですが、あれは特注品です。なんたって、ダイヤルが一〇個もある曲者でさあ……。普通は、せいぜい、二つでしょうが」

権堂はつづける。「とにかく頑丈な造りで、ダイナマイトを仕掛けたって、びくともしませんや」

「ダイヤルが一〇個もあるというのは、ほんとかね」

おれは質す。

「ええ。ところが、ちょっと触ってみたんですがね、金庫はちょっと詳しいんで……うち二つはお飾りというか、怪しい……」

「ダミーってこと？」

と、質すと、

「それでね、実は……」

権堂はつづける。「こんな特注金庫を造れるのは、あっしが一〇代のころ、親に言われて弟子入りしていた芹沢《せりざわ》錠前店にちがいない――と、考えましてね、相生《あいおい》町のそら、水天宮《すいてんぐう》の脇にある店へ行ってみますとね、先代も先々代も亡くなったということでした」

「ほう」

「しかし、跡継ぎの孫の話ですと、やっぱ特注品でしてね、古い注文請書には大正一四年とあるそうです。ま、金庫の常識とはいささか外れているというか、突拍子《とっぴょうし》もないんで、よく覚えているとね」

「発注したのはだれ？」

「請書にあった発注者は諏佐憲男でした」

「と言うと、先代ですか」

と、おれが質すと、

「いや、憲文さんは二代目です」

と、傍らから鍛冶村が教え、「創業者の初代は、明治生まれの憲男氏だが、大正年間に創業した会社を、憲文さんがたしか昭和四年か、五年ごろ受け継いだはずだ」

「詳しいんだね」

と、言うと、

「地元だからな、冠婚葬祭その他、いろいろ付き合いがあるのさ」

と、応じ、つづけて、「たしか、憲男氏というのは大の発明好きだったと聞いたことがある」

「ふーん、それで」

おれは視線を権堂に戻して促す。

「ええ、昔はよくあったそうですが、目盛が今のとちがうんです」

「と言うと？」

「数字でもなく、平仮名や片仮名でもなく、英語の……」

「アルファベット」

「ええ」

「たしかに珍しいな」

おれは小首を傾げ、つづけて訊ねる。

「で、他には、なにか?」

「一つのダイヤルごとに、反時計回りに三回、時計回りに二回、反時計回りに一回で開く仕掛けだそうですが、ああ、それと鍵なしのタイプです」

2

その翌日の四月一一日(月)、諏佐泰一朗の検死がすみ、死亡推定時間が九日(土)の午後七時すぎから九時すぎと確定したので、おれも鍛冶村も権堂もアリバイが成立した。

ガイシャは、小樽湊運河の手宮寄りにある色内町、竜宮橋近くの諏佐水産所有の冷凍倉庫内で殺害されていたという。

一方、おれと卯女子が岩戸家へ行ったのは午後六時半、それから看板までいたし、鍛冶村と権堂は、同時刻、小樽湊駅近くの料亭瓢箪家《ひょうたんや》で接待麻雀をしていたそうだ。

「いろいろ付きあいがあるんだな」

おれは言った。

「ああ。公私ともにいろいろある」

鍛冶村は肩を竦めた。

「殺害現場は、製缶工場の近くかい?」

と、おれは訊く。

「へい。あっしのガキのころはね、北洋で豊富に捕れた蟹をはじめ海産物の加工をしていた工場です」

と、権堂が応じた。

「手を回して聞いてみたんだが、ま、〝蛇《じゃ》の道はへび〟ってわけだ……」

と、鍛冶村が教えた。「盗まれたのは冷凍庫の海産物の他にもな、どうも大っぴらにできない取引があったらしい」

「というと?」

「砂糖だ。諏佐社長は、定期的に帯広へ行き、甜菜糖を買い付けていたらしい」

鍛冶村はつづけた。「で、当日、現場で取引が行われるはずだったが……」

「殺されてしまったわけか」

と、おれは言った。

「警察の見立てもそうらしく、今のところは、闇取引の相手先を探しているらしい。実は、九日の午前中、九時か一〇時頃、現場付近に停まっていた、角《つの》型ハンドルの自動三輪車を見かけたという、釣り人の証言もあるのだ」

「で、盗まれたのか、砂糖の現物は？」

おれは訊ねた。

「ああ。数キロらしいから、たいした量ではないが、闇は法令違反だ。盗品は発見され次第、原則は廃棄処分だ」

「もったいない」

おれは言った。

おれが思い浮かべたのは、汁粉《しるこ》の値段だ。去年は御膳汁粉一杯が一〇円だったのが、今年は二〇円だ。猛烈なインフレーションはすでに、開始されている……。

「いや。小樽湊の警察は融通が利きすぎるくらいだ」

「えッ！　横流し？」

「さあな」

鍛冶村は目だけを笑わせた。

「それにしても、数キロの甜菜糖と引き替えに命を取られるとはな」

と、おれは言った。

「ああ、そうだ」

鍛冶村も言った。「殺人までおかす価値があるとは、おれも思わん」

おれもうなずきながら、

「で、殺害方法は？」

「鈍器のようなもので、背後から後頭部を殴られたらしい。だが、警察の見立てでは致命傷ではないそうだ」

「じゃあ、死因は？」

「絞殺だ」

「凶器は特定できたのか」

「ロープは現場にあったが、鈍器の発見はまだだ」

「鑑識は？」

「鑑識は、直径数センチぐらいの棒のようなものだと鑑定したそうだが、何かまではな」

「じゃ、まだ特定できていないのか」

「刑事たちは血眼で探しまわっているが、見付かっていないそうだ」

「それにしても、流石《さすが》だ」

おれは感心した。「警察の内部情報が筒抜けとはな」

「いや、まだ全部わかったわけではない」

「それにしても、鍛冶村……おれではそこまではわからないよ」

「ははッ、ギブ・アンド・テイクだよ。知ってのとおり、この世の仕組みには表と裏がある。少なくとも、小樽湊の裏情報に関しては、我々地元生まれの人間だけのな、濃密な人脈がモノを言うんだ」

「黙っていても、裏の情報が集まってくるというわけか」

「ああ、その先は想像に任せるが、英語でいうネットワークっていうやつだ」


——午後四時、事務所に戻ると、電話が鳴っていた。卯女子である。のっけから泣きじゃくっていた。卯女子は、今朝早く、警察に連行されたらしい。

「あいつったら、サディストかしら。ねちこいのよ。とっても」

校倉にいたぶられたと知って、おれは、卯女子に同情した。

「武史さんとのことも、しつこく聞かれたわ。いろいろ……あなたと付き合うな、あいつは薄情なやつだ、とか。あたしがだれと付き合おうと余計なお世話よ」

「わかった。今どこ？」

「小樽湊警察署の前、やっと解放されたの」

「じゃ、これから会おう。どこがいい？」

「電気館通りのあま党で」

あま党は女性に人気のお汁粉の店らしいが、配給制のなかった戦前の話である。今はどうかというと、小豆だって入りにくいご時世だから、砂糖の代わりに人工甘味料《サッカリン》を使った汁粉が出るらしい。

それでも狭い店は混んでいた。

卯女子は奥の席にいた。

二人ともコーヒーを注文した。むろん、本物ではない。当節は代用品全盛の時代だ。名前だけが可愛らしい〝蒲公英珈琲《タンポポコーヒー》〟とメニューにあったものだ。

英語ならdandelion coffeeである。焙煎したタンポポの根からつくられるもので、一八三〇年代のアメリカ合衆国でつくられ、戦時下のドイツでは広く飲まれた。

「昨日の今日だ。こいつは二日酔いに利くよ」

と、おれは卯女子に教えた。

「武史さんたら、黙って、明け方に帰っちゃったのね」

「だからこそ、君と一つ布団にいるところを、踏み込んだ連中に見られずにすんだんじゃないか」

「でも」

甘える眼だ。かなり危険な眼だ。

「あたし、あられもなかった?」

「ぜんぜん」

おれは首を振って、「実はね、君の寝顔があんまり可愛いかったんでね、起こしたくなかったのさ」

そうとう気障《きざ》な言い方のできる自分に、むしろ驚きながら、おれは魚臭くて美人とは言えないこのお多福女のことが、なぜか愛《いと》しく思えているのだった。

「武史さんたら……」

おれを見る眼に、秘密を共有している女の自信のようなものを感じたが、おれとしては、訊きたいことが一杯ある。

遠回しに、

「校倉に何を訊かれた?」

「事務所の金庫のことよ」

「金庫ねえ」

おれはとぼけた。

「あるのよ、大きな金庫が……」

「そうなの……」

「あの刑事に、何度もしつこく訊かれても、答えようがないわ」

「校倉はその金庫に関心があるわけか」

「ええ。何が入っているのだとかね」

「むろん、知るわけないか」

「ダイヤルが一〇個もある特別製よ、社長室の金庫は……。いつか、社長が漏らしていたわ。自分でも開けられないのだから、自分以外のだれにも開けられないだろうって」

「ふーん」

おれは、小頭の権堂のことを思い浮かべながら、知らないふりをつづける。

「発注したのは創業者の憲男というかたなんですって……。二代目は、小樽湊水産中学の数学教師で教頭まで上った人よ。初代の憲男さんが亡くなり、教師を辞めて跡目を継いだわけ」

「数学の先生ねえ」

おれは応じた。

「でね、うちの社長は、この金庫のことを〈シュメル金庫〉と呼んでいたわ」

「ほう。変わってるね」

おれはとぼけた。盗み撮りした彼女の手帳に書いてあった名前だ……。

「変わってるでしょう、命名したのはむろん初代の憲男さんで、この方の趣味というのが発明と古代史で、同好の士に呼びかけて、〈シュメル研究会〉というものを、この小樽湊市に発足させたそうよ」

「ふーん」

おれはうなずく。

「ねえ、こんな話、興味ある?」

テーブルの上に頬杖して、卯女子は顔を近づけて言った。

彼女の目がおれの心を読んでいるような気がした。

「ある、ある」

おれは言った。

つづけて、「で……さあ、危険思想だって、特高警察に捕まらなかったかい?」

「ええ、明治や大正時代は別でしょうが、昭和になるとね、特に戦時中は、二代目の憲文さんは何度も連行されたらしいわ」

「二代目もシュメル研究会に……」

「そうよ。事務長だったそうよ。でも、その都度、なぜか、すぐ釈放されたそうよ」

「不思議だね。何か理由が……」

「それが、はっきりしないの」

「特高に拷問されて、酷い目にあった人が大勢いたと聞いているけどな」

「政府とか軍とか、上の方に隠れファンがいたんじゃないかしら」

「そう言えば、そら、先日、岩戸家で会った少名っていう古本屋さんが、たしか、そんな話をしていたな……〈日猶同祖論《にちゆどうそろん》〉とか、〈日本人シュメル起源説〉とか、戦前には在野の研究者が大いに盛り上がって、高級将校の中にも同調者がいたみたいだしね」

「そうね。地元には〈義経・成吉思汗《ジンギスカン》説〉に関連づけた〈手宮古代文字〉もあるわ。そういう架空の歴史を、あえて楽しむ精神風土があるのかもしれないわね」

「内地とちがって歴史が浅いからね……」

「ええ。言えると思うわ」

「でも、それだけじゃないと思うわ、やっぱり。噂もね、ないわけじゃないの」

「どんな？」

「お金……袖の下とか。でも、そんなこと、世理《よ り》恵《え》先生の名誉にかかわることだから言えないわね」

なにやらきな臭い話になってきたので、おれは話題を変えた。

「ところでさ、君、ほんとうに、泰一朗社長は問題の金庫を開けられなかったの？」

「ええ、そう……開かずの金庫だから無用の長物……万里の長城、戦艦大和と同じだって、ぼやいていたわ」

「なるほど。無用の長物か。憲文氏は暗証番号《コンビネーション》を教えなかったのかい？」

「急死したのよ、自動車事故で……」

「いつ？」

「戦時中の昭和一九年だったわ」

「ふーん」

「中央埠頭で車ごと……たしかダットサンだったわ。ときどき、あるのよ、真冬には……。舗装が凍結して……タイヤがスリップして……」

「遺書もなかったわけ」

「なかったようね。ですからね、開けられない金庫なんて無用の長物だから、ダイナマイトでぶっ壊してやりたいなんて、泰一朗社長は、来客に向かってよく冗談を言っていたわ。それから……」

卯女子はつづける。「小樽湊署で、あたし、社長の奥様にお会いしたわ。ご遺体の確認にアカシア市からいらっしゃったの。あたし、署を出るとき、奥様とお話したわ。事務所の整理とかね、その後のこと、いろいろあるでしょう。でね、奥様に言われたから事務所の鍵もお渡ししたわ。そのとき訊かれたの。『主人を恨んでいた者の心当たりはないか』って……というのは、あたしを取り調べた刑事から聞いたらしいんだけど、社長さんは、お気の毒に、犯人に拷問《ごうもん》されてたみたいなの」

卯女子は顔をしかめた。

「いったい、何を訊き出そうとしたのかしら」

「コンビネーションだよ、きっと。つまり、金庫の暗証番号に決まっているさ」

と、おれは断定した。

3

その日の夕方、未亡人となった諏佐夫人に会った。卯女子に連れられて、おれの事務所に来たのだ。

歳のころは四〇半ばか。膚の浅黒い卯女子と比べると、〝月と鼈《すっぽん》〟以上の差のある色白美人だった。

「諏佐世理恵《よりえ》と申します。あなたのことは、卯女子さんからうかがいましたわ。信用していいかただって……」

「山門です」

と、応じつつ、おれの眼は探偵の眼《まなこ》である。一歩下がった立ち位置の卯女子の様子は、いかにも秘書然としている……。

おれは、ちょっとばかり違和感を抱く。というのは、夫の正妻と愛人なら敵対関係のはずだからだ。

渡された名刺を見てわかったが、諏佐世理恵は普通の主婦ではなかった。

「この婦人人権同盟の目的は……」

と、訊くと、

「ようやく、女性たちにも参政権が与えられましたわ。女性の意識改革、社会的地位の向上の仕事もありますが、喫緊《きっきん》の課題もあるの。たとえば、現在、わが国には大勢の戦争未亡人がおります。その人たちに、職業の斡旋や困窮家庭への生活支援など、さまざまな手助けをする活動をしておりますの」

と、まるで選挙公約みたいな返事をした。

肩書きは、地元選出の参議院議員である。なお、あとで、卯女子から聞いた話では、諏佐水産の二代目、諏佐憲文氏は、義父ではなく実父だという。つまり、泰一朗氏は女婿《じょせい》であり、すでに別居状態。子供もいない仮面夫婦であった。

——ともあれ、小樽湊市の隣の都市がアカシア市だ。列車でも車でも一時間ぐらい、石狩平野のほぼ中央にある。

諏佐夫人は多忙の身らしく、ほどなくアカシア市に戻ったが、帰りしな、犯人捜しに協力してほしいと頼まれた。むろん、おれは承諾したが、

「規定の料金はいただきます」

と、念を押した。

「わかりました。明日にも、秘書に言って前金を振り込ませますわ」

と、応じ、つづけて、「ただし、くれぐれも隠密理に……。支持者のこともありますので、今度のことはできるだけ穏便にすませたいのです。おわかりですね」

吸い込まれるような視線である。同時に、おれなりの直観ではあるが、彼女が夫に対してなんの愛情も持っていなかったのだ、と気付く。

だが、卯女子に言わせると、とても好い人らしい。当然、諏佐水産は、このまま解散か倒産となるが、となると、卯女子と、他に二人いる臨時雇いの事務員は失業することになる。

「でも、世理恵先生が、あたしたちを、後援会事務所に傭ってくださるんですって」

と、すっかり乗り気である。

たしかに、悪い話ではない。闇屋まがいの仕事より、社会のためになる正業だからだ。

「探偵さんは、どう思う?」

「大いに賛成だ」

と、おれは本気で思った。

その夜は事務所に残り、合い鍵作りに励む。同形のものをストックから選び、あとは鑢《やすり》の作業だ。できあがったのは深夜だった。時針は零時をまわっていた。

早速、試す。

諏佐水産の事務所の戸は簡単に開いた。初めて入る社長室の鍵はかかっていなかった。

小頭《こがしら》の権堂や卯女子に聞いたとおりだった。窓のない山手側の鉄筋コンクリートの壁に埋め込まれるように、縦長の金庫が鎮座していた。扉は片開きである。一〇個のダイヤルは向かって右側に縦一列で付いており、それぞれに取っ手が付いていた。

たしかに珍しい。なぜ、こんな特別の金庫を作らせたのか理解に苦しむ。

おれは、ダミーのダイヤルを探したが、何番と何番かはわからなかったし、第一、ダミーを作ったこと自体に、どんな意図があるのかもわからなかった。

ダイヤルは、全部、傷が付いていた。探偵業七つ道具の一つの拡大鏡で調べると、明らかに電気ドリルでシリンダーを破壊しようとした形跡である。特殊な合金製でもあるのか、途中で諦めたようだ。

(やはり、諏佐泰一朗殺害の動機は、この金庫にあったのだろうと考えるべきだ)

と、おれは思った。

ともあれ、暗証番号《コンビネーション》がわかるまでは手の付けようがないから、諏佐水産の本社事務所を出て、鍵を閉めた。

そのとき、階段下の玄関ホールで足音がした。予感があった。おれは、足音を立てずに、おれの事務所の前にある鉄筋コンクリートの柱型の蔭に身を隠す。

やがて、階段から廊下に現れたのは、一〇〇パーセント怪しそうな黒装束の人物である。やつは、思ったとおり、突き当たりの諏佐水産の事務所に消えた。

あとは根気くらべた。だが、おれは迂闊《うかつ》にも眠気をもよおして、つい、うとうとしたため、やつの顔はおろか、男女の区別さえつかない失態だった。

だが、おれは、再度、事務所に侵入し、侵入者の痕跡を見付けた。

事務所のドアを開けたとたん、臭った。香水ではない、魚の臭いだ。むろん、ここは港街なのだから、街自身の臭いかもしれない。

もう一つの痕跡は、床に落ちていたアルファベットの書かれた紙片だ。

侵入者の狙いも、やはり大金庫にちがいない。

4

いったん、下宿に戻り、朝飯を食ってからひと寝入りしていると、若い刑事が来た。校倉の部下だ。

警察手帳を見せて、

「武邑《たけむら》だ。聞きたいことがあるので、署まで来てもらいたい」

新顔なのに横柄な口をきいた。下心があったから下手に出て、警察車に乗り込む。

助手席に坐った彼に、後部席から話しかける。

「今朝の午前一時すぎだったかな、残業して帰りかけたとき、怪しいやつが諏佐水産の事務所に忍び込んでいたぜ」

「ほんとうか」

「ああ。男か女かわからないが、校倉には、とにかく、魚臭いやつだったと伝えておけ」

「あんたが言え。あんたを連れこいと命じたのは、校倉さんだ」

「ああ、そう。なあ、知っているかい、校倉刑事が、戦前、何をしていたか」

「そんなことは関係ないだろう」

「じゃ、教えない」

これで十分だ。人間というものは、本来、知りたがり屋だからだ。

背後の山裾に沿って通っている鉄路を越える陸橋を渡ると、小樽湊署だ。

校倉は、おれを狭い取調室で訊問した。

任意なのにまるで容疑者扱いだ。こんなことだから、戦前からの冤罪《えんざい》事件が、今でも多発しているのだ。

のらりくらり答弁するうちに、校倉は口を滑らして世理恵議員に触れた。

すかさず、

「あんた、諏佐夫人を疑っているのか。もし、そうなら、早速、夫人にあんたのこと報告するぞ。おれは、世理恵先生から犯人逮捕の協力を頼まれているんだ。だから、いつでも会えるのだ」

校倉は顔色を変えた。

「そうじゃない。先生を疑っているんじゃない。あんたなら、もしかすると、あの大金庫の暗証番号を知っているんじゃないかと思ってだな」

「知るもんか」

「中女卯女子から、こっそり聞いているんじゃないか」

「いや。彼女もコンビネーションは知らない。おれが聞いたのはあの金庫の名前だけさ」

「名前があるのか」

「あるよ。〈シュメル金庫〉だ」

「なんだって?」

「あんた、世界の歴史に興味がないのかい」

「……」


おれが、無言のまま眼だけで笑うと、やつはおれを睨みかえした。

邪眼だ。

おれは、やつの本性を、初めて見せられた気がした。

やつは単なるサジストではない。

やつの中に、悪魔が潜んでいるとおれは感じた。


署を出た足で、おれは花苑《はなぞの》公園へ向かった。妙照寺《みょうしょうじ》で左折して丘へ上る。途中、右手に小樽湊図書館がある。目的があって、ここに立ち寄る。

図書館司書に訊ねたのは、『古事記』と歴史関係の図書だ。彼女は、古びた整理箱の小さい引き出しを開き、カードをめくって棚の場所を教えてくれた。

幸い『古事記』を借りることができた。中学を卒業して高等学校を受験したとき以来である。だが、シュメル関係の書籍は図書館では見付からなかったので、再度、司書に訊ねると、

「小樽湊高商の教官で左田明雄《さだあきお》という数学の先生がいらっしゃいますが、たしかこのかたも〈シュメ

ル研究会〉の会員のはずです」

と、教えられた。


——外へ出ると、今日はぽかぽか陽気だ。おれは緑町の鍛冶村邸へ行くつもりで、公園の園路を見晴台まで上る。さすがに、櫻はまだだが、港のすばらしい景色が一望できた。

一服後、公園の丘を反対側へ下って山の手通りへ出る。

鍛冶村は在宅していた。

畳敷きの執務室へ顔を出すと、

「警察に呼ばれたんだってねえ」

さすがに情報通だ。

「わかったことがある。一つは、校倉が諏佐夫人を疑っていることだ。もう一つは、やつも金庫の暗証番号を知りたがっていることだ」

「おれも知りたい」

鍛冶村も言った。

つづけて、「実は、秦子の文学仲間はみんな知っている話でもあるんだがね、諏佐世理恵には熱愛していた小樽湊高商出で、七歳年上の恋人がいたんだ。大国太郎《おおくにたろう》と言って、中央文壇でも知られた新人作家だった。むろん、二人は相思相愛の仲、両家の親たちも幼少時から婚約の約束までしていた。地元では大国屋百貨店と言えば知らぬ者はいない。その大国家の御曹司だ。ところが、その恋人が治安維持法で検挙され、若くして殺されたのだ。このとき、彼女の恋人を拷問したのが特高の校倉だったらしい」

「やはり、そうか」

おれは言った。「おれは、召集されるまでは、帝都の桜田門《さくらだもん》興信所で働いていたんだが、やつを知ったのはそのときだった。だが、たしか、校倉姓ではなかったはずだ」

「ああ、婿入りして校倉姓になったそうだ」

「それで、うまく、公職追放令を逃れたのだな」

「だと思う」

「世理恵議員が泰一朗と結婚した経緯は?」

「小樽湊に帰り、実父憲文氏の勧めで、泰一朗と結婚したそうだ」

鍛冶村はつづける。「泰一朗は、諏佐水産の幹部社員だったそうだ。仕事はできたそうだが、元々、不釣り合いの結婚だったから、夫婦間は最初から冷え切っていたらしい」

第三章　小樽湊高商の教官

1

やがて、鍛冶村邸を辞し、急な坂道を小樽湊高等商業学校へ向かった。

校舎は急な斜面に、張り付くように、幾つかに分かれて建っていた。

電話で連絡は入れておいたので、左田明雄《さだあきお》は研究室で待っていた。

三〇代半ば、細身の人物で額の広さが印象的である。

挨拶してすぐ、おれは鍛冶村邸で調達したラッキーストライクの箱を渡す。

「こんな貴重品をもらっていいんですか」

相手は歯を見せて笑った。

「ええ。どうぞ」

「タバコが品不足で、このところ、裏山に自生しているイタドリの葉っぱで代用していたところです」

というわけで、我々はたちまち旧知の仲になる……。

彼によると、高商は、再来年の昭和二六年三月には廃校になるそうだ。

「それで、今、ごたごたしておりましてね、自分も新設される大学に残れるかどうか、まだはっきりしないのです」

「来月の五月から商科大学に昇格し、高商は包括扱いになるとか、新聞で読みましたよ」

と、おれは応じた。

今なお、童顔を残す左田教官は、

「自分は、世間向きのことはさっぱりですが、数学のことなら何でも聞いてください」

「実は……」

おれは言った。「お訊きしたかったのは、数学ではなく〈シュメル研究会〉のことです」

「ああ、あれね。あれは、戦時中にちょっと厄介なことになって……」

「特高警察ですか」

「ええ。わたしも呼ばれましてね、ひと晩、留置場に泊められました」

肩を竦《すく》め、「それで嫌になって、その時、退会して、今は関係しておりません」

「もしかすると、誘ったのは諏佐憲文氏ですか」

と、訊くと、

「ええ」

うなずいて、「あの会には、シュメル学の専門家が顧問をされておりましてね、ご存じですか、小樽湊海洋大学の教授をされていた月夜見《つきよみ》隼人《はやと》氏ですが、昨年、亡くなりました」

「ご病気で？」

と、訊くと、

「いや。GHQの報道規制があったせいか、新聞記事では小さく出たきりですがね。キャノン機関の仕業という噂もありました」

「新聞は北方新聞ですか」

「そうですよ」

「気付かなかったのは、記事が小さかったせいですね、きっと」

「新聞は市立図書館に行けば、保管されているはずです」

「わかりました。昭和二三年の何日ですか？」

「釣り人がご遺体を見つけたのは、六月七日の朝ですから、記事になったのは夕刊だったと思います」

「そうですか。去年の六月と言えば、『人間失格』を書いた作家の太宰《だざい》治《おさむ》が玉川上水で入水自殺した月ですね」

と、言うと、左田教官は、

「はあ？」

文学には関心がないようだ。

「で、場所はどこです？」

と、おれは訊ねる。

「花苑公園です。しかも深夜にです。通夜の席で耳にした話では、花苑公園で何者かに拉致され、拳銃で撃たれ、ご遺体は小樽湊港に遺棄されていたそうです」

「じゃ、殺人じゃないですか。世の中、物騒ですからね。強盗に遭われたのですか」

と、訊くと、

「警察は早々と強盗犯で処理しましたが……」

「犯人は逮捕されたんですか」

「いいや。この話はあくまで噂ですよ、いいですね」

と、左田は肩を竦めながら言った。

左田はつづける。

「奥様は月江様とおっしゃるのですが、ご主人がいつ家を出たのか、就寝後だったので気付かなかったそうです」

「それにしても、深夜の花苑公園とは、ちょっと不自然ですね」

と、首を傾げると、

「ええ」

「犯人はまだ？」

「ですから、ここだけの話、キャノン機関が……ご存じでしょ」

「たしかGHQの下部機関だとか」

「山門さん、いいですね。くり返しますが、あくまで根拠のない憶測ですから、あなたも、この件には近付かないほうがいいですよ」

「そうですね」

おれはうなずく。

世相の空気は不穏である。占領軍は思想統制を強め、これに反発する反米運動が盛んである。

「小樽湊は革新勢力が強いし、労働運動も盛んですからね」

と、左田が言った。

「たしかに、ストライキとか街頭デモとかは、他所に比べると多いらしいですね。ところで……」

と、おれは、話題を変えるきっかけを掴む。

左田教官が、

「ええ、そう……」

と、言いかけるのを遮って、

「先生、研究室の写真、撮ってもいいですか」

「かまいませんけど、どうぞ」

探偵七つ道具の一つは小型カメラだ。

おれは乱雑に押し込まれた壁の書棚を写す。

多くが洋書であるが、気になる書籍も交じっていたので接写した。

興味深そうに、おれの作業を見ていた左田教官は、

「私立探偵のあなたがどうして、こんなものに興味があるのですか」

と、訊ねる。

「いや、なに……あちらのパルプマガジンの翻訳を、副業で請け負っておりましてね……」

と、おれは、語尾を濁して席を立ち、「先生、この本ですが、これはシュメル関係ですか」

と、指さす。

「ええ、そうです」

左田も席を立ち、書棚から抜き取った洋書を手にして、表紙裏を開き、「ここに書いてありますが、諏佐憲文氏がお亡くなりになったとき、形見分けでお嬢様からいただいたものです」

おれは覗き込んで、

「見せてもらっていいですか」

「どうぞ」

表紙裏に憲文氏に蔵書印と、直筆らしい書き込みがある。

〝幸運にも、左文字坂の案山子書房で発見、購入。

店主によると独逸商船の一等航海士が持ち込んだとの事　頒布額三圓五十銭〃

書名は、

SCHOTT,A., DAS GILGAMESCH-EPOS.

LEIPZIG, 1938

昭和一二年発行の洋書が、この北辺の港街に伝わったこと自体が奇跡である。

おそらく、時期的に考えて、先日、岩戸家で会った少名史彦の父親の代だろう。

多分、古代史好きの高級船員が、航海の合間に読もうとして船内に持ち込んだが、金に困るとか何らかの事情で売り払ったのかもしれないと、おれは想像した。

「ドイツ語ですね」

「ええ。『ギルガメシュ叙事詩』をご存じ?」

「ギルガメシュというのは、シュメルの神様ですか」

「半神半人の英雄です」

「これを、諏佐憲文氏は研究していたのですか」

「ええ」

うなずいて、左田はつづける。「小樽湊水産中学のとき、諏佐先生に数学を習いましてね、大学に入ってからも、お宅へは、ちょくちょく、うかがいました。諏佐先生のお宅には、高商の学生さんが、よく遊びに来ておりましてね、お宅にはハイカラな電蓄《でんちく》があったんですよ」

「電気蓄音機ですね」

「マニア垂涎《すいぜん》のレコードもたくさんありました」

左田は、ちょっと、眼を伏せて、

「ぼくの先輩の中には、学徒出陣で出征し、千島沖あたりで米国潜水艦の魚雷攻撃を受けて亡くなったかたも、大勢、いるんですよ」

「自分は、満州からシベリアへ送られた日本軍将兵の一人でした」

と、おれが言うと、

「ぼくも例の赤紙一枚で徴兵されるところを、運良く暗号解読の任務に従事しておりました」

つづけて、「解読作業には、むろん、語学の才能も求められますから、その方面の専門家も……」

「と、言いますと?」

「小樽湊高商からもですが、語学の天才と言われた海洋大学の月夜見博士も、大学教授の仕事と兼任で室長をされておりました」

「先ほど、うかがったかた？」

「そうです」

左田はうなずいて、「で、この暗号解読の仕事を推薦してくれたのが、当時、この組織に協力していた諏佐憲文さんでした。教師は辞められても、暗号解読には数学の才能が必要ですからね。おかげで、私は戦地へ送られずにすんだのですが、結局は病で……」

「えッ？」

「ですから博士は大恩人です」

左田はつづける。「実は、月夜見博士と諏佐さんのお二人は、戦前からですが、神代《じんだい》文字の研究家でもあって……」

「というと、手宮古代文字とかですね。あれは、自分も見学しましたよ」

「いや、そうではなく、神代文字というのは、神代の昔から、たとえば歴史のある神社とか、古い家柄の家とかに伝わる、いわば記号のような文字のことですよ」

「はじめて聞きます」

おれは言った。

「わかっているだけでも、何十もあるらしいですよ」

「たとえば、シャンポリオンが解読したロゼッタ・ストーンのようなものですか」

「まあ、そうです。神代文字の多くは、和紙に書かれているようですがね」

「それで」

と、促すと、

「つまり、神代文字の解読と無線傍受した暗号通信の解読とは、ある意味じゃ、同じですからね」

「なるほど」

おれは訊ねた。「でも、それって知的好奇心というか、ご趣味で？」

「じゃないと思います。ぼくは見たことはありませんが、先祖伝来の神代文字で書かれた、一子相伝の謎の古文書があるらしいですよ」

「そうですか。ちょっと、そそられる話じゃないですか」

と、言うと、なぜか慌てたように、話を急に逸らし、

「で、ぼくですが、諏佐先生にかわいがられたと思っています。別の趣味が一致したんですよ」

「釣りとか」

「いいえ」

笑いながら、「ぼくは数学理論よりも数学史に興味がありましてね、そんなわけで古代オリエント思想に関心が向かいましてね。シュメルの算法は、一〇進法ではなく、六〇進法なんですが、諏佐先生も同じ趣味があって」

「そうだったんですか」

おれはうなずきながら、「じゃあ、ご家庭のことも詳しいですね」

と、探りを入れると、

「ええ。お嬢さんの世理恵さん、あのかたは、高商の学生たちのマドンナでした。今では、戦後最初の国政選挙で当選し、無所属の参議院議員です」

戦後第一回の参議院選挙は二年前の昭和二二年四月である。

「諏佐議員は知っています。お会いしましたから。しかも、今度の事件の調査も依頼されたのです」

こうして話が進むうちに、我々の間は、ますます、旧知のようになっていた。

やがて、まったく予期していなかった話を、おれは左田教官から聞かされたのである。

例の件、つまり、世理恵議員の恋人の死にまつわる、より詳しい話だ。

「……特別高等警察《トッコウ》、つまり思想警察は戦争前からあったのですが、事件は、昭和八年だったと思います。世理恵さんの恋人は、彼女が庁立小樽湊女学校の生徒だったころからの付き合いだったそうです。お相手の大国太郎《おおくにたろう》氏は、大国屋《たいこくや》百貨店のご長男ですが、高商の学生だったころ、学友に連れられて、よく、モーツァルトとかハイドンとか、ベートーベンとか、西洋の名曲レコードが揃えられていた諏佐家に出入りしていたのです」

「お二人のそれが、そもそもの馴れ初《そ》めですか」

おれは相槌を打つ。

「しかも、大国氏には、文学の才能があり、まもなく作家デビューを果たして上京した。世理恵さんは、女学校を卒業すると、祖父憲男氏の代から諏佐水産で事務の仕事をしていたが、やがて職業作家の地歩を固めた恋人のあとを追って上京しました。一方、大国太郎は、当時、プロレタリア文学の旗手として活躍していたのです」

左田は、ここでちょっと声を潜めた。

「ところが密告があったのです。非合法活動をしているという」

「いったい、だれが?」

「わかりません。が……」

左田はつづけた。「小樽湊高商には、戦前に軍事教練反対運動があったりしたせいもあるでしょう。語学重視の方針から大勢の外国人教官もいて、戦時中にスパイ容疑で逮捕された外国人教師もいました。そんな、校風の影響もあったんでしょう、大国氏が学生時代に同人誌へ投稿していた複数の短編が、逮捕の理由だったようです」

左田は、ちょっと、言葉を途切り、「実は、この問題の作品が載った、同人誌「新社会」が密告状に同封されていたんだそうです」

何か、今度の事件の裏が見えてくるような気がした。

左田によると、世理恵氏も、同時に帝都の月形《つきがた》署に捕まったそうだ。知らせを聞き、憲文氏が小樽湊出身の有力者政治家、赤染真作に頼み込んで、釈放させ、連れ帰ったと言うのである。

「そして、泰一朗氏と結婚させたわけですね」

「ええ。愛する人が国家権力によって虐殺されたんですからね、想像ですが……放心状態で結婚したんだと思いますよ。きっと」

2

驚いたのは、その一週間後である。引っ越しが始まり、たちまち、諏佐水産の事務所に、〈婦人人権同盟小樽湊支部〉の看板が掲げられた。

事務所の鍵も取り替えられたので、合い鍵で夜中に侵入することもできなくなった。

驚いたのはそれだけではない、あの中女卯女子が、社長室の椅子に座っていたのだ。肩書きは〈小樽湊支部事務長〉である。

「凄いな」

おれは言った。「たいした出世だな」

「ええ、不肖《ふしょう》、中女卯女子は、これからは世のため人のために働きますの」

と、言葉づかいまでが変わり、次回の市議会選挙に立候補しそうな勢いである。

前の臨時雇いの二人の事務員も、彼女のスタッフとして採用されていた。

彼女たちは子持ちの戦争未亡人だそうだ。育児のため午前一〇時から午後三時までの勤務時間だそうだ。

「だから、世理恵先生はとっても好い人」

と、卯女子は言っているが、職業的性癖で疑い深いおれには、ちょっと、できすぎのような気がしたのは事実である。

ところで、例の大金庫の開け方だが、依然、わからない。

直接、世理恵議員が支部に来たとき、その旨を伝えたが、返事は意外だった。

「開かずの金庫のままがいいんです。主人を殺した犯人のことは警察に任せて、山門さん、あなたはもう考えなくていいわ」

「はあ」

「お礼は、十分、いたしますわ」

「しかし」

「亡くなった主人も、とうとう、開けられなかった金庫よ。このあたくしも、コンビネーションを知らないの。あの金庫を造らせたのは、あたくしの祖父ですが、引き継いだ父は、組み合わせ番号を言い残さずに不慮の死を遂げたのです」

「遺言書はなかったそうですね」

と、おれは質す。

「探しましたけど、ありませんでした。父の死はあまりにも突然でしたから」

「車の事故だったそうですが」

「岸壁から海に落ちたんです。警察の判断では飲酒による運転ミスということでしたが、あたくしは疑っておりますの」

「と言うと、憲文氏の死は、事故ではなく……」

おれは、殺人という言葉を出しかけ、飲み込む。

彼女はなにも答えなかった。

だが、その瞳の奥に、不明の光がゆらめくのを感じとった。


――翌日、おれは、そのことを鍛冶村鉄平に話した。

「逆に考えると、あの金庫には、人に見られては困るモノが入っているのだろうか」

すると、鍛冶村の答えは予想外であった。

「彼女は、おれにとってもマドンナだった女《ひと》だ、世理恵女史は……。しかし、今は、表向き、関係を絶っている。わかるよな、彼女は表舞台で活躍する国会議員だ。どちらかと言えば社会の裏のほうと関係の深い、おれごとき男が出しゃばっちゃあ、世間の誤解を招くだろう」

「どういう関係なんだい？　彼女とは……」

と、訊くと、

「諏佐家と鍛冶村の家は、数代前の先祖が同郷なんだ」

「同郷というと？」

「十三湊《とさみなと》だ」

「？」

「津軽だよ、津軽半島の十三湖《じゅうさんこ》だ」

「ふーん」

「ま、貴様を信用しているから教えるが、絶対、口外するな」

「わかった」

「諏佐家というのは、おれの家とは格がちがってな、建御名方神《たけみなかたのかみ》の系統なのだ」

「ああ、天孫軍に味方した建御雷之男神《たけみかづちのをのかみ》軍に破れて、諏訪へ逃げた神様だね」

「当時、出雲戦争が行われたのだ。大国主神が治める出雲国をわがものにせんとした大和朝は、強力な軍事力を誇る関東に援軍を要請した。鹿島神宮の主神が建御雷之男神であることからもわかるように、彼が関東を治めていたのだ。当時は海が関東平野を湿地にしていたらしい。だから、人々は埼玉以北の高台に集落を作っていたのだ。一説によると関東への最初の入植者は高句麗《こうくり》人だというがはっきりしない。しかし、群馬の毛野《けぬ》のあたりに牧場を作り馬を生産していたらしい。ということは、建御雷之男神軍は古代日本列島における最強の騎馬軍団、今なら機動部隊を擁していたことになる」

「だから出雲軍は降伏したんだな」

「そうだ。神国日本が鬼畜米英と称していた連合軍に破れ、武装解除されたと同じことが、古代出雲で起きたということさ」

「しかし、国家元首の大国主神と息子の事代主神《ことしろぬしのかみ》は降伏に同意した。この神は巫覡《ふげき》と言って神意を確かめる役職の神だから、骨を灼いて占ったのだろう」

「で、負けと出たのか」

と、おれ。「で、もしかすると、わが国のポツダム宣言受諾もそうやって……」

「おい、よせッ」

鍛治村はおれをたしなめ、「だが、建御名方神は日本の旧陸軍強硬派のように徹底抗戦を主張……だが、戦力の差は歴然……破れた」

「わかりやすいな」

おれは言った。「で、彼は戦場から脱出したわけだ……落ち行く先は諏訪へ」

「問題は、なぜ、諏訪なのか。出雲には宍道《しんじ》湖があるから〈湖の道〉なのだ。おそらく、敗れた建御名方神は、境の湊から船で脱出、日本海を沿岸沿いに進んで能登半島の付け根で上陸し、歩いて富山付近に出ると、神通川を遡って諏訪へ抜けたのではないかと我々は考えているのだ。で、この二点の共通点はなんだと思う？」

「さあ」

「蜆《しじみ》だよ」

「蜆は肝臓に利く。建御名方神は肝臓を患っていたのかい？」

「おいッ」

「冗談だよ」

「いや、古代においては、労せずして大量に採れる蜆をはじめ貝は、貴重な蛋白源であった——と、理解すべきだ」

「なるほど」

「さらに、蜆の大産地の津軽十三湖まで話はつづくのさ」

「つまり、出雲→諏訪→十三湊は蜆ラインというわけか」

「でな、今になって津軽は大騒ぎさ」

「と言うと?」

「新聞、読まなかったのか。現地で厖大な古文書が発見されたのだ」

「さあ」

おれは首を傾げた。

「一部じゃ、『東日流《つがる》外三郡誌』と呼ばれているんだがね、一方じゃ、真贋《しんがん》論争も起きているらしいが、実は、おれの家にも先祖伝来の古文書があるんだ」

おれは高商の左田教官の話題を思い出しながら質す。

「それって、神代《じんだい》文字のやつかい」

「だれに訊いた?」

「高商の左田さん」

「ああ、そう。お前だから話すが、諏佐家にはもっと凄いのがあるらしいという話を、死んだ親父から聞いたことがある」

「亡くなった月夜見博士の家にもあるらしいな」

「うん」

鍛冶村はちょっと気になる目をしたが、「むろん、うちのは門外不出の秘文書だし、親父は一子相伝というやつで読めたが、おれに伝える前に亡くなったんだ」

「なんだ、読めないのか」

「ああ、おれの頭は、こういう仕事には向いておらんのでな。神代文字は、それぞれ、各家に伝わる独自のカナ文字だ。たとえば、阿比留《あひる》文字、出雲文字、春日文字、カタカムナ文字、秀真《ほつま》文字とか、いろいろあるが……」

と、言いつつ、湯飲みのお茶で濡らした人差し指で、机に、

艮

と、書いた。

おれの知らない文字だ。

首を捻っていると、急に……

「まあ、今の話は絶対に秘密だぞ、いいな」

「貴様が世理恵議員を応援する理由もわかった」

と、応ずると、

「選挙ってのは金がかかるからな。相手陣営との戦いはきれい事じゃない。泥仕合になるのだ」

「だろうな」

おれは言った。「二年前のときにも、選挙資金で応援したのか」

「ああ、それ相応にな」

と、答えながら、ちょっと、首を傾げ、「実はな、世理恵さんは、おれのところにも、宝石の入った鹿革の小袋を持参して、買って欲しいと頼みに来た。出所を訊くと答えないんだな」

「父親の遺産では」

と、おれが言うと。

「おい、もしそうなら、財産税というものがあるんだぜ」

と、応じた。

「なるほど」

おれは自分なりに納得した。「それで……」

「ああ、とりわけ青い石は気にいったので、彼女が希望した値で買ってあげたよ。あとで調べたらアフガニスタン産のラピスラズリとわかった。でもな、到底、選挙資金には足りないはずだ。いったい、スポンサーはだれだろう。父上の時代から付き合いのある改新党の赤染代議士かな……いや、政党がちがうのだから、そんなはずはない」

「ひょっとして、貴様、彼女に惚れてるな」

おれが、冗談交じりに言うと、

「呆れ果てたろう」

と、真面目な顔で応じ、「なぜか、嫁ぎ先の長崎で空襲に遭い亡くなった姉を思い出すのだ」

「たいしたロマンチストだ。おれはそういう貴様が好きだよ」

と、言うと、

「わかったら、金庫に関しては手を引け。いいな」

と、照れくさそうに言ったが、鍛冶村の眼の奥には光るものがあり、何かを隠しているようにも感じられた。

「わかった」

おれがうなずくと、

「ところで、あの通称〈シュメル金庫〉のことは誰かに話したか」

「いや。しかし、高商の左田教官にはそれとなく……。なんでも憲文氏存命中には家に出入りしていたらしい」

「そこまで知ってるなら教えておこう。左田先生は、世理恵議員のブレーンの一人だし、中女卯女子と左田明雄はな、子供のころ、同じ電気館通りに住んでいた幼馴染《おさななじみ》なんだ」

「ほんとうか」

と、応じながら、おれは脳裏に〝ピエロ〟という三文字を思い浮かべた。

言うまでもない……おれはこの街の生まれではない。だが、鍛冶村は生まれも育ちも小樽湊である。まして、娘時代の世理恵を知ってるなら、彼女の人間関係にも詳しいはずなのだ。

おれは、この事件を根本から考え直すべきだと思い始めていた。つまり、根っこである。だれが諏佐泰一朗を殺したかの前に、なぜ殺されたのか。

（おれは、あらかじめ、準備されていた台本の上で、踊らされたピエロなのだ）

だが、おれには、諏佐泰一朗を殺した真犯人を探す義務はない。第一、おれは警察官でない。世理恵議員からも、もう手を引くように言われているのだ。

そんなわけで、曖昧な……というか、もやもやした気分である。

開業した私立探偵業も、日本社会には馴染まないのか、あいかわらず閑古鳥《かんこどり》である。そんなわけで、副業の翻訳業のほうが、本業になりはじめたなと思いはじめたとき、突然、ページが一枚めくれたのだ。

3

電話の主はへんてこな日本語である。

「へい。タケシ」

すぐエルビスだとわかった。

「どうした？　悪さして本国に送還されたのかと思っていたぞ」

と、冗談を言うと、

「おれはコックなのに、沖縄キャンプの実戦訓練でさんざんだったよ」

と、愚痴《ぐち》る。

それで、岩戸家で久しぶりで会うことになった。

あらかじめ奥の小部屋を頼んでおいたので、先に来ていたエルビスは窮屈そうに脚を曲げて坐っていた。

エルビスはここでは人気者である。いろんな貴重品を運んでくるからだ。

先だってこの店で知り合った少名史彦に言わせれば、神代の昔と同じで〈恵比寿《えびす》信仰〉なのだそうだ。つまり、閉鎖的な場所へ時たま訪れる外来者を神として崇めることだ。

ともあれ、従業員の女たちは、アメリカ製のチョコレートを山のように貰い、大はしゃぎだった。

とりあえず、乾杯し、お互いの消息を話し合ったついでに、おれは訊いた。

「そう言えば、お前がこの店に持ってきた北海蛸だけどな……」

「はい、エルビス、蛸、気持ち悪い」

「あの蛸を、お前のところへ納入しているのは誰なんだ?」

「チシマカイサンだよ。海産物はみんなそう」

「あの蛸もか」

「そう、他の魚と交じってた」

「配達員がだれか覚えているかい」

「むろん、おれが受けとるからな」

「そいつの名前、覚えているか」

「ああ」

「だれだ?」

「チクワだ」

おれは記憶を蘇らせた。中女卯女子と初めて岩戸家へ来たとき、隣にいた蟹顔の男が、千島海産の納品業者だったのである。

ひそかに、おれは、仮説を起てていたのだった。

ひょっとすると、すでに、おれは犯人と会っていたのかもしれない。

なぜ、その晩に限って、蛸好きの彼が、女将の勧めた北海蛸を拒否したのか。

答えは一つしかない。

が、問題はその先にあった。突破口はあの男だが、あくまで、おれは警察官ではない。

――ところが、事態のほうが勝手に動いたのだ。あのエルビスが三人の暴漢に襲われたのである。

だが、シカゴ生まれのエルビスは、イリノイ州のフェザー級チャンピオンだった経歴のある男だ。長いリーチで繰り出されたストレート・パンチが相手の鼻骨を砕き、顎の骨に罅《ひび》を入れ、前歯をへし折ったらしい。

おれは、この話を岩戸家の女将から聞いた。岩戸家は、この港街では、もっとも早く情報の集まるところなのだ。

翌日は五月一日の日曜だった。

朝から花苑公園で、メーデーの祭典が始まっているはずだ。

午後四時頃、当のエルビスから電話があった。

「さすがチャンピオン、暴漢三人を叩きのめしたっていうじゃないか」

エルビスによると、通りがかったMPが暴漢を逮捕し、小樽湊署に引き渡したのだそうだ。

「お前は、お咎《とが》めなしか」

「ああ、ノー・プロブレム。エルビスは素面だったし、ヒロポンもやってないから当然さ」

……で、我々は会うことになった。

エルビスのお気に入りの場所は、マル井百貨店の遊戯コーナーである。ここに鉄製の大きな鬼の像があり、これに向かって素焼きのボールを投げ、臍《へそ》の部分に命中すると大きなうなり声を発し、鬼が鉄棒を持ち上げるのだ。

「こんなゲーム、シカゴにはない」

大リーガーよろしく命中させて、彼は大はしゃぎだ。

おれはご機嫌なエルビスを向かいの六幸《ろっこう》へ誘う。ビヤホールがあるのだ。

ジョッキ一杯が二四〇円、敗戦国民には高価な飲み物である。

だが、

「じゃんじゃん、もってこいッ」

エルビスは景気がいい。日本のインフレはものすごく、国民は手持ちの着物なんかを、米など食べ物に換えるタケノコ生活をしているが、彼のサラリーはドルであるから、交換率が有利である。一方、資産防衛のためにも日本人側はドルを欲しがるのだ。

「メーデーにカンパーイッ」

おれもご相伴《しょうばん》に預かる。

エルビスが言った。

「メーデーは、おれの故郷で始まったんだぞ」

たしかに、一八八六年五月にシカゴでヘイマーケット事件という流血事件があり、以来、労働者の祭典として、全世界に広がったのだ。

いっこうに、饒舌《じょうぜつ》のやまないエルビスを遮って、おれは事件の経緯《いきさつ》を訊く。

要約すると、エルビスはおれから訊ねられた例の竹羽十郎に、北海蛸納品の件を問い質した。はじめは、まちがえたと答えていたが、態度がおかしいので追求すると、その場から逃げ出したらしい。

「エルビスを襲ったやつら、チクワと関係あるかもね」

と、エルビスは話す。

というのは、彼を襲った三人の他に、現場から逃げ出した竹羽十郎を見たと、エルビスは言うのである。

4

事件はさらにつづいた。

五月五日は、わが国最初の子供の日で祝日であったが、朝がた、防波堤に釣りに来た小学生たちが、中央埠頭の護岸下に浮いていた水死体を見付けたというニュースが、昼のラジオで流れた。しかも、驚いたことに、水死体は竹羽十郎と判明したと言うのである。

おれは、愛車の原付自転車を鍛冶村の家へ走らせ、事情を訊いた。小樽湊開港のずっと以前から、この街に草鞋《わらじ》を脱いだ古い家柄だけに、計り知れない人脈があるのが、鍛冶村家である。

「竹羽十郎には、執行猶予付きだが前科があった。覚醒剤だよ、ヒロポンの密売だ」

と、鍛冶村は話した。「警察は、ヒロポンの過剰摂取による事故死で、早々と処理したいらしいぞ」

上野駅時代を経験しているだけに、おれもヒロポンの恐ろしさはよく知っていた。

「長距離飛行を強いられる航空兵なんかに、支給したという話は聞いている」

と、おれは応じた。「戦後の混乱期、これが巷間に広まり、多くの中毒者を生んでいるらしい」

「ああ。警察は事故の背景を探るのに必死らしい」

と、鍛冶村も語った。「実は、昭和二〇年秋、敗戦のどさくさに便乗して、旧日本軍から盗まれた覚醒剤の大量盗難事件があったそうだ。GHQの報道管制のせいかどうかは知らんが、ニュースにはなっていないがね」

「ほんとうか」

「竹羽は末端の一人だろうが、どうも関西系の組織とつながりがありそうなのだ」

「なるほど」

「でな、連中の内輪もめでいわゆる組織に殺されたという噂が、裏社会関係者の間では囁かれているらしいし、案外、こっちが真相かもしれんな」

「にもかかわらず、警察は臭い物に蓋をする気か」

「ああ。でな、有力な容疑者は、例のエルビスに叩きのめされた三人組だ。だが、彼らは傭兵《ようへい》で、言葉の訛りからも関西系だ。ただし、連中は入船《いりふね》総合病院に入院中だから、竹羽殺しの犯人ではない」

と、鍛冶村は教えた。

「不幸中の幸いというやつで、期せずしてアリバイ成立かい」

「ああ。そういう次第で事故死ということで一件落着だが、もし計画的殺人なら、いったい誰が？ 山門、お前に心当たりがあるんじゃないか」

「いや」

おれは首を振ったが、心の中で疑惑が浮かんだのは事実である……。

——校倉刑事が、おれの事務所に現れたのは五月の半ばだった。若い部下を連れず、一人で来たのは、何か魂胆《こんたん》があるからだろうか。

案の定、開口一番、

「あんたを、闇ドル売買の容疑で逮捕しにきた」

おれは肩を竦めた。為替レートが一ドル三六〇円に決まったのは、先月の二三日である。おれは、エルビスを唆《そそのか》して同僚からドル紙幣を集めさせ、四〇〇円で買っていたのだ。

物資不足の敗戦国日本では、ドルさえあれば、米軍直営の酒保《PX》などで、様々な貴重品が買えるからだ。おれは、そうした善良な市民のためにドルを集め、一ドルを五〇〇円で売って利ざやを稼ぎ、糊口《ここう》を凌いでいるのだ。

「容疑は外為法かい」

おれは応じた。

「貴様など、いつでも逮捕できるんだぞ」

「いいとも。しかし、おれは、警察の取調室でな、あんたを以前の姓で呼ぶこともできるのだぞ」

と、はったりを噛ました。

「おい、早まるな」

明らかに、校倉の表情は焦っていた。「お前が協力さえすれば、闇ドル売買は見逃がしてやってもいい」

「ふん。どっちのカードが強いか、試してみるかい。が、まあ、いいや、その協力ってのはなんだ?」

「あんたのことは申女卯女子から聞いた。諏佐議員に金庫のコンビネーションがどうしたとか言ったそうだな」

「さあな」

おれは応じた。「いや、まだ解けていないと言ったら、信じるかね」

「教えてくれ」

「いや。第一、諏佐議員から、もうこの件から手を引けと言われているんでね」

すると、校倉が臭わす。

「実は、あの大金庫の中に、今回の一連の事件の証拠品が隠されていると、おれは思うんだ。まだ、あくまで、おれ個人の勘で、捜査本部には言っておらんのだがね」

むろん、おれは、まともに聞いていたわけではない。

「ノー」

おれはにべなく言った。「おれの今の雇い主は諏佐議員だ。探偵の仁義として、裏切るわけにはいかんのでね」

「警察に刃向かうのなら、おれにも考えがある」

「あんたはおれを逮捕できないさ。そのときが、あんたの戦前・戦時下の身分がばれるときだ」

一瞬、やつの眼球が赤加賀智《あかかがち》のごとく輝くのをみた。おれは殺気さえ覚える。

やつが帰るのを見届けると、卯女子に電話した。

「これから会えないか」

「残念だわ。ボスに呼ばれて、これからアカシア市へ行くの」

「今夜は？」

と、言うと、

「いいわよ。会ってあげる」

午後七時、あま党で会うことにした。

第四章　父親の遺書の謎

1

おれは翻訳の仕事をつづけ、灰皿を吸い殻で一杯にした。

電話が鳴ったのは、午後五時、電話の主は解放出版の児屋勇からだった。

おれのほうから先手を打ち、

「先月分の翻訳料を送ってくれよ。おれを、飢え死にさせようっていうのか」

と、催促すると、

「内地《ないち》には紙がないんだよ。王寺《おうじ》製紙あたりに伝手《つて》がないかなあ。そちらには紙があるらしいから」

と、言う。

「わかった、聞いてみよう。おい、用事はそれだけか」

と、言うと、

「いや。翻訳料は郵便為替で送った。来月号も期待している、貴様の翻訳は評判がいい」

と、児屋は答えた。

「わかった。仕事はしているが、訊きたいことがある」

と、おれは言った。

「なんだい?」

おれは、手短く、いま取り組んでいる事件の説明をして、

「あんたは、戦争前、文芸誌の編集者だったよな。たしか、誌名が「文藝社会」だったな。で、特高に捕まったんだろう? あのころは〝社会〟という言葉がついているだけで、社会主義者とまちがわれたもんだ」

「ああ、そのとおり」

「で、おれが、いま取り組んでいる事件なんだが、大国太郎という作家に関係があるんだが」

「懐かしい名だ」

と、児屋は応じた。「生前、会ったことがある。うちの雑誌に随筆を頼んだんだ」

「参議院議員の諏佐世理恵と恋仲だったという話を知っているかい」

「おいおい、それを小説にするのか」

「いや、そのつもりはない。実は、依頼主なのだ」

「で、何が知りたい」

「当時の資料だ。取り調べを担当したのは、今はパージを逃れて姓を校倉と変え、小樽湊署の刑事をしている元特高だ」

「ポッダム宣言を受諾するやいなや、何日もかけてさ、昼夜兼行で資料を焼いたらしいからな、おれたちは外地で捕虜にされて知らなかったけどな」

「ああ、聞いたことがある」

「多分、資料は何もないはずだが、うちの寄稿者の一人に、当時の関係者がいるから聞いておこう」

結構、長電話だった。

受話器を戻して、おれは考え込んだ。

すでに、ある隠された構図が、おれの脳裏に浮かんでいたのだ。少々、突飛《とっぴ》かも知れないが、この事件には、部外者のおれに、気付かれては困る重大な

裏があるように思われるのだ。

——午後六時すぎ、暮れなずんだ街に出て、岩戸家で鰊定食を食べる。嬉しいことに金色の数の子が入っていた。

約束の時間にあま党に着いたが、卯女子はまだだった。代用コーヒーをゆっくり飲みながら、心ぼそく街灯の灯りはじめた電気館通りを行き交う人々を、ぼんやり眺める。

確かに、北国にも春が来ている。だが、おれは憂鬱だ。多分、日本中がだろう。祖国がこれからどうなるか、まだだれにもわかっていないのだ。

七時半すぎ、卯女子が現れた。

「汽車が遅れたの」

よくあることだ。

おれは、早速、用件を切り出す。

「今日、校倉が来たんだ」

「あいつが?」

さんざん、絞られた刑事だから、彼女はちょっと怯《おび》えた眼をした。

「あいつ、なにを探っているのかしら」

「安心していいよ、やつの弱点を握っているからね。それより、校倉の関心は大金庫だ。今度の事件の証拠が、あの金庫にあるのではないかと疑っているんだ」

「まさか」

卯女子は言った。「うちの先生は議員さんよ、警察にできるのかしら」

「ああ、犯罪の証拠が金庫の中にあるなら、家宅捜索の令状はとれるはずだ」

「犯罪の証拠ってなによ」

「覚醒剤だ」

「覚醒剤って?」

「ヒロポンだよ」

おれは、日本敗戦の前後に、軍から持ち出されたヒロポンのことを話した。

「そんなッ」

卯女子は首を左右に激しく振った。「金庫に隠すなんて、絶対、できないわ」

「なぜ、断言できる?」

「だって、前にも言ったでしょ、アルファベットの組み合わせを、亡くなった社長さんは知らなかったんですもの。開けられない金庫に、どうやって隠すの？」

「まあ、いい。君を信じよう」

おれは応じ、「しかし、どうあれ、肝心のコンビネーションは、現在、だれにもわからないんだ。だから、校倉はおれに聴きにきたのだ」

「教えたの？」

「いや。しかし、おれが推理したコンビネーションが正しいかどうか、試してみたいんだ」

「だめよ。先生が〝開かずの金庫〟がいいっておっしゃったでしょ」

「だから、頼んでいるのさ、先生に内緒でさ、立ち合ってくれないかな」

「だめよ、第一……」

卯女子は言った。「多分、武史さんの推理は外れだと思う」

「どうして？」

「武史さんの推理とあたしたち、つまり先生と一緒に、先日、試したコンビネーションは同じだと思うから」

「まさか」

「考えることは、みんな同じよ。だれだってシュメル神話が鍵だと考えるわ。だって、〈シュメル金庫〉ですもの。ですからね、シュメル神話のもっとも有名な神名を使う暗号は、あたしも幾通りか案を考えて、世理恵先生にもお教えしましたわ」

「参ったな。どうやって思いついた？」

いささか虚を突かれた気分である。

「左田さんよ。先生のお知恵を拝借したわけ」

「もしかすると？」

と、言いかけて口をつぐむと、

「ギルガメシュでしょ。だって、GILGAMESCH の字数は、金庫のダイヤルと同じ数じゃない」

「左田さんがそれを……？」

「あなた、左田先生の研究室で写真を撮ったでしょう。ドイツ語の本……」

「そうか、彼とは幼なじみだってね。だからツーカーってことか」

「そうよ。先だって、後援会の幹部会に出席された左田先生が、あなたが訪ねてきたとおっしゃっていたわ」

おれは、急に居心地が悪くなった。

何もかも、見透かされているようである。

「実はね」

彼女は、ちょっと、理解しがたいお多福《たふく》笑いを口元に浮かべた。「でね、あたしたち一番上のダイヤルだけは解錠できたのよ」

「えッ！」

「教えて欲しい？」

「ああ、欲しい」

「じゃあ、お汁粉をもう一ついただいていいかしら」

「ああ、いいぜ」

「あたしたち、すべての組合せを試したの」

「すごいな、順列組み合わせだ。計算したら幾通りになるか。時間かかったろう」

「そうでもないわ。世理恵先生がヒントをくれたの。亡くなったお父上が金庫を開けるところ見たことがあるらしくって、ずーと忘れていたのを思い出したんですって」

「うーん」

「とにかく、三つの名前を三段に並べて左から順に縦切りした三文字の組合せらしいの」

「それで……」

先を促す。

とにかく、三段の一段目か、二段目か、三段目かが、GILGAMESCHと仮定できるから、組合せはずっと減るわけ……」

彼女はつづけた。「ですから、一段目はGとして順次、アルファベット二六文字を……でもね、二段目の最初をGとしたとき、正解が見付かったわ」

「なるほど。同時に、二段目がGILGAMESCHと決まったわけだ」

と、おれはうなずく。

さらに、この組合せを表にしてくれた人物がいた。おれが予想したとおり、高商の左田教官である。

「あとは根気よくつづけるだけ。で、見付けたの……一番上のダイヤル1の組合せは、Sを左へ三回、Gを右へ二回、Mを左へ一回よ」

「Sはなんの頭文字だと思う」

おれは訊いた。「思い当たるのは須佐之男神《すさのをのかみ》だけど」

「あたしたちも同じに考えたわ。でもちがうらしいの」

おれも考えみた。スサノヲ、つまりSUSANOWOなら八字、SUSANOWONOKAMIなら一四字で、一〇文字にはならないのである。

2

さらに、日は無為に過ぎていくが、もっぱら、おれは翻訳の仕事に精出す。

あれから、卯女子との仲も深くなった。内心では、疑うにたる不審な点もないわけではないが、あえて口にしなかった。

たいてい、落ち合う場所は決まっていて、昼間ならあま党、夕方以降なら岩戸家である。

彼女の口から、戦後文壇の寵児の一人、坂口安吾《さかぐちあんご》の『堕落論』のことを訊かれたのは、そんなある日の岩戸家でであった。

今、岩戸家に集まる文学仲間の間では評判らしいのだ。

「読んだの？」

と、訊かれたので、

「まあ、一応は……」

と、応じた。「初出は、たしか終戦の翌年四月の『新潮』で、本になったのは一昨年じゃないかな。今やデカダンス文学のスターだよ」

「さすが、読書家ね。感想は？」

「おれはシベリア帰りだからね。〝若者は花と散ったが、同じ彼らは生き残って闇屋《やみや》になる〟なんて書かれると、おれ自身が皮肉られているようで、傷つくね」

「まあ、武史さんたら、闇屋だったの？」

「この街に流れ着くまではね……けどな」

おれはつづける。「昨年の暮れに出た『不連続殺人事件』は傑作だ。下馬評では探偵作家クラブ賞の最有力候補だよ」

今度は、おれが卯女子に問う。

「君が、なぜ興味を持つのか、むしろ、そのわけを知りたいね」

するとヽ
「ヒロポンよ。二日酔いを覚ますのに、常用しているらしいって、文学仲間に聞いたからよ」

「文学仲間って……いつの間に?」

驚いていると、カウンター越しに、女将の秦子が、

「なかなかの才能よ。あたしが詩の仲間に引き入れちゃったの」

と、教える。

「へえ」

という返事しかできない、おれである。

「そうね、とっても情熱的な詩を書くから、歌人の与謝野晶子《よさのあきこ》をちょっとね」

秦子はおだて上手である。

「武史さん。あなたもあたしたちの同人誌に入りなさいよ」

「やめとく」

深入りは禁物だ。


だが、今、話題になったヒロポンのことは、上野暮らしの経験で少しは知っていた。

ヒロポンは商品名で、戦前、大日本住友製薬が製造販売していたメトアンフェタミンだが、危険な覚醒剤の認識はなく、強壮剤くらいにしか考えられていなかった。

原料のエフェドリンから合成されたのは明治年間。大正八年には結晶化に成功した。

そう、いささかの知識を卯女子に教えながら、

(そうか)

と、気付く。

(結晶体なら、甜菜糖に混ぜて隠せるぞ)

——参議院議員の諏佐世理恵が、選挙区まわりで小樽湊にも姿を見せたのは、その数日後、支部事務長の卯女子がおれを部屋まで迎えに来た。

「山門さん、これをどう思いますか」

と、見せられたのは、埃にまみれた茶封筒と原稿用紙だった。

「先日、部屋の大掃除と模様替えでそこの本棚を

動かしましたの。すると、これが裏から……」

と、卯女子が教えた。

「父の筆跡にまちがいありません」

世理恵議員が言った。「しかも、あたし宛の……

これは父の遺書なの……」

と、涙ぐむ姿は感動ものである。

「これ、拝見してもいいんですか」

「謎文なんです。あなたなら解けるかと思って」

おれは、渡された封筒から、それを取り出す。

冒頭こそ、「すまない、世理恵。許しておくれ。

父はまちがいを犯した。泰一朗との結婚を勧めたの
は……」で始まっているが、以下はまさに謎文であ
る。


わが愛しの娘よ、父には危険が迫っている。

もし真実の扉を開かんと欲すれば、古事記に従え。

わが身近な者の中に冥界の神がいる。

その神より半神半人の異国の英雄を導け。

この者の地を求め、末尾の一文字を捨てよ。

ダイヤルは左三回、右二回、左一回。


全ては十、されど文字の重なる列を省き、八とせよ。

暗黒は内にあり。

光明は外にあり。

役立たぬものにこそ、父の愛がある。


「いかが」

議員が言った。

「お父上は、シュメル文明に傾倒されていたようですね」

おれは応じた。

「ええ、とてもね。あたくしが、まだ、尋常小学校だというのに、懸命になって教え込もうとして……」

「まさに、謎文ですが、『古事記』がヒントになりますね」

おれは年上の美人議員を見つめてつづけた。

「探偵さんに解けるから」

彼女が言った。

瞳の光におれは魅了された……

「考えてみましょう」

と、おれは、彼女に支配されている自分を自覚しながら答えた。

「ぜひ、お願いするわ。でも謎文が解けても、絶対に他人には漏らさないでくださいね。あなたを信用しているからこそ、この遺書をお見せしたんですから」

「約束します。あなた以外には、絶対に漏らしません」

おれは誓いを立てた。

3

ひと晩、徹夜で考え、おれはある仮定を思いつく。

翌日、左文字坂の案山子書房に電話して、アポイントメントをとる。

手土産は、エルビスから調達したジョニ赤一本。夕方、店を訪ねた。

手土産は、少名史彦の口を滑らかにする効果があった。

東京の大学で比較神話学を研究していた彼の専門知識を、おれは引き出したのだ。

話はおもしろかった。門外漢のおれには耳新しかった。

「むろん、古典文学の専門家は認めがたいでしょうし、まして我々の考えは不敬罪に抵触しかねない。しかし、たとえば、伊邪那岐神《いざなぎのかみ》が亡くなった妻を訪ねて黄泉の国へ行った神話は、わが民族独自の創作ではないのですから」

「と言うと?」

「戦前、戦時下のわが国では日本民族は日本で生まれた神聖な民族であり、ゆえに我々が主導してアジア世界を正しく導く……」

「ああ、八紘一宇《はっこういちう》とか、大東亜共栄圏思想とか……あれですね」

おれはうなずく。

「ええ、ですから、天皇家のシュメル起源説などを言ったら、たちまち逮捕ですよ。罪名は……」

「治安維持法ですか」

「他に不敬罪というのもありますが、とにかく、そういう国家主義の考え方から日本神国説が生まれ、ひいては一億総玉砕なんて乱暴な考えも生まれたわけで……」

と、少名の口調は熱を帯びる。

つづけて、

「山門さんは、戦前に、一度は発刊されたが、官憲の検閲をおもんぱかって焼却された著書の存在をご存じですか」

「いいえ」

「『古事記』がシュメル語で書かれたというもので、実際、万葉仮名と一致するらしいのです」

「まさか……いや、どういうことですか」

と、おれは質す。

「遙かなる太古の昔、優れた海洋民族であったシュメル人がわが国に来ていたらしいのです」

「何のために!」

思わず、声が大きくなる……。

「おそらく、太古の日本では、当たり前のように列島の各地で産出した砂金が、目当てだったのではないか、と思います。つまり、あなたもご存じのあのマルコ・ポーロが西洋世界に伝えた〈ジパング黄金国伝説〉は、伝説どころか事実だったんじゃないか——と、わたしの父や諏佐憲文さんらは考えていたと思います」

おれとしては俄に信じがたい話だった。だが、この小樽湊市には、戦前から〈シュメル・日本同根説〉を信奉するグループがあったらしい。

「じゃあ、あなたの父上も〈シュメル研究会〉に……」

「ええ、むろん」

話はさらにつづき、

「わたしの父、少名彦兵衛《ひこべえ》はこの街に、江戸末期に出雲から移住した者ですが、江戸時代は北前船交易に関連する商売をしていた関係で、この蝦夷地への強い憧れがあったようです。ま、自分もそんなご先祖の血を受け継いでいるのでしょうか、出雲王朝と大和王朝の関係に興味を抱いてきたのです」

「『古事記』では、出雲の王であった大国主神が大和に国譲りをしますね」

「いいえ。あれは天明天皇が太安萬侶《おおのやすまろ》に命じてやらせた真の歴史の改竄《かいざん》ですよ」

「へえ、そうなんですか」

専門的すぎて、おれにはついて行けそうもない。

つづけて、

「出雲と言えば、八俣大蛇《やまたのをろち》を倒した諏佐之男神《すさのをのかみ》がいますね」

「ええ、その八俣大蛇ですが、実は、そっくりなのが、メソポタミア神話には出てくるんですよ」

「ほんとうですか」

おれは、本気で驚く。

「ええ。ただし、こちらは八股でなくて七股の大蛇ムシュフッシュですが、これを退治したのが英雄ギルガメシュの親友エンキドゥなのです」

「となると、諏佐之男神話は、そのエンキドゥ神話の反映とか」

「というよりは、エンキドゥは、半神半人であるとされるギルガメシュの分身といいますか、彼の獣的な側面を表しているのではないか考えられます」

「つまり、二つ合わせて一人格、いや、一神格ということで……」


少名はつづける。

「ご存じのとおり、天の岩戸神話の前景となる、諏佐之男神が高天原で大暴れするシーンを思い出してください」

「姉である天照が営む〈忌服屋《いみはたや》〉に、諏佐之男神が、〈天の斑馬《ぶちこま》〉を逆剥ぎして投げ込んだため、怒った姉が岩戸に隠れるという展開に……」

と、おれが応ずると、

「ところが、シュメル神話にも似た話があるです。こちらは、ギルガメシュに懸想したイシュタルを振ったため、怒った彼女が報復のため天界の第一人者アヌに頼みこんで〈天の牛〉を下向《げこう》させるシーン……このときも親友のエンキドゥがこれを倒すのです」

「なるほど。たしかに、シュメル神話と『古事記』の神話時代には相似性がありますね」

と、おれは言うと、
少名は、

「さらに、『ギルガメシュ叙事詩』に出てくる〈イシュタルの冥界下り〉神話は、伊邪那岐神の〈黄泉《よもつ》比良坂《ひらさか》〉神話とそっくりなんですよ」

と、つづけた。

4

すっかり話し込んでしまった。

改めて気付いたが、案山子書房は、それほど流行っている店とは思えなかった。

しかし、少名史彦によると、親が残した貸し店舗が同じ十文字坂にあり、しかも独身なので生活には困らないそうだ。

「お陰様で自分の研究に没頭できるわけで」

と、教えて笑った。

とにかく、なぜか気があった。日が暮れるまで長居したが、彼に誘われて花苑十文街にある一膳飯屋《いちぜんめしや》に誘われたりした。

そもそも『古事記』とは、初め天武天皇（六七二？年～六八六年）が稗田阿禮に命じて、帝紀や旧辞を暗唱させてまとめようとしたが完成せず、次代の女帝、元明天皇（六六一年～七二一年）が、在位の時、太安萬侶に筆録を命じて和銅五年（七一二年）にようやく完成したものである。

「結論を言えば、文字の読み書きができない阿禮の目をかすめて、筆耕者の安萬侶が天皇の求めに応じて、巧みに改竄《かいざん》したものにちがいないと、ぼくは考えています」

理由がこうだ。それまで倭であったわが国が、天武の時代から日本を名乗るようになったことからもわかるように、世界に通用する国家の体裁を整える必要があった。国の歴史編纂もその一つである。さらに政権の正当性を証明する必要から、神武以前から連綿とつづく万世一系の血統書も必要であったわけである。

「当時の日本列島は、各地で様々な勢力が群雄割拠《ぐんゆうかっきょ》していたわけですから」

と、少名は語った。

つづけて、「ところでこの阿禮ですが、舎人《とねり》とあるので男性と思われているが、ほんとうは女性で巫女です。しかも、天の岩戸の前でストリップ・ダンスを演じた天宇受売命《あめのうずめのみこと》の子孫です」

しかも猿女《さるめ》の遠い先祖とされるどころか、このサルメはサロメのことであり、つまり聖書に出てくるあのサロメ、つまりガリラヤの太守ヘロデ・アンティパスの後妻ヘロデヤの娘である。ヘロデアはその結婚を聖者バプテスマのヨハネに非難されたのを恨みに思い、サロメを唆《そそのか》し、王の前で舞いを演ずる報酬としてヨハネの首を刎ねさせるのである。

「つまり、シュメルから西へ伝播してユダヤ人に伝わり、東は古代日本列島にも伝わって、後の世に猿女《さるめ》と呼ばれた者たちの先祖、ウズメになったわけです」

と、説明されると、妙に説得力ある。

「つまり、『記紀』にあるのは、あとからこじつけた理由ではないと……」

と、おれが言うと、

「ええ。猿田昆古《さるたひこ》と夫婦になったから猿女《さるめ》と言うようになったというのは創作で、彼女のような職業は、古くからメソポタミアにあった風習で、たとえば神殿娼婦です」

彼によると王の娘であってもこの義務を免除されず、神殿の周りで男に春をひさいで得た金を神殿経済維持のために奉納したらしいというのだ。

「女性蔑視もはなはだしい」

と、おれが言うと、

「いや。実は、これを言い出したのはヘロドトスらしいですが、彼のはなはだしい誤解だったとも言います」

「どう言うことですか」

と、質すと、

「王と女神イシュタルの姿になった神殿付巫女との聖婚、つまり豊穣を天に祈る儀式だったらしいのです」

「なるほど」

おれは納得した。

ともあれ、この猿女氏は原始呪術の伝統を引く宮廷神事に仕えた巫女であり、彼女らは滑稽な歌舞を演ずる古代の芸能人《エンターテイナー》であったそうだ。

さらに少名はつづけた……。

「第一、阿禮を人名と考えること自体がおかしいと思いませんか」

「と言いますと？」

と、おれが問い返すと、

「『古語辞典』にもありますが、阿禮というのは四月に行われる賀茂祭に神霊の象徴として用いる榊《さかき》の大きな枝のことなんです。祭りでは、これに綾絹や鈴などを付けます」

「つまり、彼女は巫女さんなんですね」

「ええ、そうです。しかし、阿禮は元々は〝ある〟、つまり〝生まれる〟・〝出現する〟の名詞形なんです。ですから〝氏素性〟のことですから、素直に読めば〈稗田生まれ〉という意味になる。この稗田ですが、ぼくなりに考えているのですが、京都比叡山の別の表記が、日吉《ひえ》、稗枝《ひえ》や日枝《ひえ》ですからね、このあたりで生まれたのではないかと……」

と、言って、手許にあった地図帳を開いた。

たしかに、日吉《ひえ》神社の本宮は、延暦寺のある比叡山頂から琵琶湖側に下った東麓にある。

「主神は大己貴神《おほなむちのかみ》ですが、初めは大山咋神《おほやまくひのかみ》でした」

彼はつづける。別名を山末之大主神《やますゑのおほぬしのかみ》とも言いますが、この山末とは麓のことでして、山咋とは山に杭を打つという意味ですから、山の地主、つまり比叡山の地主神です」

「大己貴神というのは大国主神ですね」

と、念を押すと、

「ええ。名前がたくさんあるんですが、荒霊《あらみたま》、和魂《にぎみたま》、幸魂《さちみたま》、奇魂《くしみたま》など魂の様態で呼び名も変わる性質があるようです」

「そうなんですか」

「大山咋神は太古の神で元は磐座《いわくら》だったと言います。おわかりですか」

「原始信仰では神霊は巨岩や巨樹に寄り付いたわけですね」

と、おれは応じて、「芭蕉の〝閑けさや岩にしみ入る蝉の声〟の心境ですか」

「ははッ！　まあ、そうですが、この日吉大社は山王という別名もあるのですが、お使いが野猿なのです。どう、できすぎていると思いませんか」

「猿田毘古《さるたひこ》と天宇受売《あめのうずめ》命のセットがですか？」

「ええ」

「ですね」

「ぼくの考えでは、おそらく宇受売は日吉《ひえ》系の巫女で、彼女をよく訪れる比叡山の野猿との出会いが伝承されて、あのフィクションができあがったと思うのです」

「なるほど」

おれはうなずいて、「とにかく暗記の天才だったわけですね」

「本のない時代ではね、彼女のような暗記名人自体が本だったのです」

「ははッ、人間録音機だ」

と、冗談を言うと、少名は大真面目な顔で、

「これも自分個人の考えですが、『古事記』の神話の部分は、筆録者の安萬侶によって恣意的に消去されたり書き換えられたはずの〈原古事記《ウル》〉があるはずです」

「幻の原本があると……」

意外な気がした。

「山門さんは〈ヲシテ文献〉をご存じですか」

「いいえ。初めて聞きます」

「では、ホツマツタエは?」

「さあ」

「たとえば、こう書きます」

と、言って、手元の雑記帳に、ちびた鉛筆で書いた。

——秀真伝
「学者たちは江戸中期の国学者や神官らが書いた偽書ではないかと言いますが、これにミカサフミ、フトマニを加えた三つのヲシテ文字で書かれたヲシテ文献が『古事記』の原本ではないかという考えを自分は支持します」

「つまり、それが『原古事記』だと?」

「いや、さらに前があったはずだ。今となっては見付かりようのない原本には、紀元前のわが日本列島にオリエント世界から伝来したであろうシュメル神話、『ギルガメシュ叙事詩』の影響がもろにあったのでないか——と、考えているのが、月夜見博士が会長であった、例のシュメル研究会の主張なのです」

「たとえば……」

と、思わず、膝を乗り出していたおれである。

「たとえば、天照大御神の姉妹である月読神とも

月夜見尊とも表記される女神は、シュメルでは月神ナンナです」

彼はつづける。「シュメルの神統譜では、天父神アンと地母神キの間にできた大気神エンリルが生まれ、このエンリルが月神ナンナを生むのです。さらにこのナンナが生んだのが日神ウトゥと金星女神のイナンナを生むわけです」

「イナンナ？　イシュタルじゃあないんですか」

と、おれは質す。

「イナンナはウル語、イシュタルはアッカド語名なんです。つづけていいですか」

「ええ」

「一方、わが国では、日神天照大神を最高神とし、ナンナに相当する月読神が脇役の地位へ遠ざけられたわけです」

「なるほど。改竄《かいざん》とまではいかぬとしても改作だというわけですね」

「さらに、『ギルガメシュ叙事詩』では、イナンナことイシュタルが、ギルガメシュに言い寄って振られた腹いせに、天神のアンに頼んで怪物〈天の牛〉を造らせ、振られた相手を襲わせるわけです。つまり、物語の構図は似ているが、『古事記』では神々の役割が巧妙に代えられているのです」

「そうですね」

おれはうなずく。

『古事記』では誓約《うけい》に勝った須佐之男神が高天原で畑を荒らし、天の斑馬の革を剥ぎ、神の布を織る神聖な機織小屋の屋根から投げ込むのである。

さらに、かつて出雲の地には、須佐之男神が建国した強力な国が存在し、軍事強国であった――と、少名史彦は考えているらしい。

「奥出雲が、山を崩して得られる山鉄の産地だったのです」

今でも採れるそうだ。この事実が、須佐之男神の八俣大蛇《やまたのをろち》を退治する神話のベースだというのだ。

「さらに、天照大御神は朝廷の都合で格上げされた神であり、元は巫女である。現に、元の名は大日孁貴神《おほひるめむちのかみ》であるから、太陽神に仕える巫女なのです」

少名はつづけて、「極めて異端ですが、この神が、実は須佐之男神の妻であったという説すらあるのです。それが、いつにまにか須佐之男神の姉になった。いや、男だったという説さえもね……」

と、言われると、ただただ、驚くばかりだ。

あとは太古の昔をイメージするだけである。出雲勢力と大和勢力の間で長年に渉る戦争あるいは敵対関係があったのではないか。しかし、大王須佐之男神が他界したあと、後継の大国主神の時代に出雲は大和に屈服するのである。この歴史を和平というオブラートで包んだのが『古事記』だ——と、案山子書房の店主は断定するのである。

——など、話は尽きず、夜一〇時をすぎてから席を立ったが、別れしな彼に、

「実はこの一字ですがなんと読むのですか」

と、自分の手帳を開き、〝艮〟と書いたページをみせると、

「ウシトラです」

「意味は?」

「十二支で表す方位盤なら、寅と丑の間、つまり東北。わが国では鬼門とされている方角です」

つづけて、「でも、なぜ?」

「いや、ちょっと」

おれは言葉を濁し、「別に、ただ……しかし、なにか特別な意味が?」

「いや。ありません」

と、否定したが、気になる表情だ。

別れを告げ、少名の話を、暗い道を歩きながら反芻した。

おれが、今、感じているのは、現実の世界にはちがいないが、微妙に、なんと言えばいいか、適切な言葉が見付からないが、たとえば、髪一筋の幅だけずれている世界にいるという感覚……最近のおれが感じているのは、なんと言うか、他人の服を着たような違和感なのだ……。

5

ともあれ、〈ギルガメシュ・須佐之男神同根説〉を採ることにしたおれとしては、あとは実際に試すだけである。

ただし、諏佐憲文氏の遺書であるが、最後の三行、
暗黒は内にあり。

光明は外にあり。

役立たぬものにこそ、父の愛がある。

が、まったくわからなかった。

翌日、おれは水天宮脇の芹沢錠前店へも行ってみることにした。

前もって、小頭《こがしら》の権堂から電話を入れてもらっておいたので、三代目が快く会ってくれた。

「あなたは、鍛冶村さんとこの身内ですか」

「そうではないが、我々はシベリア帰りでね」というと、

「そうでしたか。私の父も異国の地で亡くなりました」

と教えた。

おれが訊きたいことは、ただ一つだった。

金庫の写真を見せ、

「これですが、コンビネーションは変更できるものですか」

「ええ。よく言われる質問です。手提げ金庫など小さなものはできません。ダイヤル式で、高さが九〇センチ以上ある大きなものは可能です」

つまり、憲文氏が愛する娘のために金庫のコンビネーションを変更し、遺書にしたためたのだ。

芹沢鍵店の三代目は、倉庫から古い設計図を持ち出してきて、金庫の構造まで説明してくれた。

「暗証番号がわかれば、左三回、右二回、左三回で開くはずです」

やがて、おれは礼を言って店をあとにした。

——ところで、世理恵議員によると、憲文氏は秘密の地図とか、暗号文ゴッコとかの遊びが、大好きだったそうだ。

「うまく解けたときも、解けなかったときも、父の見せたあの笑顔を、今でも、ときどき、思い出しますの」

と、議員も言っていた。

おれは、九分通りできた翻訳の仕事をしばらく中断して、遺書の解読に没頭した。

まず、わが身近な者は憲文氏の父、つまり世理恵

議員の祖父憲男氏と仮定すると、
諏佐憲男（SUSANORIWO）の中にはSUSANOWO《スサノヲ》がいる。

なお、憲男は歴史的仮名遣い、つまり旧かななら、〈のりお〉ではなく、〈のりを〉となるからだ。

第一、須佐之男神《すさのを》は、はじめは「海を治めよ」という命令に背いたが、結果的に亡くなった母のいる冥界の神となる。

なお、ヘボン式では男（を）は（お）と同じO《オー》であるが、わが国古文書では日本式が使われる。（お）と（を）などを区別する必要があるからである。

さらに、少名史彦から聴いたとおり、須佐之男神話はギルガメシュ神話からの引用なのだ。従って、二段目は卯女子らが発見したとおり、半神半人の英雄、

ギルガメシュ（GILGAMESCH）

である。

さらに、遺書に従って、故地のメソポタミアがわかり、遺言の指示に従い、MESOPOTAMIAから末尾のAを省き、MESOPOTAMIとなり、

SUSANORIWO
GILGAMESCH
MESOPOTAMI

さらに遺言の指示に従い、Sが重なる三段目とOが重なる六段目をを外す。

結果、八個のダイヤルの組み合わせはこうなる。

ダイヤル一　SGM
ダイヤル二　UIE
ダイヤル三　ダミー
ダイヤル四　AGO
ダイヤル五　NAP
ダイヤル六　ダミー
ダイヤル七　RET
ダイヤル八　ISA
ダイヤル九　WCM
ダイヤル十　OHI

翌週まで待ち、おれは結果を、直接、諏佐世理恵議員に伝えた。

「ありがとう。試してみます」

そう笑顔で礼を言われると、それだけでおれは十分だった。

おれの仕事は終わった。これ以上の深入りは止めたほうがいいと、おれの本能が教えたのだ。

6

それから、月が七月に変わると、立て続けに国鉄関係の事件が起きた。下山事件と三鷹事件である。祖国の混乱はまだ終わらず、行き先の見えない世情がつづいていた。いずれにせよ、おれにはあまり関係がないが、先月、〈しんせい〉という安っぽいタバコが発売されることになった。

ともあれ、敗戦によって、北洋漁業というドル箱を失った小樽湊だが、それでも魚だけは新鮮なものが食える。先月からおれも海釣りというものを覚え、よく防波堤に出かけるようになったが、一度ならず二度も海に落ちるという事故を起こした。幸い釣り人たちに助けられたが、どうも、誰かに背中を押されたような気がしてならないのだ。

とにかく、よく釣れた。他人が坊主の日でもおれだけは釣れた。アブラコとソイが防波堤の主役だが、時にはサンマの大群が押し寄せることもあるそうだ。

――一方、卯女子とは、ときどき、会う。

先月、会ったときは、次回の市会議員選挙に立候補することになるかもしれないと告げられた。

別に、おれから訊いたわけではないが、世理恵議員はあれから、まもなく、だれもいなくなった事務所で〈シュメル金庫〉を開けたらしい。

「それはよかったな」

と、言うと、

「でもないの。先生はずーとふさぎ込んでいて、少し元気になったのは最近よ」

と、聞かされた。

「じゃ、あの金庫はパンドラの箱だったんだな。最後になってお化けがでたとか」

と、おれが言うと、

「お父様のほんとうの遺言書、つまり第二の遺言書が見付かったらしいの。もし、マスコミに漏れたら大変、先生の政治生命にかかわりかねない秘密が……ですから、墓場まで持っていくんですって」

「ふーん」

「武史さんは、興味がないの？」

「なにが……」

「第二の遺書よ」

「ああ、ないね。けど、あんたには訊きたい。いいかい？」

「まあ、こわッ」

「四月九日の土曜日、君が諏佐ビルの入口に立っていたのは偶然かい。本当はちがうんじゃないかと思ってね」

「むろん、偶然よ。だって、雨が降りだしていたじゃない」

「果たしてそうかな」

「だから、雨宿りをしていたら、あなたに会ったのよ」

「いや、ちがうな」

おれは言った。

「変よ、今日は？」

「君には、アリバイが必要だったんじゃないか。君は知っていたんだろう、あの時刻、諏佐倉庫で泰一朗社長が、殺されることを」

「なんて恐ろしいことを、おっしゃるの」

「図星らしいな」

おれは言った。

表情が真実を語っていた。

「君は嘘がつけない」

と、おれは言った。「君が諏佐社長殺しに関係しているとも思わない。知りたいのは、君がまるで予知能力者のように、それを知っていたことだ。問題は、なぜ、殺人を知っていたか。事件をだれに聞いたのか」

卯女子はうつむいたまま、何も言わない。

「君と世理恵議員は、実は、前々からの知り合い、いや共鳴者だった。君を世理恵議員に引き合わせたのは、高商の左田先生なんじゃないか」

「あなたは何でもご存じなのね」

卯女子は、テーブルへ落としていた眼をあげた。

「ああ、君たちは子供のころ、電気館通りで家が近くだったんだろう。たとえば、お医者さんゴッコをしたとかさ」

「忘れたわよ、そんなこと」

「で、君は世理恵夫人のスパイになって、泰一朗社長の動向を逐一、報告するようになったんじゃないか……」

卯女子は黙っておれを見詰めている。

「報酬は、政治家への道だ。おれも、君に向いていると思う。市会議員からはじめて、道会議員、そして最後の花道は国政選挙だ。少なくとも夢があるよな。戦争に負けた日本が、何百万人という犠牲を払って獲得した一つが婦人参政権だとおれは思っている」

「武史さんは、ほんとうはいい人なのね」

「認めるかい」

「ええ」

挑むような、媚びるような、危険な眼を卯女子はする。

「検死の結果、判明した死亡推定時刻は、午後七時から九時だ。従って、君のアリバイは完璧だ」

「ええ。夜明けまでね」

卯女子の眼に、時々、おれは、アカシア市にある植物園の温室で見た、食虫植物を連想するのだ。

「むろん、泰一朗社長を、諏佐倉庫へ行かせたのは君だね。彼に取引の時刻と場所を伝達したのは、君のはずだ。君と社長は愛人関係だ、疑うはずがない。警察がそう考えても不思議ではない」

「やめてッ。お願いだから」

卯女子は大袈裟《おおげさ》に身を震わせ、「〝例の物件だが、現金を用意したので取引したい〟という電話があったのよ」

「初耳だ、いつ？」

「事件の前日よ」

「じゃ、四月八日の金曜日だ」

「ええ」

「何時ごろ」

「出勤して、お掃除をすませて直ぐだから、午前九時ごろ」

「相手は？　まさか、世理恵夫人じゃないよな」

「ちがいます。絶対ッ」

「じゃ、だれ？」

「それが……」

「電話じゃ、顔はわからんだろう」

「声はわかるわ。男ですもの」

「知ってる人？」

「いいえ……」

卯女子は言い淀んだ。「変な関西弁だったわ」

「変な関西弁か」

「ええ。わざとらしい、作り声というか」

「名前は名乗った？」

「ええ。カラスと言っていたわ」

「カラス？ 信用したのかい」

「そうよ。だって、帯広へ出張する前に、カラスという人から連絡があるから、電報で知らせるようにって言われていたのよ」

「カラスか」

おれは首をひねった。思いつくのは頭の黒い鴉である。

だが、たしかに、おれは、四月八日の朝の九時頃、諏佐水産の事務所で電話が鳴ったのを記憶していた。

「それで」

おれは促す。「そいつが場所と時間を指定したんだな」

「ええ。場所は諏佐冷凍倉庫、時刻は午前一〇時三〇分とね、帯広の滞在先に電報を打ったわ。ウナ電で」

至急電報のことだ。急ぎの用事のときは。おれも、ウナ電を利用する。

「信じてくれた？」

「ほんとうに午前一〇時三〇分だね」

「そうよ。嘘じゃないわ」

「わかった。一応、君は潔白だ」

と、おれは、いったん、引く。

しかし、内心は疑問の渦だ。

(だとすると、一〇時三〇分から、諏佐泰一朗が殺害された夕方の七時から九時までの間、彼はどこにいたのだろうか)

疑問は、卯女子にもある。なぜなら、あの日の夕方、諏佐ビルの庇の下に立っていた彼女の髪やレインコートが、湿っていた理由……彼女は、あのとき、外出からビルに戻ってきたところだったのだ。

（卯女子は、いったい、どこへ？）

第五章　事件の背景

1

翻訳の仕事にひと区切りがついたので、今年こそ蘭島《らんしま》海岸あたりで、のんびり夏休みでもとろうと考えていると、児屋勇《こやねいさむ》から電話があった。

「例の件だ」

と、児屋は言った。

「仕事ならお断りだ。明日から夏休みだ」

と、応じると、

「用事を頼んだのはそっちだろう。大国太郎の件だ」

「たすかる。何かわかった？」

「少しな。役にたつかどうかはわからんが」

児屋が主宰するもう一つのお硬いほうのオピニオン誌「時事ノート」の寄稿者のなかに、元警察関係者がいるらしく、幾つかのことがわかった。やはり、校倉の旧姓は唐山《とうやま》で、名は州市《しゅういち》である。

「問題は密告者なんだが」

と、おれは言った。

「驚くなよ、塞川《さいかわ》泰一朗だ。姓はちがうが、諏佐泰一朗と同じ名前だ。しかも、唐山と塞川は同郷だ」

おれは息を呑む。

「帯広近郊の巻別《まきべつ》では、尋常小学校までが一緒で、その後、唐山は親の転勤で関西に引っ越したそうだ」

その先は推測らしいが、公職追放令にひっかかりそうだった唐山を小樽湊に呼び寄せて、自分の親戚の戦争未亡人と一緒にさせたのは、塞川すなわち諏佐泰一朗だったらしい。

おれは、無性に腹がたってきた。

(なんてやつだ)

ようやく、おれにも犯罪の構図が見え始めていた。

おれは卯女子を通じて、諏佐議員に確かめてもらった。

卯女子はおれの事務所にやってきて、

「なにもいわずに、真相の追求はもう止めてと、先生はおっしゃっていたわ」

と、告げた。

「やはりそうか」

おれは応じた。

「何がよ」

「金庫の中身だよ。中にヒロポンが隠されていると信じていたやつがいるが、入っていたのは父親の第二の遺書で、しかも、単なる遺書ではない……もっと重要な真実を告げる証言だったんじゃないか。おそらく、そうなんだろう。まちがいないと思う」

と、質すと、

「あたしは口止めされているから言えないけど」

と、言いながら、おれを見つめてうなずいた。

おれは納得した。おれは知りたがり屋ではないのだ。依頼主の依頼に従えばいい……それが探偵業だし、口の堅さがこの稼業の信用にもなる。

「議員さんには選挙がつきものだ。なんたって噂が怖い。噂は尾ひれが付いて無責任に広がるしな」

「わかっているのね」

卯女子は言った。

「しかし、君にはまだ疑問が残る。四月の九日、ビルの庇《ひさし》のところで、おれと出会ったのは偶然じゃない。なぜなら、確固たるアリバイが君も必要だったからだ。だから、おれを誘惑したんだろう」

「なにが悪いの、好きだから誘惑したのよ」

「かもしれないが、半分の真実が隠す半分の真相があるんじゃないか。あの夜、君は笑った。あれは目的を果たした笑いだ。おれはそう思った」

「細かいことにこだわるのね、女みたい」

「それがこの稼業なんだよ」

「わかったわ。教えるわ」

おれの予想は、半分しかあたらなかった。

彼女は、電気館通りのあま党で世理恵議員と会っていたのだ。

「ほんとうを言うわね。警告されたの、世理恵先生から。今夜は必ずアリバイを作りなさいってね」

「理由は、言わなかった？」

「ええ。あたし、帰りは雨に降られて、ビルの前で、だれか来ないかなあって思っていたら、偶然、おあつらえ向きにあなたが現れたの」

「おあつらえ向きねえ」

おれは肩を竦めた。

「でも、あなたに誘ってもらって、あたし、嬉しかった」

「いいよ、それは」

おれは応じ、「しかし、世理恵議員はあの晩、殺人が行われるのを知っていたんだ。しかも、別居中とはいえ、夫がだよ」

「探偵さんは、疑っているの？」

「当然だろう」

「でも、依頼主でしょ。依頼主の利益を守るのが探偵さんじゃないの」

「ああ、わかっている」

「だったらいいじゃない」

「しかし、真相も知りたい」

「真相を知りたいのは、あたしだって……。でも、知りすぎてはいけないことも、この世にはあるわ」

「わかっている」

おれはうなずく。

すると、卯女子は意外なことを言い出した。

「世理恵先生は真相を知っているみたい。うまくは言えないけど、そうね、事件全体の構図というか、絵というか……あたし、両親とも画家だから、アトリエでキャンバスに向かうとき、最初にするのは木炭で描く下絵よ。そのとき、構図も決まるわけ」

と、おれは言った。

「よくわかる。いい例えだ」

むろん、あえて卯女子には言わなかった。だが、ぼんやりとではあるが、事件全体の下絵を描いたのがだれかが想像できた。

文学用語ならプロットである。筋書きのことだ。劇作家が配役を決めるように、舞台の人物を動かす。

どうやって……。

暗示によって……。

それができる知識と能力を持つ者は、一人しかいない。

2

蘭島海岸は素晴らしかった。

蘭島駅は、小樽湊から二つ目、函館方面へ向かう列車が塩谷《しおや》の次ぎに停まる駅だ。

駅から徒歩で余市方面へ向かい、トンネルを一つ越えると、広々とした砂浜が広がっていた。

おれは民家の一部屋を借りて民泊。気が向けば海に入り、素潜りで浅蜊《あさり》や蛤《はまぐり》をとり、砂浜に打ち寄せた流木のたき火で焼いて食べた。

ここを紹介してくれたのは、下宿の女主人キヨさんである。蘭島は彼女の生地だそうだが、地元の漁師と結婚した妹のトヨさんが、海水浴の期間だけやっているのである。

近くの丸山というところに、フゴッペ古代文字というものがあるとトヨさんに教えられたので、散歩がてら出かけてみた。位置は蘭島駅から西へ一・五キロメートル、余市側にあるが、民宿からは歩いても行ける。

実は、明け方だと思うが、おれは夢を見たのだ。

似た夢はシベリアでの抑留生活中にも何度か見たが、その度に、おれの萎えそうになった生への気力を回復させてくれたものだ。

むろん、だれにも話したことのない神秘体験……今度も、不思議な老婆が現れて、土に埋もれた洞窟の存在をおれに教えたのだ。

それにしても、いったい、何者だろうか。小柄で腰が曲がった老婆の面影を、強いて記憶の中から探し当てるとすれば、幼いころ養母の郷里で何度かあったあの老婆である。

養母の実家は南九州の野間半島にあるのだ。たしか、五歳か六歳のころだった……里帰りする養母に連れられてかの地へ行ったことがあり、そのとき、遊びに出かけた先で転び、足を挫いて泣いていたら、どこからともなく現れた老婆が、

「坊や、婆やは喉が渇いた。水を飲ませてくれるかい」

「いいよ」

持参した水筒を渡すと、喉を鳴らして飲み干し、おれを負ぶって送り届けてくれたのである。

その話を養母にすると、「この土地の守り神、イワナガ様よ」と、教えてくれたのである。

――ともあれ、通りがかった人に訊ねると、近くの農家の人が崩落した崖の土を客土用に運ぼうとしたら洞窟が現れたらしい。おれなりに観察したところ、砂質凝灰岩が海食でできたものらしい。おれは近づいて、一メートル半ほどの穴を覗いた。内部は天井まで土砂で埋まっていた。

「大昔は、この辺りまで海が来ていたので、きっと外の世界から漁にきた連中が、崩落前の洞窟で豊漁を祈り、キャンプしたんでしょうな」

と、土地の人が言った。

足元には土器のかけらがたくさん落ちていたので、幾つか拾った。

昔のことに興味があると察したのか、

「どこから来ました？」

「小樽湊です」

「小樽湊のどこですか」

「手宮です」

と、答えると、

「じゃ、手宮古代文字は、むろん、見ましたね」

「ええ。なんでも東北の平泉から蝦夷地に逃れた

源義経が、今の築港があるあのあたりから、大陸に渡ったことが書いてあるとか」

と、未舗装の道が舞いあげる、埃にまみれた崖下の古代遺跡を、思い出しながら答えると、

「いろいろ説はあるが、どうなんでしょうねえ」

と、苦笑しながら、「そうそう、オショロのストーン・サークルは見ましたか」

と、訊いた。

「いいえ」

と、首を振ると、行き方を教えてくれた。

漢字では忍路《おしょろ》と書くらしい。なんとなくおれは、オロチつまり八俣大蛇《やまたのをろち》に似ているような気がした。

気がつくと、頭上を鴉《からす》の群れが舞っていた。あまり見かけぬ大きな鴉である。

通行人に訊ねると、

「あれは渡鴉《わたりがらす》です」

と、教えてくれた。「たしか、ユーラシア大陸の北部や北米大陸に棲息し、わが国では北海道のみで内地にはいないはずです」

つづけて、「もっとも大昔は日本全土にいたと考える人もおりまして、神話の出てくる八咫烏《やたがらす》がこの渡鴉なんだそうです」

など、いろいろと説明してくれた。

やがて親切な通行人と別れたが、なぜか立ち去りがたかった。

海底から隆起したような地層が特徴である。

近づいて古代文字を探したが見付けられなかった。

その時である、夢で見たあの老婆が近付いてきたのは……時刻は正午、太陽が照りつけていた。

おれの意識ははっきりしている……

突然、声が宿った……

(もうすぐ、高校生の手で発掘が始まるじゃろ。そうして……この洞窟の秘密が解き明かされる……)

おれの脳裏にその声が、直接、伝わる……。

——翼のある女神《めがみ》の秘密……

(テレパシーだろうか)

ぼんやりと思った。

今度は、老婆の声がはっきり響いた。

「喉が渇いた。あのときのように、水を飲ませて

おくれ」

突然、おれの前頭葉にあの……子供の時の光景が蘇った。

「どうぞ」

おれは水筒を渡した。

「甘露甘露《かんろかんろ》」

と、言いながら水筒を返し、腰の曲がった老婆とは思えぬ速さで立ち去っていった。

しばらくは、ぼんやりして、おれは、その場に立ち尽くしていた……。


――翌日、宿で自転車を借りて、白い埃が舞い上がる砕石の道を走った。

戦前、一度、大湯のストーン・サークルを見たことがあるが、大きさはそれより小振りであるが、使われている角の取れた石は大きかった。人気《ひとけ》がなく深閑としているその場にたたずみながらおれは、ここも、やはり祈りの場であるような気がした。

だが、それ以上は深く考えなかった。ただ、おそらく、春になると産卵のために押し寄せる鰊の大群を捕りにやってきたであろう、遙かなる古代の人々の営みにロマンを覚えた……。

3

――むろん、例の事件のことを忘れたわけではない。

いくつかの手掛かりから組み立てた、おれなりの事件の真相はこうだ。

第一の手掛かりは、〝カラス〟だった。四月八日の朝に、卯女子が受けた電話の主が名乗った名前だ。

被害者泰一朗があらかじめ、卯女子にその名を伝えたことからもわかるが、暗号だったのでないか、と、最初は考えた。

しかし、なぜ〝カラス〟なのか。

だが、ふと、それが、わざわざ取り決めた暗号なんかじゃなく、（普段、使っていた呼び名だったのでないか）と、おれは思った。

ヒントは、児屋が調べてくれた二人の仲、つまり幼馴染みの関係である。

（子供のころの渾名《あなだ》が、カラスだった可能性がある）

なぜなら、刑事校倉の旧姓は唐山《とうやま》で、名は州市《しゅういち》である。つづけると唐山州市だが、唐はカラ、州はスとも読める。従って、子供のころの彼の渾名は〝カラス〟だったのではないだろうか。

そう考えると、校倉が泰一朗を何らかの口実で呼び出した相手だったことになる。

おれは思い描いた……。

四月九日午前一〇時半、指定された時間に、帯広からの夜行列車で戻ってきた泰一朗は、諏佐冷凍倉庫に着いた。

そこへ校倉も来た。

二人の間に、いったい、何があったのか。

まだ、この方程式には未知数がある。

それから数日後の日曜日、蘭島の寄宿先に、鍔広《つばひろ》の白い帽子を被った卯女子が姿を見せた。

「いいところね」

太陽のまぶしい昼近くのアンニュイ……光が彼女の白いワンピースを透かして、からだの輪郭を浮き出させていた。

「押しかけてきちゃったけど、お邪魔《じゃま》？」

「いいよ」

おれは彼女を波打ち際に誘った。

風があって涼しかった。

ビーチを洗う波の泡が、シャボン玉のようである。

波打ち際を歩いて、岸に揚がった破舟の脇の日陰で腰を下ろす。

卯女子が唇を求めて来たので、応えてやった。

おれは例の件を切り出そうとして、きっかけを掴めずにいると、彼女のほうから話はじめた。

「実は、先生の伝言を伝えにきたの。エルビスさんを襲った三人組は、やはり関西の組の者で、竹羽十郎に傭われたそうよ。彼らの所属を調べてくれたのは、鍛冶村さんですって……。そう、岩戸家の女将さんが教えてくれたわ」

小樽湊署も、直接、先方の署に問い合わせ、結果、校倉の関与が浮かんできたそうだ。

「それで、議員宿舎まで、小樽湊署の課長級の刑事さんが出張してきて、先生から事情を訊いたんですって」

卯女子によると、諏佐議員も、ようやく小樽湊署は真相究明に乗り出したと知り、非公開を条件に父親の遺書の一部だけを見せたのだそうだ。

「武史さん、あなたの推察どおりよ。先生のお父様は、娘の恋人、大国太郎を陥れたのが子飼いの塞川泰一朗と知り、しかも帝都の月形《つきがた》署で拷問死させた特高刑事の唐山州市と共謀した諏佐水産乗っ取り計画だったことを、後で知ったんですって」

しかし、当時は、国家主義が台頭した時期でもある。警察権力も絶大だった。従って、うかつに告発もできない時代でもあった。

次善の策として、憲文氏は娘を別居させると、初代が発注した大金庫のコンビネーションを変更し、ヒントをあの第一の遺書に隠したのである。

だが、憲文氏は、戦時下の昭和一九年の厳冬期、自動車事故で死亡したが、愛車ダットサンのブレーキに細工をしたのは泰一朗だったとわかった。

「ところが、今になって、悪《わる》同士が争うことになったのだな」

と、おれが言うと、

「四月九日の午前一〇時半に諏佐倉庫で会うはずだったのに、問題が起きた。少し遅れて倉庫に着いたとき、泰一朗は頭部を強打され、床に倒れていたんですって」

と、卯女子。

「直径約六センチの棒状の凶器が、ついに発見できなかった」

と、おれ。

「ええ。実はね、あたしたちが食べちゃったの」

「もしかすると、あの冷凍蛸だね、エルビスが岩戸家に持ってきた」

「そう。もう遅いけど、吐きたい感じよ」

と、卯女子も言った。

「けど、死亡時刻との大幅なずれの説明が付かずにいたんだ」

と、おれは言った。

卯女子が答える。

「小樽湊署ではこう見ているらしいの」

「それより、肝心の校倉だけれど、逮捕されたのかい」

「いいえ。確証がないのよ、まだ」

「じゃあ、凶悪犯がまだ野放しなのかい」

「自分で辞職願いを出してそれでおしまい。警察官が殺人犯人じゃ、困るんじゃないか、きっと」

「だろうな」

「でも、校倉が倉庫に着いたとき、三輪自動車を運転していた竹羽十郎とすれ違ったらしいのよ」

「そういうことか」

「千島海産の彼は常習的な窃盗犯で、あの日の午前中も、諏佐倉庫の海産物を盗むため侵入していたのよ」

「やはりな」

おれはうなずく。「そこへ、突然、泰一朗は現れたわけか」

「で、とっさに竹羽は、そのとき手にしていた、カチンカチンに凍った北海蛸の足で、泰一朗社長を殴り倒した。でも、殴打はしても殺してはいなかったし、彼が盗んだのは海産物だけだったの」

「その竹羽がなぜ殺されたんだい?」

「竹羽が、校倉がどんなに危険な男かということを考えもせず、脅迫したんじゃないかというのが、鍛冶村さんの見方よ」

「期せずして、泰一朗殺しの犯人がだれか気付いたからか」

おれは肩を竦める。「それで、校倉に反撃され、中央埠頭から海中に放り込まれたわけか」

「ええ。気の毒だけど、自業自得《じごうじとく》よ」

「それから?」

おれは促す。

「おそらく、校倉は失神している幼馴染みを救けようとせず、縛り上げて監禁したのではないか。放置しておけば、冷凍倉庫で凍死するだろうと計算したのでないか……死亡推定時刻と自分のアリバイ作りのためにね……」

彼女はつづけた。「と、言うのが鍛冶村さんの推理よ。校倉は、チャンスとばかり泰一朗社長が帯広から持参した甜菜糖を奪って逃げた……」

「金を払わずにだ、ね。でも、あの日は、午後一時から停電になったから冷却装置は働かなかったんだ」

「ええ。校倉は午後六時すぎに中央署を退庁し、ふたたび冷凍倉庫へ行ったのではないか、とね。午前中に盗み出した甜菜糖に、肝心の結晶ヒロポンが混入していなかったからよ。むろん、それは校倉の思いこみにすぎなかったのに、怒った彼は、まだ生きていた泰一朗に向かって、今度は社長室の金庫のコンビネーションを教えろと迫ったわけ……」

「そして絞殺した……」

「ええ。ある意味で恩人の幼馴染みをね」

「だが、聞きだしたコンビネーションはまちがっていた。第一、諏佐社長自身が知らなかったんだから、誤算の上塗りだね」

そう言いながら、おれは、四月一二日未明、諏佐水産の事務所に忍び込んだやつが、校倉にちがいないと気付く。魚の臭いは停電した諏佐倉庫でついたものだったのである。

「それから」

と、促すと、

「これで終わりよ」

「やつがまだ捕まっていないじゃないか」

「でも、終わりなの」

「そうかな」

「終わりよ」

「いや、まだある」

おれは首を振る。

「なにがあるの？」

「あるね」

おれはうなずく。

「いいえ、ないわ」

「いや」

おれはつづける。「欲深な校倉に対して、金庫の中にヒロポン、あるいは先代の残した金塊・貴金属類があると思いこませた、だれかさんさ」

「あたしじゃないわ」

「ああ、君じゃない」

おれは、さらにつづける。「あるいは、泰一朗が帯広で調達した甜菜糖の中に、結晶化しているヒロポンが混ぜられているという、偽情報を校倉に吹き込んだのは、だれか?」

「たしかに、甜菜糖の中に交じっていると信じ込んだヒロポンを奪うために、自分は諏佐倉庫へ行ったと、校倉は供述しているそうよ」

と、卯女子も言った。

「いや、事の真相を、君は知っているはずだ」

「知るわけないわ」

彼女は、激しく首を左右に振った。

「その人物は、殺人の実行犯ではないし、詐欺罪でもない……けど校倉の飽くなき物欲につけ込んだ、とっても頭のいい人物が、この連続殺人事件の背景に、存在するんじゃないかと、ね……ははッ」

おれが発した笑い声は乾いていた。

つづけて、

「むろん、おれの想像さ。証拠はないんだ」

すると、

「深入りはだめよ」

卯女子は意外なほど真剣な眼をした。

「どうしたの?」

「訊かないで……」

「ますます、訊きたくなった……」

むろん、冗談半分のつもりだった。

すると、意外な返事が返ってきた。

「武史さん、ウシトラ教団ってご存じ?」

「さあ?」

おれはとぼけた。

「鬼門のことよ。つまり東北の方角……」

「ああ、丑と寅の中間で艮《うしとら》ね。それがどうしたって?」

「大昔からある神道系の宗教らしいけど」

「……」

と、無言のままで、表情のみで卯女子を促すと、

「武史さんが知らないのなら、知らないほうがいいわ」

と、いつになく表情を堅くして帰り支度を始めた。

おれは彼女を引き留めなかった。

本能がおれに教えたからだ。

触れてはいけないなにかを、探偵の勘が囁いたからである……。

4

一人暮らしの気ままさで、八月の末まで蘭島で暮らすことにした。

むろん、怠惰にすごしたわけではない。

児屋に勧められた長編作品、シベリアの抑留生活の辛酸を書いた小説『凍土の墓標』、三五〇枚の第一稿を仕上げた。

小樽湊へ帰ったのは九月の半ば、駅で買った夕刊であの校倉刑事が死んだことを知った。

記事によると、港の白灯台で釣りをしていたが、大波にさらわれて海に転落したらしい。頭部に打撃痕があったが、転落時に防波堤の波消し用の捨て石にぶつけたもの――と、判断されたようだ。

念のために鍛冶村に問い合わせると、警察は厄介払いをしたかのように、転落事故で処理したと教えられた。

「しかし、ちょっと疑問はあるんだ。事故当時、妙な老婆がやつに近づいて何か話しかけたのを、釣り人数人が目撃しているんだ。で、やつは大声で叫び、老婆を突き飛ばそうとしたが、老婆はさっと跳び退いてかわすと、防波堤をすたすた戻って行った。その瞬間、突然、大波がやつを襲ったんだそうだ」

「で、警察はなんと？」

と、訊くと、

「海難事故で片付けたそうだ」

「おかしいと思わないか」

と、言うと、

「おい。よけいな詮索はよせ」

と、言われてしまった。


ともあれ、日常の生活にもどる。

肝心の探偵稼業はさっぱりだが、なんとか暮らしていけるだけの翻訳の注文がある。

一方、嬉しいことに、諏佐ビルヂングのオーナーも諏佐世理恵にかわり、光熱費の類は別として、家賃が大幅に安くなった。

理由はわかっていた。つまり、暗黙の諒解事項というやつである。

こうして、おれの生活にも、日常の時間というやつが戻り、ひたすら糊口を凌ぐ翻訳の仕事に精出す……。

——そして、月も代わり、足早に秋の深まる神無《かんな》月《づき》も終わる頃の某日、突然、諏佐世理恵から、直接、連絡があった。

断るいわれがないので、おれはアカシア市へ出かけて行った。指定されたのは国鉄駅に近い大同ビル裏手の小さなレストランだった。

街には残暑の名残があった。空襲の被害がなかった街なので、駅前通りのニセアカシアの色づいた並木が印象的だった。

時刻は午後一時だからランチの招待だろう。

入江《いりえ》という小さな店で、建物は木造二階建てである。一階にも席があったが、二階の個室に案内された。

一〇分ほど待ったろうか。お供を連れずに、世理恵議員は一人で現れた。

おれは席を立って挨拶し、家賃値下げの礼を言った。

「問題の金庫のコンビネーションの秘密を解いてくれた、あなたへのお礼のつもり」

と、彼女は言った。

いつもは素顔なのに、今日は化粧をしていた。年齢は四〇代半ばのはずだが、ずっと若々しく見えた。

「この店のタンシチューが美味《おい》しいの。帰省する度に、かならず来ますのよ」

おれを見る眼に、引き込まれるような気がした。

「あたくし、貧乏だから、この程度のおもてなししかできません」

「自分も貧乏です」

やがて運ばれてきたのは、真っ白い皿の上に乗せられた牛タン、濃いめのブラウン・ソースである。

「旨いです」

おれは正直に言った。

「よかった」

議員の笑いは、庶民の笑いである。

食事が済むと、自家製らしいアイスクリームも出た。

「戦前の銀座を思い出します」

と、おれは言った。

それから抑留生活の苦労話をして、午後になってから秋晴れた陽射しが、レースのカーテン越しにテーブル・クロスの上に影模様を作るひとときを過ごした。

すでに、おれは、今日、呼ばれた理由がわかっていた。だから、問い質すことはしなかったが、議員のほうから話してくれた。

議員によると、金庫の中から父親の第二の遺書が見付かったことで、すべての経緯がわかり、気持ちの整理もついたのだそうだ。

「ですから、金庫の秘密を解いた探偵さん、あなたも共犯よ」

「わかっています。しかし……」

おれにも、ようやく、彼女を見詰め返す勇気が出ていた。

「なにか」

おれは彼女に眼差された。

「最後の三行がまだ……

暗黒は内にあり。

光明は外にあり。

役立たぬものにこそ、父の愛がある。

ですが、とうとう、わかりませんでした」

「ああ、あのこと。あれはもういいの……」

視線が謎めいている……

西へ少し傾いた太陽が、この地の国に下向した女神の顔に光と影を作っている……

美しい……

眩暈さえ感じた。

余白がある……

…………あたくし、夫とは一度も…………交わらずに別居しま…………したのよ
彼女の声には、催眠効果でもあるのだろうか。

たとえば、鬼道に事《つか》えたあの卑弥呼のように、彼女にも人を惑わす魔力があるのだろうか……それとも、おれの思い過ごしか……だが、あのこと……

艮《うしとら》教団のことが気になって…………

ええ、何度か…………………会いましたわ、あの刑事と……二人だけでね、小樽湊の某所で、………でも………夫を殺せなんて、…………………そんな恐ろしいことは…………でも、あの男が…………夕方、陽が落ちてから…………殺人……を………

おれは、われに還る……


……もちろん言えませんわ……でも、物欲の強い人間であれば、ちょっとした暗示でも、物欲の種子が芽吹き、どんどん、成長するものなのです。でも、あなたはちがうわ。あたくしと同類かもしれません」

「自分は、どういうタイプなんですか」

「直観力で、物事の価値や善悪を決められるかたなんだと思います」

「そうですか」

アイスクリームの後に、貴重な本物のコーヒーが出た。

「あなたさえよければ、議員秘書の仕事をしてみませんか？」

と、誘われたが、

「せっかくですが、今の生活が気に入っていますので」

「誘いを断って後悔しませんか」

「しないと思います」

そう答えながら、おれは、蘭島で書き上げた小説の結末を、変更することを考えていた。

——午後三時、礼を言って別れる。

別れしな、草木染めのネクタイをプレゼントされた。

おれは、ビルの曲がり角へ姿が消えるまで議員を見送ってから、踵を返した。

小樽湊へ戻り、もらったネクタイの包みをあける。おれとしては、これに合うようなシャツも背広もないと思ったそのとき、気付く。タイピンがネクタイの裏側に留めてあったのだ。

何気なく、手に取った瞬間、おれはどきっとした。タイピンの飾りは深い青い石である。鍛治村から聞いていたので、これがシュメル人たちが好んだラピスラズリであるとわかった。

そういえば鍛冶村が言っていた。選挙に出るとき、世理恵夫人が青い宝石などの宝石が入った鹿革の小袋を持参して、買ってくれないかと申し出たことを……。

とすると、〈父の愛〉とは、宝石のことだったにちがいない。

あの遺書は、それが隠されている場所を示したのだ。

遺書が告げた場所は、金庫の中ではなく、金庫の外、しかも役にたたないもの……。

〈暗黒〉とは悪人たちを示し、〈光明〉は輝く宝石を意味していたのではないだろうか。

それとも……

たしかに、犯人の正体を暴いた遺言は〈シュメル金庫〉の中にあった……だが、宝石の隠し場所は、金庫の中ではなく外にあった……

おれは、諏佐世理恵が、あの戸棚の裏から見付かったと言う父の遺書の存在を、すでに知っていたのではないか——と想像した。

(彼女は、〈シュメル金庫〉こそ開けられなかったが、遺書の内容に関しては、すでに知っていたのではないだろうか)

(そして、内ではなく外にある役立たぬものが何かも、知っていたにちがいない)

(それは、ダミーとされていたダイヤルである。もし、ダイヤルの心棒が筒であれば、そこに高価な宝石を隠すことができる)

だとすれば、諏佐憲文氏は、人間心理の裏を衝く心理学者でもあったのだ。

(しかし)

おれは、心の中で呟く。

(やっぱり、おれはピエロだった)

(陰謀と復讐の舞台で、端役を演じさせられたピエロにすぎなかったのだ)

そう考えながら、急に海が見たくなり、諏佐ビルヂングを出た。

銀行通りを歩き、溝臭い黒い運河を渡り、波止場へ出る。

陸へ向かって風が吹いていた。

シベリアの空から吹いてくる風だろうか。

この街では日の出は海から、日没は背後の山の手である。陽は西郊の山際に近づいている。

釣り人が並ぶ防波堤……

海風に戯れる鴎たち……

潮の香を含む海風に吹かれながら、おれは、自分に言い聞かせているのだった。

（諏佐世理恵は、父親が隠した宝石で選挙資金を作っただけでなく、一人の政治家として、戦争被害者である女性たちの救済に充てているのだ）と。

おれは、そう考えたい。

おれ自身が、そう考えたいのだった。

それから……
その日が暮れきるまで、おれは波止場に放り出されていた空き箱に坐りつづけて、赤灯台と白灯台が、灯明《ともしび》のような灯《とも》を点すのを見届けながら、
——一件落着
という四文字を思い浮かべ、呟いていた。

ところが、そうではなかったのだ。

あの〈シュメル金庫〉の中には、憲文氏の第二の遺書とは別の何かが、しまわれていたらしいのである……

第二部　シュメルの遺宝

第六章　非時香菓《ときじくのかくのみ》の島の夢

1

　昭和二五年の初日の出は、降りしきる吹雪《ふぶき》の帳《とばり》に隠れていた。

　枕元の小さな窓は、氷の結晶を張り付かせ、醒めやらぬおれの網膜に、庇から垂れ下がる大きなツララを映す。

　風の息が荒い。

　シベリアの収容所で聞いた風の音と同じだ。

網膜に蘇る極寒の原野！
零下三五度
いわれなき捕虜たちは消耗品でしかなかった。

ふぶく……風の息
ふぶく……風の息
吹雪が、
海を渡って対岸の小樽湊《おたるみなと》まで、
異国で死んだ戦友たちの魂を運んでくるのだ。

ヒョー
風が泣く。
ヒョー
風が啼く。
ヒョー
対岸の国から、
戦友たちの魂が挙げる悲鳴を風が運んでくる……

　屋根裏部屋の窓硝子には、細く切った半紙が放射状に貼られていた。

　敗戦からもう四年以上が経っているというのに、あの戦争の名残がまだ残っているのだ。

　空襲に備えて……爆風で硝子が四散しないようにと……だが、こんなケチな対策が役立つと、戦争を指導した連中は考えていたのだろうか。

だが、熱狂したのは彼らだけではない。国民全部が戦争の正義を信じ、勝利の夢を見ていたのだ。

それにしても、犠牲者が多すぎた。

――一〇〇万人?

――それとも……

――二〇〇万人?

憂鬱な気分を振り払うように、のびきった長髪をかきむしり、寝床から這い出そうとしたとき、狭くて急な階段の下から聞こえてくる物音に気付く。

夜が明けるまでは、おれと臥所《ふしど》を共にしていた卯《う》女子《めこ》である。

(昨夜のことは、成り行きだったのだ)

と、改めて、自分に言い聞かせている男のエゴ……

(成り行きだったのだ)

と、木綿の布団の中で腹這いになり、ゴールデンバットの緑の袋を引き寄せ、反芻するように言い聞かせている自分自身を意識しているのだった。

馴染みとなった、この安普請の屋根裏部屋……。

ベニヤが剥き出しの壁に掛けられているのは、彼女の父親の油絵だ。

(この風景はどこだろう?)

なぜか、気になる。熱帯だろうか、亜熱帯だろうか……。たわわに実が成っている樹々の疎林がある風景である。

おれは、両切りの一本を咥え、黒人兵のエルビスから貰ったライターで火をつける。

一服目は肺の奥まで吸い込み、口をすぼめて吐き出す煙の環を眼で追った先に、今まで気付かなかった小さな本箱があった。

雑多な書籍に交じって、花田清輝《はなだきよてる》の『復興期の精神』がある。

戦後文壇の寵児、花田を有名にしたのが、〝心臓は犬にくれてやった〟という、捨て台詞のようなこの一行である。

だが、シベリア帰りのおれとしては、飢えた人間は、犬にくれてやるのではなく、自分で自分の心臓を食らうのではないか、と思う。

究極の飢餓とはそういうものだ。

他にもある……西田幾多郎《にしだきたろう》や三木清《みききよし》など。他にも、敗戦前ならば特高警察に目をつけられそうな社会主義の雑誌も交じっていた。

内心では、中女卯女子を見直しているおれ自身にも気付いていているのだ。

戦後になってから、啓蟄《けいちつ》の虫どものように、ぞくぞくと地中から這い出してきたような、いわゆる戦後文化人とはちがう、したたかさを彼女に感じているからなのだ。

根元まで吸った煙草を灰皿代わりの空き缶の底でもみ消すと、ふたたび仰向けになる。

吹雪は、依然、窓を叩く。小樽湊の雪質は湿って重く、乾いたシベリアの雪とは対称的である。

まだ、ときどき、夢に現れる過酷な抑留生活。餓えと寒さ。仲間の密告、裏切り。極限では人間どもはその本性を現す。

(よく帰れたものだ)

しばれて、コンクリートのように固まった大地を掘り起こして、埋葬した多くの戦友らの記憶……。

それに比べれば、成熟した女の匂いの籠もったこの臥所《ふしど》は、常世《とこよ》の島である。

ルンペン・ストーブの消えた零下の部屋で、冷たい木綿布団に入って共寝すれば、成熟した女と男がすることは、人類共通の文化である。

行為の後の眠りは深かったから、あの夢を見たのは明け方のはずだ。

だが、目覚めとともに忘れてしまうのが夢の常であるのに、なぜか鮮明だった。

——非時香菓《ときじくのかくのみ》の島の夢

過酷な抑留生活のささやかな悦楽……それは夢。見知らぬ楽園へ、おれはよく行ったものだ。

おれは、なぜかこの楽園のまたの名を知っているのだった。

——その名はティルムン。

シベリアで見た夢の中の常夏の国の光景である。

2

枕元に置いた懐中時計は、七時を回っていた。

抑留生活からの帰国後、御徒町の闇市で物々交換した鉄道時計だ。

吹雪が勢いを増しているのか、窓の隙間から粉雪が舞い込んでいる。

掛け布団を跳ね上げようとして、布団の縁が彼の寝息で凍っているのに気付く。

壁に掛けられている、薬屋の広告入りの大きな寒暖計は零下である。

起き出すのを止めて、卯女子の色香が染み付いている布団の温もりに、あたかも蓑虫の気分で浸ることにする。

(あの時に比べれば……)

と、森林伐採で酷使され衰弱した体、極度の栄養不良……恨みを残して死んでいった戦友たち。

おれの場合はなんとか生きながらえて(……のはずだが?)、舞鶴の港に着いたのは昭和二二年夏。すし詰めの国鉄で、やっと戻った帝都の下町、深川は焼け野原で、おれの養父母は空襲で焼死していた。

それから、上野界隈を根城に闇屋などをしていたのだが、抑留時代の戦友、鍛冶村鉄平を頼って都落ちし、この港湾都市に流れ着いたのであるが……


それにしても、どこか腑に落ちない何かをおれは、感じているのだ。

うまくは言えない違和感である。

まさか、おれの精神自体が……と、思うこともある。

たとえば、この港湾都市自体が異郷というか、神話的というか……

このおれを取り巻く人々にしても……

たとえば、卯女子も……

かと言っておれは、麻薬に手を出しているわけではない。

それにしても、なぜ、あの島の夢を見るのだろうか。

いったい、どこにあるのだ。

たとえば、それは、旧約聖書のエデンとはちがうのだ。

この楽園では人々は歓びに満ちて働く。

平和な日々を穏やかに送れる。

外敵の侵入も略奪もない島。

野獣すら人を襲わない。

鳥たちの囀《さえず》りは、人々を癒す。

だが、なぜ、おれは、その名を知っているのだろうか。

と、おれは、ぼんやりと考えている。

3

呼び声がして我に還る……

「武史さん、起きなさい」

階段を駆け上ってきた卯女子に、布団を剥がされる。

「武史さん、起きて。塩鮭を焼いたわ」

「うん」

「ご飯よ」

まるで、世話女房である。

一宿一飯の義理があるから、素直に従う。

階下の居間は、窓はすっぽり雪に覆われて暗く、電灯が点いていた。

傍らでは、粉炭を詰め込まれたルンペン・ストーブが、勢いよく燃えている。


卓袱台《ちゃぶだい》の前に坐ると、七分づきのご飯、塩が浮き出た薄い鮭の切り身、若布《わかめ》の味噌汁、鰊《にしん》漬けが並んでいた。

「よく眠れた?」

むろん、営んだ昨夜の一部始終は口にしない。

卯女子の挙げた声を口にするなど、おれの美学に反するからだ。

「でも、なぜか、いい夢も見たよ」

と、素顔のままの彼女に言うと、

「どんな? 教えて」

彼女は屈託がない。

(捕獲されたのは自分のほうだ)

と、おれは思う。

「楽園島の夢でね、朝までには凍死しそうな零下三〇度のシベリアの夜、よく見た夢さ」

「武史さんが生きのびて帰国できたのは、きっとその夢のおかげだと、あたしは思うわ」

「かもしれない」

おれはうなずく。「絶望に打ち勝つのは希望だとおれも思うね」

おれはつづけた。「ティルムンって言うんだけれど、どうしてその名を知ってるか、思いだせないんだ。そう言えば、二階に掛かっている絵だけど、あれは卯女子さんのお父さんの絵だろ」

「そうよ。父が戦地で亡くなって、あたしたち生活に困って残っていた父の絵は、全部、売ってしまったけれど、あの絵は残したのよ」

「たしか、ニューギニアだったね」

「ええ」

「あれには画題があるの?」

「あるわ。キャンバスの裏に……。『非時香菓《ときじくのかくのみ》の島』って題。でも、どうして?」

「ああ、やっぱりなあ。気になってね、それって橘《たちばな》の実だね」

「まあ、教養ある……」

「中学の時、国文の試験で覚えたのさ」

おれはつづけた。「もしかすると、ご両親は但馬《たじま》のご出身?」

「ええ、母がそうよ」

「但馬は兵庫県の北部でしょう」

「うん。豊岡《とよおか》の出石《いずし》というところ」

「やっぱり。君の父上は母上のことを想って、戦地であの絵を描き、プレゼントしたんじゃないか」

「ま、ロマンチック。母も、たしか、そんないきさつを」

彼女のまなざしの先に、小さな仏壇があったのにおれは気付く。

なにかしら、心が穏やかになっている自分に気付く。

静寂を満たすのは、ルンペン・ストーブの燃える音と、ストーブの上の薬缶《やかん》が沸騰して起てるちりちりという音……。

おれは〈純粋持続〉という言葉を思いだす。ベルグソンである。

女の匂いや、他いろいろな家の臭いが籠もるこの空間に滞留している時間……。

我に還り、おれは、味噌汁が旨かったのでお代わりする。

卯女子は、思っていた以上に家庭的なのだ。

食事が終わると、アカシア市平岸《ひらぎし》産の林檎を剥いてくれた。

器用な手付きで兎の形に剥きながら、急に、

「武史さん、今、仕事あるの?」

と、訊かれたので、

「副業の仕事は、まあまあ、あるけど、探偵業はさっぱりだね」

と、答える。

「副業は翻訳のお仕事ね」

「まあね、ただし、犯罪雑誌《クライム・マガジン》の翻訳さ」

「それで、お金になるの?」

「いや、安いよ」

と、彼が答えると、

「じゃあ、お金になる仕事、世話してあげてもいいけど、どう?」

「どんな仕事?」

「宝探し」

「?」

からかわれているような気がした。

「少しはリッチになれると思うわ。ね、武史さん、昨夜のご褒美《ほうび》よ」


熱っぽい目で彼を見る……。

「ふーん」

返事を曖昧にする。

あえて、そうしたのだ。

卯女子は、昨年の事件で殺害された諏佐泰一朗《すさたいちろう》の愛人だった女だ。

しかも、この諏佐水産社長であった泰一朗は、参議院議員、諏佐世理恵《すさよりえ》の夫である。

後から気付いたが、妻と愛人が、泰一朗の死に関して、同盟関係であったことは確かなのだ。

「どう、やる? 武史《たけし》さん」

「ちょっと、やばそうだなあ」

と、おれは言った。

直観でそう思えたからだ。

「危険を伴うから、お金になるのよ」

と、応じた彼女が悪女に見える。

表を返せば裏が出る。人の心は善悪が表裏一体、天使と悪魔……戦前とちがって、敗戦日本の今は、彼女のような二面性を持つ人間が多い。

戦後派、あるいはアプレゲールという新語さえあ

る日本……法律を守るのではなく、守らなかったからこそ、敗戦直後の混乱期を生きのびられたのだから……。

「君の言うことは、いつも一理ある」

と、おれは言った。

「お世辞？」

「いや」

おれはつづける。「いったい、どんな仕事？　闇屋とか汚職とか、そういう筋なら引き受けないぜ」

「そんな筋じゃないのよ」

彼女はつづけた。「依頼主というのは月江《つきえ》様とおっしゃってね、諏佐世理恵先生の後援会の幹部会員のかた。会員の間の噂では、天孫族《てんそんぞく》の末裔《まつえい》なんですって……」

「まさか？」

思わず、おれは聞き返した。「先年、花苑公園で拉致され、射殺された月夜見博士と関係のある人？」

「そうよ、驚いた？　月江様は未亡人よ」

「そう」

おれは、うなずきながら、先を促す。

「博士のことを知っていたのなら説明は省くわ。祝津にある小樽湊海洋大学で、長年、語学の教授をされていたご主人は、定年で退官されてからも、シュメル文明の研究をされていたらしいの。ところが、射殺された姿で港に浮かんでいたんです」

「物取り？　あるいは……」

「まともに、警察が捜査してくれないらしいの。むろん、噂だけれど、進駐軍の……ＧＨＱ……あたりからの圧力はあったみたいよ」

「その噂は知ってるよ」

と、答えながら、おれは高商の左田教官の顔を思い浮かべる。

卯女子はつづける。

「昨夜はね、龍宮神社の直ぐ傍にある料亭水江《みずのえ》で、諏佐世理恵後援会の忘年会をやり、あたしは最後まで居残って後片付けをしてから、お暇して外へ出たとき、丁度、除夜の鐘が鳴ったので、初詣《はつもうで》に……」

「で、偶然、おれと出会ったってわけ」

「そうよ。で、武史さんが、今こうして、あたしと朝御飯を食べているわけ」

「うん」

おれは、うなずくだけにした。

妙に熱っぽい卯女子の眼に、おれはたじろぐ。

4

神詣など一度もしたことのないおれが、今年に限って初詣に出かけたのは、信心からではない。

懐がすっかんぴんで、初詣に出かければ、賽銭《さいせん》泥棒にまでは落ちぶれぬとしても、参拝客の落とした財布を拾えるかもしれないと考えたからだ。

ところが、境内で卯女子を見かけので、

「深夜の一人歩きは危ないぜ」

と、声を掛けたのである。

師走だけでも、進駐軍兵士の強姦未遂事件が立て続けに起きたばかりだ。しかし、犯人がわかっても、占領軍との地位協定とやらがあって泣き寝入りするしかない。敗戦国民は惨めなものだ。

おれ自身も、何度か、町内の有志たちの夜間巡回に付き合わされた。拍子木《ひょうしぎ》をたたき、鉄杖を鳴らし、「火の用心」と声を合わせる。戦時中は、灯火管制下の街で灯がもれるのを注意するための見回りだったそうだ。

酔っぱらった駐留兵を見付けると、彼らに注意するのは、英語が話せるおれの役目だ。

そんな関係でご近所に重宝され、新しい付き合いが広がる効果もあった。

——ともあれ、人混みに交じって参拝をすませた卯女子とおれは、龍宮神社の境内から、凍てついた坂道を下った。

足元が辷るのを口実に、卯女子はまるで恋人のようにおれの腕にしがみついた。

おれとしては、久しぶりの感触だった。正直、久しく眠っていた雄の本能が目覚めたのは、そのときだったかもしれない……。

が、実は、道々、彼女から相談されたのである。

話の内容は、

「あたし、小樽湊市議会選挙に立候補しなさいって勧められているんですけど、学歴だってないし、自信がないの」

おれにも、彼女の本音がわかった。彼女の場合、自己否定は他人に自分の価値を肯定してもらいたいからだ。

「だめで元々でも、挑戦すべきだと思うな」

と、おれは言った。

「そうかしら」

明らかに、励ましを期待する声である。

「ああ。諏佐議員の推薦があれば、後援会も応援してくれるさ」

「あたし、お金もないのよ」

「それは君次第だ。信頼できると思えば、自然と選挙資金は集まるものさ」

今の彼女は、諏佐世理恵議員の私設秘書である。

市議選は、おそらく、無所属で立候補することになるとしても、支持基盤は社団法人〈婦人人権同盟〉である。

本部所在地は東京であるが、北海道支部はアカシア市にあり、諏佐議員が支部長なのだ。

卯女子が言った。

「じゃあ、選挙のとき訴える政策とかね、武史さんに考えていただけるかしら」

次回選挙は、たしか二年後だ。

「約束はしないけど、頭の片隅にしまっておくよ」

と、だけ応じたのは、おれなりの用心深さである。

この大きな商港には、表の顔と裏の顔があるようにおれには思えたからだ。たとえば、選挙には違法な買収、デマ、強迫などが絡む。

この港街で私立探偵事務所を開いて、まだ間がないが、おれなりの直観で気付いていたし、抑留時代の戦友、鍛冶村組組長、鍛冶村鉄平から聞かされている裏の裏の裏情報もある。

世の中、新聞やラジオの報道ではわからない隠された裏というものが、必ずあるものだ。

5

せめて松の内くらいは、雪の少ない道南あたりへ行きたかったが、先立つものがない。やむえず、下宿先の竜宮で、女主人の代わりをすることにした。

報酬は下宿代、ひと月分。

この旅籠の主人はキヨさんと言って、とっくに若くはない。昆布《こんぶ》温泉というところで湯治をするのが例年の決まりらしい。

おれのねぐら、狭い四畳半より帳場は広くて暖かい。

客も少ないので翻訳の仕事を帳場に持ち込んでしたが、内容はいつもとちがった。早々に、卯女子が、この仕事を持ってきたのである。

内容は月江の夫、小樽湊海洋大学教授であった故月夜見隼人《はやと》博士が戦前に書いた英文の論文である。投稿先は、アメリカ合衆国のケプロン大学。所在地はテネシー州、ミシシッピー左岸の河港都市メンフィスである。

誌名は「シュメル研究」、月夜見博士の論文の題は「大日本帝国創成時代におけるシュメル人の痕跡」という意外な、いや意外すぎるものであった。

幾つかの専門用語を除けば平易な英語であるが、いわゆるアカデミックな内容ではない。この分野は門外漢のおれであるが、首を傾げたくなる一面もないわけではなかった。

たとえば、十六菊花紋である。それがバグダードの博物館にあると言うのである。

すでに、今現在は戦後だからいいが、戦時中なら完全に危険思想である。

ひと口で言えば、シュメル人は優れた海洋民族であり、わが日本にも到着、一部は定住していたというものなのだ。

彼らが使用していたと思われるシュメル帆船の説明も図解入りであった。

彼らは、丸木舟ではない構造船を、すでに擁する海洋民族であった。それを可能にしたのは水漏れを防ぐタールの使用であり、それが採取できる瀝青《タール》の池があり、現在も利用されているらしい。

博士もこんなふうに書いていた。

〝メソポタミアを旅行したとき、わたしは実際に見たが、採取人は真っ黒な池からタールを両手で掬い上げ、素早く丸めると容器に入れて運び、直接、ユーフラテス川に放り込むのである。比重の軽いタールはそのまま浮いて、下流へ運ばれるわけである。〟

〝また、日干し煉瓦を積むときの目地剤《めじ》としてもアスファルトがシュメル時代から今日まで変わらず利用されているのである。〟とも……。

さらに、読み進めると、〝わが古代日本語の祖語に、多くの古代シュメル語の痕跡がある〟と言うのである。

しかも、『古事記』の言葉が、シュメル語で書かれているというのだから驚く。

いや、それだけではない、Another KOJIKI が存在し、それこそが真実の神代史、すなわ『原古事記《ウル》』だと書かれているのである。

しかも、論文の一部は楔形文字《くさびがた》で書かれていて、この個所はまったく歯がたたなかった。

訪ねてきた卯女子にも内容の一部を教えて、発見の事情を訊くと、

「ご主人の遺品を調べていたら、これが出てきたそうよ」

と、教えた。

つづけて、

「亡くなったご主人、日本ではほとんど知られていないらしいけど、シュメル学では世界的権威だったみたい」

つづけて、「月江様がおっしゃるにはね、現存する『古事記』は偽書なんですって」

「たしかに、あの論文にはそう書かれていた。けど、一〇〇パーセントとは言わないが、簡単に信じられる内容じゃないよ」

「たとえば？」

「蘭島と余市の境にあるフゴッペのことが書いてあったよ」

「あそこは入口が崩壊して埋まっているんでしょう」

「ああ」

「それで」

「とにかく凄い話なんだ。紀元前三世紀か二世紀ころに北海道が蝦夷と呼ばれるもっと以前に、はるばる、シュメル人がこの島に渡ってきたというんだ。君は信じられるかい」

「むろん」

予想に反して彼女は驚かなかった。

つづけて、「だって、月江様がおっしゃっていたわ。その少し前に、彼らシュメル人の一派は、九州が筑紫《つくし》と呼ばれるよりも前の南九州に上陸して、先住民と仲良く暮らしていたらしいの」

つまり、紀元前にあったシュメル人の渡来は、日本列島の南と北で起きた出来事だったというのである。

「ほんとうは二隻で山東半島から船出したのに、一隻は黒潮の流れを乗り切れずに難破して、北へ運ばれたそうよ」

「そう、月江夫人が?」

「そうよ。神代の時代から月夜見家に伝わる秘文書があるらしいの……。でも、どんなルートで山東半島に来たのかしら」

「むろん、メソポタミアの地を脱出するとすれば、船で南へ出るか、北まわりの陸路だろうね」

「いつの時代かしら?」

「博士の論文では、古バビロニア滅亡のころらしい。前一六五〇年にはカッシートの、前一五三〇年にはヒッタイトの侵入に遭い、前一四五〇年ごろアッシリアが覇権を握ったころだろうと……。なぜなら、アッシリアは、古代史上まれにみる残虐な帝国だったから、多くのシュメルの民はメソポタミアから逃げ出した。その多くはすでに密接な交流のあった印度・インダス文明のドラヴィダ人と共存融合したであろう、とね。だが、北へ逃れた人々はイラン高原とアフガニスタンの隊商路を伝って西蔵《チベット》高原に入って横断、青海湖のあたりで何百年も隠れ棲んでいたが、さらに……」

おれは言葉を途切り、

「その先はまだ読み切っていないのでね」

つづけて、「もう一つの陸路のルートは、いったん、印度へ逃れ、さらに緬甸《ビルマ》や泰《タイ》の北部に住んだ、たとえば、今でいうカレン族が北上して西蔵高原を越えて黄河源流へ。あるいは長江をその源流から流れ下って東シナ海へ出て、さらに沿岸沿いに山東半島か朝鮮半島へ向かい、代を重ねながら、彼らが念願した最後のティルムンの南九州へたどり着いたのでないか――と、推理しているんだがね……とにかく、凄い話でね、けど、おれなりに、なんと大いなる旅路だろうと感心しているところさ」

と、言うと、卯女子は、

「月江様はね、ご主人が殺害された理由が、この論文ではないかと疑っておられるの。ですから、武史さん、あなたにも危害が及ぶ可能性があるの。気をつけてね」

「そうなの」

おれは肩をすくめ、「そんなヤバイ仕事をおれに押しつけたのか」

冗談っぽく睨みつけると、

「でも、あなたは守られているから」

と、謎めいて言いつつ、「で、その件でも相談に乗っていただけないかしら」

「わかった。じゃ、一度、月江未亡人に会わせてもらえるかい」

と、答えると、

「月江様にお伝えするわ」

と、うなずきながら、つづけて、「でも、不思議。武史さん、うちに泊まったとき、〈非時香菓《ときじくのかくのみ》の島〉の話をしていたでしょう、そういえば……」

「うん」

おれが、うなずくと、

「あたし、三日の日に、新年のご挨拶に伺ったとき、床の間の掛け軸を見たの。それがね、月江様がおっしゃるには、橘《たちばな》の実る島の絵なんですって」

「まさか」

おれは呟く。

例のあれ、違和感、いや異郷感に襲われていたからだ。

「毎年、元旦から松の内が終わるまでは、これを掛けるのが、月夜見家のしきたりなんですって」

「わけがあるの？」

「それがね、ご実家は薩摩《さつま》藩の時代からつづく和菓子のお店なんですって」

「それで」

「橘は日本のお菓子の起源とされていて、それで常世の国から橘の樹を持ち帰った田道間守《たじまもり》が、お菓子の神様として祀られているんですって」

「ふーん。じゃあ、月夜見家は、隼人氏の実家ではなくて、つまり……」

「そうよ。亡くなったご主人は、お婿さんだったみたい」

「でも、隼人って名前、南九州の古代族隼人と同じだね」

と、言うと、

「ご主人の出は、そういう家柄なんですって」

卯女子はつづけた。「でね、月江様は薩摩のご実家とは別に、この街に和菓子の店を開かれて、ご存じかしら、運河通りの月読堂《つきよみどう》というお店、あれは今、お子さんがいないので、遠縁のかたに後を嗣がせたそうよ」

「そうなの、知らなかった。あま党以外は洋生《ようなま》の錦村《にしきむら》ぐらいだ」

と、おれが応じると、

「和菓子、お好き？」

「ああ」

「じゃあ、いつか月読堂へ行きましょうよ」

「いいね」

と、うなずくと、

「田道間守は但馬の国の国守なんですって？」

「ああ。君の母上の出身地でもあるから、卯女子さんと月夜見月江さんを引き合わせたのもお菓子の神様の計らいかもね」

「そうね。雪が解けたら墓参りに行かなくっちゃ」

お多福の顔が綻ぶ。

「思い出したけど、田道間守のご祖先はたしか、新羅《しらぎ》の国の王子、天之日矛《あめのひぼこ》のはずだよ」

つづけて、「『古事記』にも出てくる神だけど、秦氏を含む新羅系の渡来民が移住し、住み着いた国があったみたいだね」

「ええ」

「そう言えば、地元出身の赤染代議士のご先祖は元豪族で秦氏の系列らしいね」

と、おれは鍛冶村から聴いた話を思い出しながら、古代日本が多方面からの移住者でなりたつ、いわばキメラのような国であったことに気付き始めていたのだった。

つまり、アメリカ合衆国が多種多様な多民族国家であるのと同じことが、わが国の古代でも起きていたのである。

「ええ。今、選挙運動をしてるので、いろんな情報が耳に入ってくるのよ」

彼女も言った。「福岡県の日田彦山線の沿線に香春《かわら》神社というのがあって、そこと縁《ゆかり》らしいわ。鹿《か》春《はる》の神という新羅からきた神様の神社みたいですが、実は銅の鉱山と関係があり、昔はね、竜骨と言われた石灰も産出した古代鉱山で、これを仕切っていた氏族が秦氏だったんですって」

「詳しいね」

おれは言った。「もしかすると、金も採れたんじゃないだろうか」

「多分ね」

彼女は言った。「でね、春香《はるか》山というのがあるでしょう。アカシア市へ行く途中に」

「張碓《はりうす》のあたりの右手の山で、春スキーのメッカらしいけど」

「昔は遙山って言ったみたいだけれど、香春のちょうど反対でしょう、だから赤染代議士は広大な土地を買ったみたいだわ」

「ふーん。なぜ?」

「宝探しじゃないかしら」

「まさか」

「でも、そうなの……小樽湊の住民はみんな心の中では知っているし、心の中では莫大な遺宝を見付けたいって思っているのよ」

「遺宝ってなに?」

「砂金よ」

「まさか」

「信じる信じないは人それぞれでしょうけど、小樽湊の住民なら九九パーセントの人が信じているわ」

「ロマンだなあ」

おれは、あえて話題をはぐらかしたが、

「あなたは新参者だから知らないのよ。蝦夷島はね、黄金列島日本のね、最後の黄金島なのよ」

おれは、初めて見る卯女子の双眼の光に、射すくめられた。

「まさか、本気で?」

「そのまさかがあるのよ。太古の蝦夷島で採取されたはずの大量の砂金がね……」

一瞬、おれの意識が飛んだ。真空になった。得体のしれない何かが、侵入してくるような感覚を覚えた。

（おれの精神は病んでいるのかもしれない）

第七章　シュメル研究会

1

おれの意識状態が正常に戻るまでに、かなりの時間を要した。

〈外部〉が、おれの内的世界に侵入してくるという異様な感覚と不安から、おれは帳場の番を娘さんに代わってもらい、下宿の部屋で布団を被り寝て過ごした。

松が取れる一月七日、土曜日の朝、ようやく平常の戻ったとき、

「ミンク鯨の肉が手に入ったので、うちの新年会にこないか」

と、鍛冶村鉄平《かじむらてっぺい》からの電話があった。

新年の挨拶も兼ね、おれは出かけた。背嚢の中の一升瓶は、町内会で知りあった酒蔵の二代目に頼ん

でわけてもらった清酒〈手宮《てみや》〉である。

空は晴れていた。眩しいくらいだ。道は、おれが部屋に籠もっている間に降った雪が、五〇センチくらい積もっていた。

除雪は進んでいない。人が歩いたあとの幅三〇センチくらいの、しかもでこぼこした道は歩きづらい。しかも、かなりの距離だ。鍛冶村組は山手の緑町にあるのだ。

色内町からは、国鉄小樽湊駅の前を一区画ほど過ぎたところで右折、跨線橋を越え、警察署の前を山ノ手へ向かい、足元の辷る坂道を斜めに、花苑公園の裏手へ長い緩やかな坂を上る。

旅籠竜宮を出発して一時間以上かかったが、シベリアに比べれば比較にならないし、久しぶりに肉にありつけるという期待で、心のボルテージは高まるばかりだ。

事務所の前に、松と竹を組み合わせた大きな門松が据えられていた。

鍛冶村組の本業はとび職であるが、その他、もろもろ、なんでもこなすらしい。

奥座敷の宴会場に並べられた料理は、鯨尽くしである。

おれは上座に座らされ、店の者十数人は下座である。

おれは目を見張った。テーブルには、鯨のすき焼き、竜田揚げ、ステーキに刺身まで、いろいろ並んだ。鉄平の小学校の同級生が漁師をしており、留萌沖で捕れた獲物をわけてもらったらしい。

やはり、地元の強みだ。敗戦直後ではないものの、品不足は、依然、つづいているのだから……。

宴会には、家族や組の者たちの他に、初対面の青年がいて、名刺をくれた。

小樽湊海洋大学
海洋工学科　助手
産土一兵《うぶすないちへい》
とある。

むろん、おれも、

〝山門探偵事務所〟

と、ガリ版刷りの名刺を渡す。

「噂はかねがね……」

と、しげしげと、渡された名刺を見ながら産土が言った。

「この街ではあまり仕事がないので、翻訳の仕事で食いつないでいます」

と、おれは応じた。

年齢が同じぐらいである。席も隣だったので会話が弾んだ。

「自分もです」

産土が応じた。「大学助手の給料では、この物価高の世の中、生活できないので、家庭教師で食いつないでいます」

「ははッ。お互い金欠病で、同病哀れむですか」

と、山門も応じながら、親近感を覚えていた。

「鉄平叔父さんとは、シベリアの抑留仲間だったそうですね」

「ええ。で、あなたは鉄平さんの?」

と、訊ねると、

「叔父さんの姉の息子です」

と、教えた。

「じゃあ、長崎に嫁いだかたの……」

と、訊くと、

「ええ、あの日、八月九日、ぼくは……」

と、言って、声を詰まらせた。

その五日後の一四日、日本はポツダム宣言を受諾、無条件降伏したのである。

「ぼくは海洋大学卒業後、そのまま北海道に残りましたが……」

彼は、道内各地の海岸で、本土決戦に備えた要塞工事に従事していたらしい。

おれは母校のことも訊く。知りたかったのは月夜見教授の件だが、彼の説明では、
水産資源学学科
海洋工学学科
国際貿易学科
の三学科からなるらしい。

が、教養課程は、この大学の性格上、語学教育が充実しており、問題の月夜見教授は、数カ国語を一人で担当していたのだそうだ。

「ぼくの専門は、港湾整備や海底土木ですが、先生とは親しく、お宅にもよく招かれましたよ」

と、彼が話すと、傍らから鉄平氏の妹の秦子も、

「隼人先生は、うちの店のご常連さんでしたわ」

と、教えた。

電気館通り裏手の岩戸家へ、月夜見教授は、教え子たちをつれて、よく顔を見せていたそうだ。

思い切って、月夜見教授のシュメル学研究のことを訊ねると、

「そうね。ああ、そう言えば、スメラミコトはシュメルの王という意味で、メソポタミアはこう書くんだ」

と、言って、割り箸の袋に、
女祖穂田宮
としたため、

「だから、天照大神の国はメソポタミアの女神だなんて、しかも戦時中よ、『先生だめよ』と言っても聞かず、特高警察に捕まってしまうような冗談話をよくなさったわ」

「ぼくもです」

と、産土も、「『古事記』の中の神々や人名は、印度のシバ神との関わりが深いとかね」

「その話なら、あたしも聞きましたわ」

「じゃあ、サンスクリット語も詳しかったのですか」

と、質すと、

「もちろん。語学の天才ですよ、月夜見先生は」

と、産土。「先生には、敵はいなかったですか」

と、訊くと、

「金欠病の若い学生さんのめんどうもよくみておられたし、悪くいう人なんか一人もおりませんよ」

と、卯女子が言ったので、

「じゃあ、射殺体になって発見されたという事件は、どうなんですか」

と、質すと、

「ええ。そうなのよ」

と、卯女子は産土と顔を見合わせた。

と、今度は、彼らの話の輪に、鍛冶村までが加わって、

「おい、山門、その件にはあまり触れないほうがいいぜ」

と、言う。

「実は……」

と、月江未亡人からの依頼について打ち明けると、

「なるほど、その件か。生死を共にした戦友だから教えるが、ここだけの話にして欲しい」

「わかった。なにかあるのか？」

「ああ、かなりやばいぞ。だが、貴様のことだ、止めろとは言わないが、かなり用心してかからんとな」

と、いつになく真顔で忠告する。

「じゃ、ＧＨＱが一枚噛んでいるらしいという噂は……」

と、質すと、

「まあな」

鍛冶村は、肩を竦《すく》めて、「敗戦国日本人を実質的に支配しているのは、やつらだ。しかし、犯人がつかまらない事件をＧＨＱのせいにする傾向は、たしかにあるしな……」

つづけて、「シュメル問題に興味があるなら、明日日曜の正午、マルヰ百貨店の食堂へ行きたまえ」

「なぜ？」

と、質すと、
鍛冶村は甥の産土に向かって、

「一兵君はたしか幹事だろう」

「ええ」

「間士部海人《まどべかいと》刑事は出席しているね」

「はい」

と、意味ありげに、叔父に向かってうなずくと、おれに顔を向け、

「毎月、第一日曜に、同好の士が集まり、〈シュメル研究会〉を開いているのです」

「どんな集まりですか」

と、質すと、

「月夜見先生ほか、諸先輩がたが亡くなったあとも、我々有志が、シュメルとわが国の関係を研究しているのです」

「間士部刑事というのは？」

と、訊ねると、

「彼も隼人先生の教え子でね、しかも、ご先祖が鹿児島出身なので、月夜見家とは遠縁にあたるとか」

と、教えてくれた。

2

翌日、早めに下宿を出て、マル丰百貨店に向かった。マル丰さんと呼ばれて親しまれている百貨店だが、本店はアカシア市にある。

天気がよく、日曜日のせいもあり、子供連れが多かった。

最上階の食堂が、昨日、教えられた場所だが、同じ階で展覧会が開かれているのを新聞の広告で知ったので立ち寄る。

国代昇《くにしろのぼる》画伯は会場にいて、画商らしい男と話しこんでいた。

展覧会の題は〈虚ろな眼の魚たち〉である。濃い青を基調色にした独特の画風が、とても良かった。

気になったのは、海上に浮かぶ小島の上に立っている、大目玉の鳥のトーテム・ポールである。

（表現派の絵にちがいないが、いったい、なにを意味しているのだろう）

と、思いながら、正面を見ている大きな魚の目が抉《えぐ》られているように見える、五〇号ぐらいの作品の前で立ち止まっていると、画伯が近付いてきた。

「これは、今も未来も、なにも見えなくなった我々敗戦国民の心理ですか」

と、感想を言うと、

「あなたは絵がわかるかただ」

と、言われた。

それだけの出会いである。むろん、おれの懐具合では買える価格ではない。

会場を出て大食堂に入ると、一番奥が衝立で仕切られていて、

シュメル研究会　様

と、くせ字の筆字で張り紙が出ていた。

めざとく、産土一兵が席を立って、おれを迎え入れ、

「じゃあ、はじめましょうか」

と、言って、大声でウェイトレスを呼ぶ。

ほっぺたの赤いウェイトレスは、大正か昭和初めに流行った大きなエプロンを着けていた。

「全員、カレーライスでいいですね」

産土がテーブルの全員を見渡しながら言った。

一同は、ばらばらにうなずく。

おれも異存はない。

「この食堂のカレーが、隼人先生の好物だったのです」

と、産土がおれに教えてくれた。

カレーは久しぶりである。懐かしい味がした。小さく骰子《さいころ》状に切った人参、馬鈴薯と鶏肉の細切《こまぎ》れ。メリケン粉とカレー粉を交ぜて造ったルー。ご飯は粘り気のない外米である。

食べ終わると、数人の会員たちの雑談が始まる。むろん、シュメル学に関する話題で、期待した以上に興味深かった。

紅一点で女性も交じっていて、名刺を交換した。

港湾新報　記者
斑風子《まだらふうこ》
と、言って、三〇代後半ぐらいのひと癖ありそうな美人であった。

発言は控えめで、しきりにメモを採っているが、記事にするつもりだろうか。


大テーブルの向かいの席に着いているのが、間土部という刑事である。

最初は、私立探偵というおれの肩書きが気にいらないのか無愛想であったが、鍛冶村鉄平の戦友とわかると人が変わった。

「あなたの噂は、うかがっています。昨年の諏佐泰一朗の事件、あれにはうちの刑事がかかわっていたそうで、お恥ずかしい」

と、低姿勢である。

「いえ。事件の真相は諏佐議員のほうが……」

と、おれは言葉を濁した。

「うちの先祖は、鹿児島出身ですが屯田兵《とんでんへい》で北海道に来たのですがね」

彼はつづけて、「実家は日高ですが、シュムンクルという言葉をご存じですか」

「いいえ。初めて聞きます」

「北海道の先住民族はアイヌ民族ですが、実は日高地方の東は静内川、東は苫小牧と道央ベルト低地を含む地域では、シュムンクルと呼ばれる種族がいたらしいのです。これって、シュメルに似ていませんか」

「ああ、なるほど。言われてみれば……」

「このシュムンクルというのは、幕末の蝦夷地探検家の松浦武四郎が樺太島《サハリン》へも渡ったときに現地で聞き、シュムンクル夷と書き留めた種族名でもあるのです」

つづけて、「樺太のアイヌの人々は、この島の北部の東沿岸と間宮海峡を挟んだ対岸に住む種族をシュムンクルと呼んでいるとあるのです」

さらにつづけて、「その意味は、sumari は樺太アイヌ語の狐のこと、クルは人ですから、〈狐人〉であるという説もありますがね……」

と、産土は語尾を濁した。

間土部も、

「名寄から根室に行く鉄道の途中に朱鞠内《しゅまりない》という駅名があるのですが、シュマリが狐、ナイが川で〈狐川〉と言う意味だそうです」

「しかし、シュメルが存在したメソポタミア南部に、狐がいたかどうかわかりませんよね」

と、冗談っぽく応じて、この場の雰囲気に溶け込ませると、

「ええ、いましたよ。少なくともシュメル語にはあり、発音まではっきりしませんが、大体〈ka《カ》〉と呼んだらしい」

「なるほど。じゃ、やはり彼らとシュメル人の関連はなさそうですね」

と、応じると、

「山門さん。むろん、牽強付会《けんきょうふかい》を承知で言いますが、たとえば日本語で狐が音読みならコですから、同じカ行になる」

と、間土部。

「なるほど」

と、うなずきながら、おれは、先日、卯女子にも話した月夜見博士の論文のことを考えていた。

産土も、

「ユーラシア大陸北回りの陸路と海路の二つのルートが、古代というより超古代にはあったのではないか――と、我々は考えているのです」

「つまり、南の海路を採ると、東へ向かった彼らの船は、アラビア海から南印度経由でマラッカ海峡を

越えて、さらに北上してわが国まで来たというルートが想定できるわけですね」

と、おれがうなずくと、

「むろん、仮説ですよ。でも、考えること自体がロマンじゃないですか」

と、同調を促されたので、おれなりの感想を言うと、この連中は、真実ではなく〈かもしれない〉を楽しむ〈仮説考古学〉の愛好家だとわかる。

調子を合わせて、おれが、

「シュメル文明が全盛であったころ、日本列島はまだ縄文の時代ですが、すでに到着していたとお考えですか」

と、言うと、

「マグル船は来ていたと我々は考えています」

と、産土が言った。

「というと、紀元前二〇〇〇年ころですか」

「我々はシュメル・ドラヴィダ連合の帆船が日本列島に来ていたと仮定しています」

と、産土。「今でこそ森林は消滅していますが、往古のインダス川流域は大森林だったわけですから、彼らは外洋船を建造していたはずです」

「ロマンですねえ」

と、おれが言うと、

「ロマンもロマン、大ロマンです」

と、今度は、戦前の定年まで外国航路の航海士をしていたという白髪の紳士、川嵜真二郎《かわさきしんじろう》が、教えてくれた。

「南西諸島にそって北上すると、前方の水平線に、真っ先に顔を出すのが開聞岳です。太古の昔は火を噴いていたでしょうから、格好の灯台になった。昼は水平線上に噴煙が高く上がっているのが見えたでしょう。おそらく、彼らは、こうしたコンパスも六分儀もない知識で巧みに航海していたんでしょうな」

「つまり、古代航海術の水準は現代人の想像以上だったということでしょうか」

「ええ。彼らは海流に熟知していた。風もです。アラビア人がヒッパロスの風、つまりアラビア海の季節風を知ったのは何時《いつ》だと思いますか」

「たしかローマ時代でしたか」

「初出は『エリュトゥラー海案内記』で書かれたのはAD六〇年~七〇年ごろと言われております。著者はローマ領エジプトのギリシア人ですが、ま、当時の航海者向けに書かれたものでしょう。で、エリュトゥラーの意味ですがご存じですか」

「ギリシア語の赤ですから紅海を指しているわけですね」

「ちがうのです。当時の紅海はアラビア海と呼ばれていた。エリュトゥラー海はアラビア海も印度洋も含む大きくて漠然とした海域だったのです」

「知りませんでした」

「じゃ、モンスーンの語源は?」

「さあ」

「アラビア語の季節を意味するマウスィムが、季節風を意味するモンスーンになったそうですよ。風は六月~九月は南西の風、一〇月~五月は北東の風が吹きました」

「彼らは、その風を利用して、アラビア海を往復したわけですね。で、当時はどんな交易品が?」

と、問うと、

「印度西海岸からは香料、いろいろですが紅海やペルシア湾からはワインと金などだったようです。さらに『エリュトゥラー海案内記』の最後に近い節、六三節読むと面白いことが書いてあります」

と、元航海士はつづけた。「どうも、彼らは、マレー半島の大金鉱山を知っていたようです」

「まさか」

「いや、現地へ行ったことがあるのですが、クアランプールに近い緯度のPahang《パハン》がそれです。さらに、もっとおもしろいことが……その先にクリューセーという島があると書かれているんですがね、意味は文字通り黄金島です」

「それが日本列島だとは言いませんよね」

と、言うと、

「いや。わたしは否定しませんな」

と、元航海士はつづけて、「日本中の川に、砂金が溢れていた時代があったにちがいありません」

「蝦夷島もですか」

と、卯女子の漏らした話を思い浮かべながら訊ねると、

「アカシア市の琴似《ことに》西側の山中へ分け入って、宮《みや》城沢《ぎさわ》を遡ると、現在も稼働中の金銀銅を産する鉱山があるし、他にも同市近郊には小別沢鉱山や稲福鉱山がありますよ」

「手稲《ていね》金山は、今も操業していると聞いています」

と、おれは言うと、

「ええ。アカシア市に近い鉱山ですが、戦前から採掘している山です」

川嵜はつづける。「津軽海峡に面した千軒《せんげん》岳にも金鉱があった。これは切支丹《きりしたん》伝説と関係するものですが、今はどこにあるかわかりません。とにかく、掘り尽くして閉山したものを含めれば、道内だけで五〇近くあるし、中でもオホーツク海に面した枝幸《えさし》の枝幸鉱山の金含有量は南九州の菱刈《ひしかり》、佐渡に次ぐ三番目の優良鉱です」

「甲州には、信玄の隠し金山がありましたね」

と、言うと、

「源義経を援けた奥羽の金売吉次《かねうりきちじ》とか、黄金伝説はわが国にはけっこうありますね」

と、産土も話に加わる。「彼の生地は、今の宮城県の北部栗原《あわら》郡の金成《かんなり》町ですが、裏の小川で砂金がいくらでも採れたという伝説が、この地に残っていますよ」

「道南の松前もです。市中を流れる川では、女や子供までが砂金採りに精だしたとかね」

と、間土部も言った。

産土も、

「廃鉱を含めると、日本全国の金鉱山は三〇〇以上あるんです」

「そんなに」

正直、おれは驚く。

産土はつづけた。

「一度、調べたことがあるのですが、奥羽地方には一〇〇以上、ついで九州は七〇近くある」

ちょっと、息を継いで、「古代日本と金鉱には、特に大和政権とは、何らかの深い関係があるかもしれないと考えて調べたのです。たとえば、『記紀』ではほとんど無視されている二名島、つまり四国などは七つしかありせん」

彼によると、関東、中部、近畿、中国などの地方も二〇〜三〇個所しかないらしい。

「とくに筑紫、つまり九州では大分や宮崎、鹿児島の三県がずば抜けている事実と照らしあわせると、なにか臭いませんか」

「ですね」

おれは相槌を打ちつつ、「むろん、仮定にすぎませんが、もし大和政権が黄金を武器に海外と交易していたとしたら、神代のころから、日本列島が金銀島として西方世界に周知されていたとしても当然ですよね。だからこそ、マルコ・ポーロのジパング伝説も生まれたわけで……」

と、言うと、

「そのジパングですが、日本の日を漢音でジと読み、本をポンと読んで、ジポンがジパングになったのだと思います。ただし、国名の倭国を日本へ訂正したのは、たしか後鳥羽《ごとば》上皇のはずです」

と、産土。「しかし、その昔、わが国は、川嵜さんが言われたように、Chryse《クリューセー》が呼び名だったのかもしれません」

「わが日本列島こそが、黄金の国クリューセーですか。まさに、ロマンですね」

おれは楽しくなった。「ともあれ、古代人は我々は想像する以上の航海術を持っていたのですね」

「少なくとも、確実に言えるのは、メソポタミア文明とインダス文明の交流です」

と、川嵜。「彼らが、ペルシャ湾の島バハーレンを中継地として交易した証拠はたくさんあります」

やはり、航海を実際にした経験から語られる話には、実感がこもっていった。

「心理的に言っても、陸地が見えなくなるまで沖へ出るのは、不安だったでしょうね」

と、おれ。

「それは言えると思います。たとえば、太平洋の例では、彼らは島づたいにカヌーで航海したのでしょうが、隣の島が見えるとき必ず渡っています。しかし、例外もあって、たとえばイースター島ですが、あの島は絶海の島でありながら渡っているのです。とすれば、彼ら海の民は、陸の民とは本質的にちがう本能を持っていたのかもしれません」

すると、産土が、

「たとえば、台湾からですと西南諸島、つまり沖縄などの島づたいに九州の南端まで来ることができますが、上海の近くの会稽《かいけい》から、南九州へ直航する可能性も否定できないですね」

「それ『魏志倭人伝《ぎしわじんでん》』ですね」

と、川嵜氏。「〝倭国は会稽東冶《かいけいとうや》の東にあり〟の東は東シナ海です。現在地図なら真東は沖縄ですが、黒潮の流れを考慮すれば、舳先を真東へ向けても野間岬《のまみさき》のあたりに着きますね」

「じゃあ、渡れたわけですね。陸づたいの朝鮮半島まで行き、それから南下して北九州へ到る迂回ルートではない直行ルートが」

「あったと思います。たとえば、仁徳《にんとく》天皇の時代に河童《かっぱ》が八代《やつしろ》（熊本県）に着いたという言い伝えがあるのですが、であれば四世紀か五世紀の出来事ですが、どうもこの河童というのは、春秋戦国時代に呉越同舟《ごえつどうしゅう》で知られた呉が、越に滅ぼされたときの亡命者であったらしい。彼らは球磨《くま》川流域に定住し、子孫が増えて九〇〇〇人にもなったというのです」

「河童がなぜ呉人なんです？」

と、おれが質すと、

「頭頂です。河童は伝説の動物で実在しないが、頭に水を溜める皿があるでしょう」

「そうですね」

と、おれがうなずくと、

「呉人も習俗で頭のてっぺんを剃髪しているんですよ。で、これに発したのがわが国の武士の丁髷《ちょんまげ》じゃないかとね、自分はひそかに思っているのですがね、とすれば、呉の滅亡は前四七三年ですから、仁徳天皇の時代ではなくて、紀元前の亡命者です」

「紀元前すでに、東シナ海を横断していたんだ」

と、おれ。「いや、河童だから泳いできたか……ははッ」

「山門さん、まじめな話ですよ。会稽《かいけい》は現在、紹興酒《しょうこうしゅ》で知られた紹興と呼ばれていますが、実は中国神話時代の王で夏王朝の創建者、彼は黄帝の子孫ですが、禹《ぐ》の終焉地とも伝えられているし、しかも、この王様は治水の専門家でもあるのですが、どうもその技術をメソポタミアで自ら学んだか、部下を派遣したか、あるいは、かの地から技術者を招聘《しょうへい》したのではないかと考えているんです……」

「つまり、川嵜さんは、黄河の北に殷《いん》が興った前一六〇〇年以前、すでに中国はメソポタミアと交流していたのではないかということですね」

「ええ。しかし、北の黄河だけではなく、長江流域にも、有力な古代文明が存在していたのを無視して、超古代史は語れません」

川嵜氏はつづける。「実は、ぐっと時代が下がって、中国の文献に倭国人は呉人の子孫という説があるのですが、むしろ、越人子孫説のほうが有力らしい。この越は夏王朝六代目の皇帝小康《しょうこう》の息子無余《むよ》が会稽で建国した国だそうです」

「問題の亡命河童たちはどうなったんですか」

「言い伝えでは、いろいろあって筑後川に住むことを許されたが、最終的には水天宮《すいてんぐう》の使いを命じられたとか」

「水天宮なら小樽湊にあって、礼祭は六月一五日、主祭神は伊邪那岐神、伊邪那美神、保食神など。なお、総本宮は、福岡県久留米市にあります」

と、産土。

「アカシア市の中島公園にもありますね」

と、間士部も言った。「小さな社ですが、天之御中主神《あめのみなかぬしのかみ》、大国魂命《おおくにたまのみこと》、大己貴命《おおなむちのみこと》、少名毘古那神、それと壇ノ浦で負け、海に身を投げた幼帝安徳《あんとく》天皇もです」

など、この会合の話題は想像以上の広がりかたである。

3

さすがシュメル研究会である、話題が専門的かつ飛躍的である。

一方、おれが引き受けた例の翻訳のことも、産土一兵は知っていた。

他でもない、月夜見隼人博士が戦前にケプロン大学の紀要で発表した「大日本帝国南九州におけるシュメル人の痕跡」のことである。

「まだ読み始めたばかりですから」

と、おれが答えると、

「どうぞ、遠慮なく」

と、産土に促される。

そのとき、おれは、なぜか、斑風子《まだらふうこ》と名乗った業界紙記者の眼が気になる。

彼女はおれの視線に気付くと、なぜか眼をそらせた。

「かまいませんか。ほんとうに」

と、産土に念を押すと、

「月江様の諒解も取ってありますから、どうぞ。我々も、ぜひ、お聞きしたいので」

「じゃあ」

おれはうなずいたが、本能が彼女を警戒しているのだった。

「月夜見博士の論文によると、シュメルというのは後のアッカド人の呼び方らしく、黒い頭の人という意味とか。彼ら自身の人は（sag-gig）で黒い頭の人を指していたらしい。また、彼ら自身は自分たちの土地を（ki-en-gi《キエンギ》）と呼んでいました」

「たしか、〈ki〉は土地、〈en〉は主、〈gi〉は葦でしたね」

と、産土。

「ええ、ですから〈葦の生い茂る土地〉という意味になります」

すると、間土部が、

「ああ、そうか。まさに〈豊葦原瑞穂国《とよあしはらのみずほのくに》〉の豊葦原と同じじゃないですか」

メソポタミアの南部は、当時、海面が迫り、背の高い葦が生い茂っていた。彼らはこの葦を束ねて家の柱とした。束ねると、両端はすぼまり、中央が膨らむこの形を、エンタシスと言う。

参加者一人が持参した写真を見せてくれた。まさに、葦で壁も屋根も造られたメソポタミアの水没地帯の家である。交通は葦船である。

普通は住めない、こうした土地を開拓したのが、いずこから移住してきた彼らだったのである。

すると、先ほど田岸《たぎし》建築設計事務所の名刺をくれた作事棟夫《さくじむねお》が、

「エンタシスは胴張りとも言い、古代ギリシア建築の特徴ですが、力学的には柱の重心が下がるので安定するのです」

つづけて、「ヘレニズム時代にペルシアや中国経

由でわが国にも伝わり、法隆寺の建築に影響を与えたと言われるのが通例ですが、そもそもの起源は、シュメルの葦の家であったという説もなくはないのです」

「ギリシアと言えば、メソポタミアもギリシア語ですね」

と、つづいて発言したのは、小樽湊商科大学の外国語担当教官の稲葉博斗《いなばはくと》である。

つづけて、「ギリシア語の〈間〉を意味するメソスと〈河〉を意味するポタモスの合成語で〈河の間の土地〉になるんです」

笑いながら、「ですから、メソポタミアに女祖穂《メソポ》田宮《タミヤ》を当てるのは、ただの冗談」

など、歓談が盛り上がった。

「メソポタミアはともかく、チグリス、ユーフラテスの名もギリシア語起源ですか」

と、おれが訊ねると、
稲葉博斗が教えてくれた。

「ええ、そうですが、チグリスの元はアッカド語のイディグラト、プラトウムから変化した言葉です。が、さらにシュメル語にも遡れますが、彼らが外の世界からやってきた以前の先住者ウバイドの言葉では、チグリスがイディギナ、ユーフラテスがブラヌンと呼ばれていたのではないかという説もあります」

と、しばし、言語学的な話題がつづいたが、例の斑風子が、

「あのう、シュメル人の遺した宝のことは、書かれているのですか」

「いましたよ」

おれは言った。「しかし、あれは月夜見博士の空想ですよ、きっと」

「でも、この港街の噂では、莫大な黄金が蝦夷地のどこかに……書かれていないはずがないのです」

「だから空想ですよ。そんな話、あるわけがありません」

おれの本能が、強く遺宝の存在を否定したのだ。

「でも」

「あなたは、生前の博士から、直接、聴かれたのですか」

「いいえ」

おれは女記者の表情が、一瞬だけ固まったのを見逃さなかった。

「じゃあ……」

「でも」

斑記者は粘った。

「探偵さんは、日本語の黄金は、アイヌ語からの借用だという説はご存じですの」

「いいや」

と、首を振ると、

「ではお教えしますわ。キネカネ→キンカネ→コンカネ→コガネになったそうですわ」

あとで知ったが、キ（ki）は光を意味するらしい。黄金は（ki＋ne＋kane）から（konkane）になるのだそうだ。

「つまり、先住民のアイヌ民族も知っていた蝦夷の黄金は、むろん、江戸時代以前から、アイヌ人を上回る数の倭人たちの手で採掘・採取されていたんです」

彼女は得意げにつづけた。「だからこそ、あの金色堂で代表される平泉藤原三代の栄華もあったのです。ですから、もっと時間を遡れば、この蝦夷島黄金島で彼らが砂金を……」

「その砂金が蝦夷島に隠されていると言われるわけですか」

「ええ。シュメルの遺宝ですわ。シュメル人たちが採取した大量の砂金があるはずなんです」

「紀元前二〇〇〇年前後にですか」

「いいえ。紀元前二世紀前後ですわ。彼らの末裔がこの蝦夷地に……」

4

気がつくと、時計は午後四時を回り、窓の外は暗くなっていた。緯度の高い北国の冬季の特徴である。

別れしな、

「まあ、奇想天外というか破天荒《はてんこう》というか、こんな感じでお喋りを楽しむ会ですが、月一で毎月第一日曜日に開いているので、気が向いたらまたいらしてください」

と、産土に誘われた。

「大いに勉強になりました」

と、おれは応じた。

「例の論文、翻訳が進んだら、わたしにも教えてください」

「訳語のことで、あなたのお知恵を借りにうかがうかもしれません」

と、おれは言った。

――食堂を出るとき、もう一度、国代昇画伯の展覧会場を覗くと客は一人もいない。

時間つぶしのつもりで会場に入ると、退屈していたのか、国代画伯は番茶を入れ、駄菓子を出して勧める。

最初は、あたりさわりのない世間話だったが、シベリアの話をすると、自分も応召されて千島《ちしま》の国後《くなしり》島にいたと言う。

共に復員兵ということで、すぐにうち解けた。

おれは訊ねた。

「絵描きさんというのは、人間の顔を描くとき、どうされるのですか」

「どうと言われても」

首を傾げた。

「たとえば、警察の用事で、目撃者の……」

「ああ、似顔を描くときですね。ええ、何度か頼まれたことがあります」

と、画伯は言った。「そうですね、まず、輪郭を聞きます。丸いとか、四角とか、逆三角とか」

世間話を交えて話が弾んだ。

おれは、気になっていた点を、さらに訊ねる。

「あの正面の大きな絵ですが、魚の眼を虚ろにしたのはなぜですか」

すると、

「やはり気になりますか」

「ええ。なります」

「あなたのご意見を先にお聞きしましょう」

と、言われたので、

「我々敗戦国の国民の……そうですね、精神的に虚ろになった心理を魚に託して描いたのじゃないかと思います」

と、言うと、

「そういう解釈でも納得です」

と、ヘビー・スモーカーなのか、脂《やに》のついた歯を見せて笑った。

「ちがうのですか」

と、質すと、

「ええ。あの絵は、アッツ島やキスカ島へ向かう輸送船が、アメリカの潜水艦の魚雷攻撃で沈んだため、冷たい北洋の海底で骸になった戦友らを弔う気持ちを、魚に託して描いたものです」

「そうですか。でもなぜ、眼がくり抜かれたように描かれているのですか」

「埴輪ですよ。埴輪の眼は虚ろです」

「虚ろにする意味があるのですか」

「古代人は眼に魂が宿ると考えたからじゃないでしょうか」

「なるほど」

「たとえば、シュメルの地で、発掘される小さな石像ですが。これが無数にあるそうです」

「知っています。写真でしか知りませんが、たしかに彼らの眼は虚ろですね」

「あれが造られた目的をご存じですか」

と、画伯から訊かれたので、

「いいえ」

首を振ると、

「〈祈願者像〉です。シュメルでは、個人の一人一人が信仰する神を持っていたんですが、しょっちゅう、神殿におもむくわけにはいかない。それで自分の身代わりの像を造り、奉献物安置所に納めたのです」

「なるほど、それで両手を胸元で合わせているという同じパターンになるのですね」

「ああ、それからこんな話を聞いたことがあります、電気館通り横丁の岩戸家で……」

「自分もよく行く店です」

「あそこは良心的で、なんたって安いのでたすかります」

「この街の芸術サロンみたな場所と言ったら大袈裟《おおげさ》ですかね」

「よくわかります。女将の秦子さん自身、詩人ですしね。実はね、山門さん、今の話ですが、不審死を遂げた月夜見博士にも、あの店でね、何枚か買っていただいているんですよ」

「狭いですね、世の中……」

と、言うと、

「小樽湊は人口一〇万ですが、いろんな意味で人脈が濃いんですよ」

「友だちの友だちは友だちというわけですか」

「そうです。で、月夜見博士によると……ああ、『古事記』はお読みで?」

「ひと通りは……」

「諏佐之男が高天原で大暴れして、姉の天照大神が怒って岩戸隠れするあのシーン、ある女神がストリップやるでしょう」

「ええ」

「今じゃ、電気館通りの映画館、電気館で額縁ショーをやってますな」

「はあ」

「ご覧になった?」

「いいえ。まだです」

「ははッ、わたしはファンでして、興味本位じゃありませんぞ、ヌードモデルが雇えないので観にいくんですがね、あの天宇受売という女神は、天孫降臨の折、道をふさいだ土地神の猿田昆古の前に進み出て話をつける……」

「そうでしたね」

「実は、戦時中ですが、国策展覧会に出品するため、猿田昆古を調べたことがあるんですがね、『日本書紀』には、鼻の長さ七咫《ななあた》、背は七尺《ななさか》余りですから怪物なんですよ、彼は……しかも、口元は明るく輝き、眼は八咫鏡《やたのかがみ》のごとく、輝く色は酸漿《ほおずき》のようだったという。ま、恐れをなして絵にするのは止めましたが、そのとき思いました。八世紀の渡来人、坂上田村麻《さかのうえのたむらま》呂《ろ》の容貌も赤面黄鬚の怪力無双の人物ですし、さらに始皇帝の容貌も同じなんです……彼は、方士徐福《じょふく》に命じて、わが国つまり蓬莱国に不老不死の仙薬を求める移民団を送るんですが、どうでしょう、この三人には容貌の異様さに共通点があると思いませんか」

「言われてみるとそうですね。で、徐福ですが、移民団なんですか」

「五〇〇名の一行が霊峰富士に移民したという記述が、『富士宮下文書《ふじみやしたもんじょ》』という文献に書かれているのです」

「初耳です」

「でしょうね。話も戻しますが、いわゆる邪視《じゃし》ですが防衛術なのです」

画伯はつづけた。「神代の昔では、神々には、催眠術を駆使する霊能力があったんじゃないでしょうか」

「おもしろいですね」

と、応じて、うなずくと
「で、猿田昆古と宇売女は道の真ん中でにらめっこするんです」

「にらめっこですか。子供たちがするにらめっことはちがいますよね」

「いや、あるいは、にらっめこ遊びの原型かもしれません」

と、笑った。

つづけて、「月夜見博士によると、これを〈媚戦《びせん》〉と言って、古代ではよくあったそうです」

「はじめて聞きました」

おれは感心した。

「しかも宇売女は奥の手を使います」

「胸乳を顕わに、番命《ほと》まで見せるいう奇襲戦法ですね」

「ええ。『日本書紀』では、宇受売をにらめっこに強い女神の意味で〈面勝つ〉と表現しておりますがね、古代人は眼を特別な器官と考え、刺青やアイシャドウを施して、ことさら大きく見せようとしたのでしょうか。そう言えば、古代オリエント世界の神々の像の眼には、しばしば宝石が嵌めこまれておりますよ。特に、シュメルではラピスラズリが尊重された……」

などと、尽きることがない。

「青金石と呼ばれる濃く青い石ですね」

おれは応じた。

「産地は、三〇〇〇キロメートル以上はなれたアフガニスタン北部ですよ」

「じゃあ、イラン高原を越える交易路がすでにあったということですか」

「ええ。前四〇〇〇年紀にはさらにエジプトに到る全長五〇〇〇キロメートルの交易路が存在し、立派に機能していたのです」

国代画伯はつづける。「実は、実家が函館《はこだて》で宝飾店をやっておりましてな、多少の知識があるのですが、宝石の加工はエジプトやシュメルですでに行われていた」

「わが国の勾玉《まがたま》みたいなもんですか」

「ええ、翡翠《ひすい》をはじめ宝石は単に宝飾品としてではなく、その輝きが神秘的な魔力を秘めていると考え、護符や魔除けになっていたのでしょう」

「ところで、絵の中のトーテム・ポールの鳥は鴉ですか」

「あれは渡鴉《わたりがらす》です」

「北海道にはいるそうですね」

「ええ。しかし、あのトーテム・ポールは北米大陸でよく見かけるもので、彼らの神話では渡鴉が創造主なのです」

5

気がつくと画廊が閉まる時刻だ。

帰ろうとしたとき、画伯が気になることを言った。

「そう言えば、おかしな外人が、あなたがたの会合に耳を傾けていましたよ」

「外人ですか」

おれは首を傾げた。「だれでしょう……日本語がわかるのかな」

「仕切りが、衝立だけでは話が筒抜けなんじゃないですか。ご時世がご時世です。気をつけたほうがいいですよ。あの外人は、私の展覧会場にも来て、ちゃんと日本語で話していきましたよ」

「そうなんですか」

「私は画壇代表で文化協議会の委員をしていますが、占領軍の監視下にあるような気がしています。シベリアからの復員兵が、舞鶴に着いた引き揚げ船のデッキで労働歌を歌うという事件がありましたが、レッドパージの噂とか、我々知識人には反米親ソがけっこう多いですからねえ、神経質になっているんじゃないでしょうか」

「ご忠告、心に留めておきます」

と、言うと、

「ところで、シュメル研究会ですがね」

画伯はちょっと声を低めて、「あえてご忠告しますけど、あの会もマークされておりますよ、きっと……」

「だれにですか」

「むろん、ＧＨＱですよ。理由を知りたいですか」

「知りたいですね。自分の印象じゃ、単なる同好会ですよ」

「まあ、そうでしょうね」

「じゃあ、なぜ」

「実は、文化協議会で会の有力者から耳打ちされたのですが、最近、ある戦前に出た本がＧＨＱによって根こそぎ没収されているというんですよ。わたしも市立図書館に問い合わせて確かめたのですが、上からの通達で破棄したというのです」

「なんと言う本ですか」

「戦時下の日本で、陸軍が西アジア進攻作戦の参考書にしたという話もある、むろん根も葉もない噂でしょうがね、『天孫人種六千年史の研究』というものです。ご存じでしたか」

「いいえ」

「じゃあ、この話はこれで止めにしましょう」

と、急に腕時計を見て話を打ち切る。

おれも見た。画廊を閉める時間だった。

「いろいろ、おもしろい話を聞かせていただきありがとうございました」

と、礼を言って席を立った。


マルヰ百貨店を出て空を見上げると、星は見えなかったが雪は止んでいた。

日曜の暗い雪道を下宿へは向かわず、小樽湊駅へ向かった。卯女子と待ち合わせる約束があったからだ。

休日のせいか人通りはまったく途絶え、除雪の行き届かない歩道は雪の山だ。止むえず車道を歩いたがゴム長靴の足元が辷る。おまけに爪先がかじかんできた。多分、そのせいだと思うが、背後から近付いてきたトラックに気付かなかった。

ドーンと何者かに背中を斜めに押されたのはその時だった。歩道側へおれは倒れた。

瞬間、警笛を鳴らさず、ライトを消したトラックがおれをかすめた。

止まらずに走り去った車のナンバーは、雪で覆われていて見えなかった。

おれの背中を押したはずの人影も見えなかった。

(危なかった!)

ようやく胸が動悸を打つ。

(おれは狙われたのだろうか)

(まさかッ!)

おれは無意識に足を速めていた。

やがて、明かりのついた駅舎が見てきた……

現在の駅舎は昭和九年に建てられたものらしい。左右対称の正面には、明かり取りの大きな硝子の窓があってモダンである。

中央の丸い電気時計は六時半を示していた。

おれは改札口で彼女を待つ。出世したせいか、最近は、アカシア市への出張が増えているのだ。

おれはベンチに座って、去年から二〇本入り三〇円になったゴールデンバットを吹かす。卯女子から貰ったニコチンのきつい煙草だ。

機関車の吐き出す石炭の煙の臭いも、駅舎全体に染み付いているので、匂いの共演だ。

駅にいると、なんとなくほっとするから不思議である。おれは、昔、原書で読んだある本を思い出した。題名も作者も忘れたが、この小説の主人公は、精神を病んだ殺人者で、彼の心理は〝よるべなさ〟である。だが、彼は、駅へ行くと心が安まるのでよく出かける。理由を訊くと列車の発着が時間表どおりだと答えるのだ。事実、彼の犯行は、後に見付かった犯行計画時間表どおりだったのである。

——だが、列車はなかなか着かない。

定刻から三〇分も遅れた。

到着を告げる駅員の声が、高い天井に木魂《こだま》す。

おれは、地下道から改札口へ向かって歩いてくる、ベージュ色の外套を着けた卯女子を迎える。

「ダイヤどおりじゃないんだから、国鉄もダメね。

待ったでしょう」

「ああ。待ちきれないのは腹のほうだけど、今日は日曜で岩戸家は休みだし」

と、おれが応じると、

「あたしもペコペコ。じゃあ、駅の食堂で」

中二階の食堂は空いていた。

おれはハヤシライスを頼み、彼女はオムライスを頼む。

七分づきの外米の飯には、小石が交じっていた。

「おいしい?」

と聞かれた。

「うまいよ。収容所で配られたひとかけらの黒パンに比べたら満漢全席《まんかんぜんせき》さ」

「おかしい」

卯女子が笑った。

「君は?」

「戦時中の代用食に比べたら、月と鼈《すっぽん》よ」

二人はほとんど同時に食べ終わると、コップの水を飲んで口を拭った。

「それで……」

卯女子が言った。「シュメル研究会はどうだったの?」

「おもしろかったよ。それより……」

と、おれは国代画伯の展覧会に寄ったと教えると、

「国代さんは、亡くなった父とは、黒画会《こくがかい》でいっしょだったわ」

と、言った。

「それにしても、なぜ、この街の人は、みんなシュメルに詳しいのか。正直、違和感を感じているんだ」

と、おれが言うと、

「当然よ。月夜見博士が原因ね。日本の敗色が濃厚になったとき、博士がしばしば行なった講演会がね、神国日本批判だったわけ」

「当然、特高の標的にされたんだろうね」

と、言うと、

「それがね、そうでもないのよ。あのころはとてもおかしな時代だったわ。だって、嘘だと思うでしょうけど、れっきとした陸軍の将校たちまでがね、〈ムー大陸〉を信じたりしたわけ」

「まさか」

おれは意外だった。

「軍人がみんな国粋主義者かというわけではないのよ。だって、敗戦になったとたん、切腹でも拳銃ででもね、自決するかと思ったら、実行したのはほんの一部よ。みんな、僻地《へきち》に雲隠れよ」

「占領軍による戦犯狩りか」

と、おれは言った。

「ご存じかしら……〈日本原人説〉とか。国家主義体制では、戦争指導者は国民を一致団結して戦わせるために神話を捏造《ねつぞう》したのよ」

「それ、だれの受け売り？」

と、彼女の変貌に驚きながらおれは質した。

「むろん、月夜見博士」

「なるほど」

おれは納得した。

「つまり、月夜見博士が説いたのは、日本人の先祖は、シベリアや中国はじめ東南アジアからの古代の移住者から成り立つ複合民族だって……」

「じゃ、それって、ある意味、大東亜共栄圏思想じゃないの？」

と、質すと、

「そうよ。だから治安維持法容疑で捕まっても、すぐ釈放されたのかしら」

彼女によれば、日本民族は古代印度とも関係があるし、古代シュメルとも無関係ではないというのだ。

おれは、月夜見博士は、伝説を信じて、トロイ発掘に成功したシュリーマンに憧れていたのでは……と思った。

「そう言えば、シュメル研究会で斑風子という港湾新報の記者から、しつこく訊かれたんだけどね、なんでも齋が秦始皇帝に滅ぼされてから一〇年ぐらいして、シュメルの末裔が蝦夷島にやってきて、砂金を採掘して隠したという話なんだが、君は信じるかい？」

「むろん、信じるわ。だって、この湊町の住民はみんな信じているから」

「へえ。君も、月夜見博士と同じロマンチストだったんだ」

と、おれが言うと、

「そうそう、アカシア市の会議で月江様にお会いして、面談の約束をとりつけてきたわ」

と、話題を転じ、急に声を潜めて、「それより、あなたに話したほうが良いのか、悪いのかはわからないので迷うけど」

「思わせぶりじゃないか」

と、言うと、

「例の金庫……」

「金庫って、あれ？」

「そう。シュメル金庫のこと……ちょっとおかしいんだけど、秘密よ」

「うん」

「どうもね、あの金庫の中にあったのは、お父上の遺書だけではなかったみたい」

「ふーん」

「興味ない？」

「ああ、ないよ」

本能が、おれに危険を教えていた。

「でも教えるわ」

おれは卯女子の両眼が気になる。

不安な光が気になる。


「言えよ。聞いてやるよ」

「それが楔形文字で書かれたもので、粘土板からの拓本らしくて、和紙に転写されたものらしいの」

「ふーん。また暗号かい」

「世理恵先生が何気なく漏らしたんですが、どうも月夜見隼人博士の死と関係があるみたい」

「……」

おれには答える言葉がない……

第八章　『原古事記《ウル》』の真相

1

一月二〇日（金）、待ちかねていた解放出版からの翻訳料が、やっと届く。

早速、郵便為替を持って最寄りの郵便局へ向かった。

受け取ったのは、今年の一月七日に発行がはじまった千円札だった。図柄は聖徳太子である。これで、溜まっている下宿料一ヶ月三〇〇〇円掛ける二ヶ月分を払える。それにしてもひどいインフレだ。敗戦年の昭和二〇年の平均は月六〇円だったはずである。

それから、窓口で局員に年齢を訊かれたときに気付いたが、今年から全国民は満年齢になった。一方、世相の大きな変化の一つはチャイナが中華人民共和国になったことだ。つまり、大きな社会主義国家がまた一つ誕生したということである。

その足で岩戸家へ行って昼飯の定食を食べて、溜まっていたツケを精算する。

午後二時、岩戸家を後にして、面会の許可が下りた月夜見邸へ向かう。

月夜見邸は水天宮《すいてんぐう》に近い東雲《しののめ》町にある。小樽湊が北洋漁業や樺太との交易で繁栄していた時代の名残だろうか、木造数寄屋作りの二階建てである。高い石塀に囲まれ、門を潜ると、自家用車を乗り付けられる広さの石畳の導入部があり、舟形天井はおそらく檜の皮らしいが、一歩奥まって両開きの玄関戸が待ちかまえる。

玄関戸をあけて、奥へ声を掛けるとお手伝いらしい若い娘が出てきて、おれを玄関脇の応接間に導いた。

白いカバーの掛かったソファに腰を下ろして、当たりを見回すと、ピアノがあった。反対側には大きな電蓄がある。ステンドグラスの嵌った窓と不釣り合いな塗り壁。いわゆる和洋折衷である。

壁にかかった大きな絵は五〇号くらいだろうか。すぐにわかったが、国代昇画伯の作品である。

待つことしばし、和服姿の月江夫人が現れて、礼儀正しく挨拶した。

おれが抱いた第一印象は声である。まさにその名のとおり月の精を思わせるような透明感がある。

「お目にかかれて光栄です」

と、挨拶を返し、名刺を差し出しながら自分の緊張度数を測る。かなり上がっている自分を自覚する。

「どうぞ。お坐りになって」

鈴の音のように透き通った声である。

「あ、はいッ」

おれは、指で示された一人掛けのソファに腰を下ろす。

月江夫人とは真向かう位置である。おれは硬くなっている自分を意識する。

夫人の年齢は古稀。人は年齢という衣を纏っているものだが、それは外観でない。積み重なった人生の経験が醸し出す雰囲気を指す。

諏佐議員後援会のご夫人たちは、陰ではかぐや姫と渾名《あだな》で呼ぶらしいが、そのとおりだ、とおれも思った。

夫人は、他に思いつかない俗な比喩だが、白魚のような指でおれの名刺を目から遠く離す。

「山門さんとおっしゃるのね。ご出身は？」

「東京の下町ですが」

「ご先祖様はどちらですの？」

「養父母はともに東京の下町育ちですが、戦災で亡くなりました」

「じゃあ、ほんとうのご両親は？」

「実の父は知りません。実の母の出身地は南九州と聞いております」

「南九州のどちらですの？」

と、重ねて訊かれた。

「成人してからは行ったことがありませんが、野間《のま》岬の近くにかつて栖沙《すさ》と呼ばれたらしい山村があって……、幼稚園児のころ一度、母に連れられて行ったことがあります」

「今は廃村なのですね」

「はい」

「薩摩半島の野間岬ですね」

「そうです」

「むかし、笠沙《かさ》の御前《みさき》と呼ばれた岬ですね」

「ええ」

夫人はうなずいて、「笠沙の御前は天孫邇邇藝命《ににぎのみこと》が上陸されたところですが、ご存じでしたか」

「木花之佐久夜毘売命《このはなのさくやひめのみこと》と出会った場所だったとか」

「やはり……」

月江夫人は、改まった顔でおれの顔を見ながら言った。

「もしかすると、あなたの母上のお名前は、たしか、サナエさんとおっしゃられたのでは」

「はい。しかし、どうして実母の名を……」

おれの母の名は狭名恵《さなえ》である。

「結婚前の姓は大山津《おおやまつ》さん」

「そうです」

おれは、さらに驚く。

「ご実家は拝み家さんだったのでは?」

「ええ。養父母に聞いたことがあります。それでおれを育てることを許されず、養子縁組したと……」

「身元調べをしてごめんなさいね」

と、言いながら夫人は、まじまじとおれを見て言った。「あなた、生みの母をお怨みになっていますか」

「いいえ。自分の両親は養父母だけと思っておりますから」

「そう聞いて安心しましたわ」

夫人の表情が明るくなった。

「奥様は、どうして実の母のことをご存じなんですか」

と、問い返すと、

「奇遇ですわ。こんなことってあるんですね、世の中には」

月江夫人の目が親しげに変わる。

つづけて、「昔ね、鹿児島の桜島女学校で寄宿舎の舎監《しゃかん》をされていたかたが、大山津狭名恵さんでしたの。とってもお世話になって……。でも、卒業後は音信が途絶えてしまって何十年も……きっと、あなたを、あたくしに引き合わせたのは、きっと狭名恵さんね」

まったく予想しなかった成り行きで、驚くばかりだ。

「生みの母の記憶は乏しいんですが、どんな人でしたか?」

「とても不思議なかた。あたくしたち女学生はよく運勢を占ってもらいましたわ。あたくしと主人との結婚も舎監さんの預言どおりだったんですよ。超能力もおありでしたわ。裏返したトランプ・カードを言い当てたり、テーブルのコップを動かしたり……それに、齢をとらないのよ……本当なんです。古代天皇はみんな何百年も長生きされているけど、もしかすると舎監さんも長命人種かもしれないわ、なんて噂しておりましたのよ」

おれが、まったく知らなかった能力である。

(それにしても長命人種なんて……信じられない……)

夫人は、おれの心の中で磁気嵐のように起きている動揺に気付かぬのか、

「そう言えば……」

と、つづける。「野間岬つまり笠沙《かさ》の岬はね、古代世界では、そうね、江戸時代の長崎のような場所だったの。ここを船出して西を目指せば中国大陸の長江河口へ。この大河を遡れば奥地まで船で行けるでしょう」

「そうですね」

相槌は上の空だ……。

「河口の南にあるのが杭州湾《こうしゅう》で、その南岸にあるのが寧波《ニンポー》よ。つまり、日本とほとんど同じ名前でしょ」

緯度的には寧波と野間岬の差は二・五度くらいであるから、舳先を真東にとって船出しても、北上する黒潮の影響で、倭国に着くのは野間岬になるのだそうだ。

「気候温暖で稲作が盛ん。遣隋使や遣唐使の時代には、日本の船がたくさん出入りしていたし、倭寇が暴れた土地でもありました」

夫人はつづける。「笠沙から東シナ海を北上すれば朝鮮でしょう。ですから、高天原から天下った邇邇藝命《ににぎのみこと》がこの地に上陸したのはね、古代日本の国際情勢と無関係ではございませんのよ」

「つまり、邇邇藝命の逸話は、単なる神話でなく、むしろリアルな真実が隠れているということです

ね」

「ええ。その真実が太安萬侶によって、むしろ政権側からの強制だった思いますが、隠蔽、改竄《かいざん》されたと思います」

「それが、『原古事記《ウル》』では語られていたはずだと？」

「証拠がありますの。邇邇藝命のお名前が稲作、おそらく赤米を日本列島へ初めて持ち込んだことを表しているのです」

「移民ですか」

「長江河口か流域から漁に出た漁民が、遭難して笠沙の岬に流れ着いたのだと思います。彼らの中にタミル語話者がいたのではないでしょうか」

「それで」

と、おれが促すと、

「ニニギノミコトのニはタミル語の nel で米、特に稲の粒、籾を意味しているのです」

つづけて、「ニギは賑やかのニギで豊穣。つまり〈籾＋豊穣〉を意味する神名なのです」

2

それから、おれは、夫人から依頼を受けた翻訳の進み具合を報告し、

「奥様に頼まれた翻訳ですが、手持ちの辞書にはない学術用語がありまして、ご主人の所蔵書を見せてもらえるとたすかるのですが」

と、頼む。

要望は、すぐに受け入れられた。

夫人について二階へ案内されたとき、階段を上る月江夫人の腰の膨らみがおれの網膜に映る。

「どうぞ」

ニス塗りのドアが開く。

普段はだれにも見せない部屋らしいが、掃除は行き届いていた。

学者の書斎にふさわしく、窓以外の壁は作りつけの本棚である。

一個所だけ、神棚があった。

「まさか」

内心で呟く。向きが北東つまり鬼門だったからで

ある。

　念のため確かめると、

「ええ。アカシア市円山の蝦夷地鎮守の社と同じ向きなんです」

「普通は、南とか東向きとか」

「ええ。鬼門向きの神社は珍しいんですが、お屋敷の庭の築山と同じ意味があるのです」

「と、言いますと？」

「鬼門封じです。ご存じかしら。京都御所の鬼門に位置するのが比叡山ですが、この線を延長する佐渡島の小比叡蓮華峰寺《こびえれんげほうじ》を通り、北海道を鎮守する社へ到るので、北東向きに造営されているんです」

「肥前鍋島藩士の子で、北海道開拓使判官だった島義勇《しまよしたけ》ですね」

「ご存じ？　このかた、後に佐賀の乱を起こして失敗、鹿児島で捕縛され、江藤新平《えとうしんぺい》とともに佐賀で斬首刑にされますの」

「知りませんでした」

　と、応じると、

「明治七年ですから、あたくしの生まれる前ですが、実家の関係で母親からよく聞かされましたわ」

「やはり、なにかと北海道との関係というか、いや、むしろ、深い因縁があったんですね」

「ええ。実は主人が小樽湊出身で、実家が海幸水産《みゆき》という海産物を扱う問屋さんでしたが、薩南大学経済学部に入られたとき、あたくしの家に下宿しておりましたの」

「で、月江お嬢様と恋におちられたわけですか」

「ええ、そう。元々、主人の海幸家も、ご先祖は薩摩隼人町の出身で、代々、ご縁がありましたの」

「やはり、隼人族の裔《すえ》でしたか、ご主人は……」

「ええ」

　夫人の説明を要約すると、彼らは東北の蝦夷《えみし》とともに、七世紀から八世紀にかけて大和政権に抵抗した〈まつろわぬ民〉であった。だが、『記紀』は、彼らの正統なレジスタンスの歴史を隠蔽する目的で、あの〈海彦・山彦〉の物語を捏造したらしいのである。

「隼人族は、強力な邪霊鎮魂の呪力を持っておりましたのよ。彼らが使った剣そのものからして呪具であったと伝えられておりますの」

「彼らは土着の民ですか」

「いろいろ説がありますが、印度文化圏の……たとえば、隣国の緬甸《ビルマ》とか、安南《あんなん》とかそのあたりじゃないかと主人は話しておりましたわ。それに『魏志倭人伝』ですが、女王国の南に狗奴《くな》国があり、女王に属さないとあるでしょう、倭人伝には多くの小国の名が挙げられていますが、倭国北岸の狗邪韓国《くやかんこく》を除けば、狗の付くのは狗奴国だけです」

「女王国はどこにあったかが問題ですね」

「主人は九州説で、しかも阿蘇山を含む広い領域と考えていたわ。とすると、南は熊襲《くまそ》で、ここに住んでいたのが隼人です」

「隼人と狗は関係があるのですか」

「大ありですわ。彼らは、自ら狗人と称しておりましたし、言葉も通じなかったわけですから、朝鮮や大陸系でないのはたしかです」

「しかし、結局は大和朝廷に服属するのですね」

「それが、いかにも屈辱的な扱われかたなんです。彼らは武装放棄させられ、芸能の民として生きることを約束させられ、その象徴が狗舞いですもの」

おれは夫人の話を聴きながら、書斎の引き戸に貼られていた日本地図に気付く。

博士が引いたのであろう、線が引かれていた。

「これは？」

と、夫人に訊ねると、

「熊襲と蝦夷を結ぶ鬼門ラインですの」

夫人はつづけた。「つまりね、あたくしたちは、宿縁と言いますか、運命的にこの鬼門ラインで結ばれた夫婦《めおと》でしたのよ」

「素敵ですね」

おれは言った。「すると、この神棚の祭神も……」

と、言いかけると、

「ええ。鬼門神ですわ」

「つまり、艮金神《うしとらこんじん》ですか」

「まあ、よくご存じ……」

「シベリア抑留仲間の鍛冶村さんから聞きました。諏佐家もだそうですね」

「ええ。小樽湊には多いのです」

「方位神だそうですが」

「とも言われますが、神々のねたみで東北の地に追放されたという神話もある、国常立神様《くにとこたちのかみ》ですわ」

つづけて、「艮教団と申しますが、教団の発足は実は非常に古く、ただし系譜が失われているのではっきりしないのですが、上古以前まで遡ると言われておりますの」

「すると神代の昔から……」

果たして言葉どおり鵜呑みにしていいものかどうか、おれは迷う。

「むろん。めったに拝観できないのですが、姶良《あいら》郡隼人《はやと》町の近傍、秘密の場所に隠れ宮があって……ここは古代、いいえ、神代の昔から湊がありましたのよ。元々、シラス台地と言って農耕にはまったく適さない土地ですから、隼人族の人々は狩猟や漁労に携わっていたのです」

「ああ、昔、習いました。膂宍《そしし》の空国《むなくに》ですね」

「神代の昔は、北の菱刈《ひしかり》鉱山はじめ、一帯の河川で砂金が採れましたのよ」

「らしいですね。菱刈鉱山は今も日本一の純度を誇って、操業中だそうですね」

おれは、先日のシュメル研究会の話題を思い出す。

「あたくしも子供のころ、砂金採りに行きましたのよ。九州有数の大河川内川《せんだい》にね」

「採れましたか」

「ええ。三〇グラムもある大物がね、ご神体として今でもうちの神棚に祀ってありますわ」

「すばらしい」

「むろん、神代の昔へ時間旅行はできませんからね、紀元前千数百年前の真相はわかりません。けど、少なくとも、あたくしどもの教団本部に秘蔵されている神代文書《じんだいもんじょ》には書いてあります」

3

そして、時間が飛んだような感覚があった。

瞳だ……月江夫人の瞳には呪術力があるのだろうか。

(隼人族が、強烈な邪霊鎮魂の呪術力を持つ南方世界から来た人々ということは、何かの本で読んだ記憶があるが、月夜見月江夫人にもあるとすれば……）

という想念が、夢うつつの意識に宿ったのを覚えていた。

気がつく。

おれは、夫人の許可を得て所蔵の本を手に取る。大半が洋書だ。残りは専門雑誌である。

早速、ケプロン大学出版部が戦前に出した『シュメル語&アッカド語大事典』を借りる。ずっしりと重くて部厚い。稀刊本の類である。

ふたたび応接間にもどり、本物のコーヒーと手作りのホットケーキをよばれる。

話題は、やはり超古代史談義である。亡くなった御主人の影響だろうか、月江夫人の記憶力におれは舌を巻く。

やりとりをしながら、話題が案山子書房の少名史彦に及ぶと、

「夫の存命中は、あのかたもよくここへ出入りしておりましたわ。ええ、ちょっと風采が上がりませんけど、ご先祖の出自をご存じ？　常世国から来たかたなの……」

「と言うと、南方世界からきた漂流民ですか」

と、応ずると、

「ええ。古代のわが国、いいえ、超のつく古代ですけどね」

「『記紀』以前の日本列島ですね」

「南や北や西から大勢、様々な種族がね、この移動の終着点にあたる日本にやってきたわけ」

「わかります」

おれはうなずく。「それで、まだ土地の余っていた大昔は平和でも、時代が下って人口が増えると戦争が起きて、負け組は服属し、勝者が国としての統一を図った。こうしてできたのが『記紀』ですから、当然、敗者の歴史は抹殺されたり書き換えられたりしたでしょうね」

「よくご存じ……」

夫人は言った。「現存する『古事記』は、もっとも古い写本ですけど、『真福寺本』と言って、応安四年のものですから、原本完成から約六六〇年も経っておりますわ」

「ええ」

おれはうなずく。「実は、昨年、参議院の諏佐先生に頼まれて……」

「存じておりますわ。諏佐家のシュメル金庫の秘密をお解きになったそうですね」

「ええ、まあ。それで『古事記』や『ギルガメシュ叙事詩』を熟読したのです」

「そんなにお詳しいのなら説明は省けますわ」

普通の老夫人に戻った月江夫人は、笑いながらつづける。「たとえば、『出雲風土記』や、その他『播《は》磨《り》《ま》風土記』など諸々の民間伝承を読むとわかりますが、大国主神のまたのお名前の大穴牟遅神《おほあなむぢのかみ》と少名毘《すくなひ》古那神《こなのかみ》は必ず一緒、つまりセットになっているのにね、『記紀』ではこの深い関係が無視されておりますのよ。なぜかはおわかりね」

「ええ」

おれは、昨年、岩戸家で少名史彦とはじめて会ったときの話を思い出していた。

つまり、『古事記』のこの件《くだり》は、出雲の御前《みさき》で出会った蛾の縫いぐるみを被った一〇センチぐらいの神が、なんと豆殻のような舟でやってきたので、「あれはだれか?」と、訊ねたがだれも知らない。ようやく、案山子《かかし》や蟾蛙《ひきがえる》に聞いてわかったという話だ。

「たしかに少名毘古那の扱いが冷淡ですね」

と、言うと、

「ところが、民間信仰では少名毘古那神は、とても人気がありますのよ」

「それを、わざと無名の神に扱ったのにはわけがあるのですか」

と、問うと、

「ええ。それまでは大穴牟遅神と少名毘古那神はコンビだったのに、あえて名前も大国主神と代えて一人にしたのです。なぜか想像がつきまして?」

「ええ、まあ」

と、おれは言葉を濁しながら思った。

おそらく、暗記術の達人、稗田阿禮は、天武天皇の命を受けた当時、すでに多くの伝承を収集を終えて記憶していたにちがいない。だが、天武天皇が崩御し、持統、文武と繋いで、元明天皇が書巻とすることを太安萬侶に命じ、和銅五年(七一二年)ようやく完成するのである。従って、天武〜元明の間、二十数年が経つうちに政治情勢も変わったはずである。故に安萬侶は朝廷の意向を汲んで、大幅な改竄《かいざん》をも辞さぬ取捨選択を行い、我々が、現在、知る『古事記』の原本を完成させたのであろう。

「で、肝心の稗田阿禮ですが、天宇受売命の子孫らしく、古代には大勢いた巫女の血統だと思います。となると猿女《さるめ》の血筋ですね」

「ええ」

「ところがこの猿女はサロメですわ、『旧約聖書』に出てくる」

夫人はつづけた。「そう言えば、一昨年の五月でしたか、東京の帝劇で、貝谷八百子《かいややおこ》バレー団がサロメ舞曲を初演しましたでしょう。作曲は伊福部昭《いふくべあきら》さんで、このかたはアカシア市のご出身なんですよ」

「ああ、なるほど」

おれは次ぎの言葉を待つ。

「この猿女の職業はバビロンに通じ、つまりメソポタミアとは密接に繋がる伝統の古い職種なのです」

おれは、夫人の話が一直線に〈シュメル神話・古事記同根説〉に向かっていると、改めて感じた。

「おっしゃるとおり、『古事記』のうち「上つ巻」は怪しいですね」

と、おれは言った。むろん、追従ではない……。

「ですから、主人は、『原古事記』の解読を試みるうちに、シュメルとドラヴィダ文明、つまりタミルの影響に気付きましたの」

「今、『原古事記』と言われましたね」

「ええ、ご存じでしょう。翻訳をお願いした主人の論文のなかにも、たしか……」

「Another KOJIKIと、英文であったのがそれですか。自分は〝もう一つの『古事記』〟と訳しましたが……」

「ええ。それで結構ですわ。でも、内輪では『原《ウル》古事記』と……」

「ほんとうにあるのですか、それが?」

が、夫人は答えをそらして、

「ええ。シュメル語で書かれた『原古事記』を。主人はごく一部のみ解読しましたが、完成を見ずに殺されてしまって……」

と、言って、声を詰まらせた。

「じゃあ、博士のフィクションではなくて、実在するのですね」

「むろん」

「お見せ願えませんか」

「今、手元にはございません……いずれ時がきたら……」

　夫人は言葉を濁す……

4

　ふたたび、要約するが、その『原古事記』なるものと比較してわかることは、須佐之男神から大国主神に至る出雲の歴史はまるごと改竄《かいざん》されて、あの有名な国譲り神話へ至る物語に書き換えられているというのである。

　以降、月江夫人の話は熱を帯びる。

　——かつて、わが国にはいくつかの勢力が割拠していた。近畿の大和政権の他にも、関東地方にも、九州にも、日本海側の越《こし》にも存在していたが、最強最大の古代国家は須佐之男神の出雲国であった。

　やがて、後進の大和政権が力をつけて統一を目指す。この際の事情を『古事記』では出雲の国譲りという平和な政権委譲に見せかけているが、実体は戦争だったと言うのである。

「つまり、戦後処理として、占領地の人心を納得させるための作り上げた偽史だったというのですね」

　と、おれは言った。

「ええ。現に、今、あたくしたち敗戦国民が、同じことを経験しているじゃありませんか」

「ええ。まさに実感です」

　おれはうなずく。「勝てば官軍ですからね。歴史というものも必ず勝者の歴史になるのは、昔も今も変わりません」

「まあ、主人と同じことをおっしゃるのね。それで、主人は暗殺されたのと思いますわ」

「GHQですね」

　と、言うと、

「CICをご存じないの？」

「諜報機関ですか」

「Counter Intelligence Corps の略ですわ」

月江夫人は流暢な発音で教え、「でも、口外はダメ。厳禁よ」

「はあ」

嫌な感じだ。

「対敵諜報部隊ですか」

「ええ。アメリカ陸軍のね。他にも一般国民が知らないキャノン機関のような組織もあって、不適切と思った日本国民を密かに拉致監禁、訊問するそうですよ」

「なるほど」

おれは、昨年、立てつづけに起きた国鉄三大事件を思い出した。下山事件、三鷹事件、松川事件である。

「甘くみちゃだめよ。彼らは占領軍よ。白も黒にするくらい簡単なんですから」

「わかりました」

おれはうなずく。

「その話は、また改めてね」

月江夫人の目は、おれの母親がおれの心を見透かすようだった。

「お話を戻すわね」

「ええ」

「国生み神話をご存じね」

「ええ。伊邪那岐神《いざなぎのかみ》と伊邪那美神《いざなみのかみ》が天の沼矛《ぬぼこ》で下界をかき回して淤能碁呂島《おのごろ》を産み、ここに降り立って柱を回り、最初は流産して水蛭子《ひるこ》を産んで、これを葦船に乗せて流し、ついで淡路島、ついで四面の島の四国を産むんです」

「そのとおりよ。でも、淤能碁呂島の淤の意味をご存じ?」

「いいえ」

「泥のことなの」

「泥ですか」

「シュメルではね、人間は、殺害された神の血を混ぜた土から生まれて、土に還ると信じられておりましてね、古代エジプト人が思い描いたような復活の思想はなかったのです」

「でも冥界はありましたね」

「ええ。イナンナの冥界下りは、伊邪那岐神の黄《よ》泉《み》神話と同じですね」

「ええ。そう。でもね、高天原・葦原中国《あしはらなかつくに》・黄泉、つまり天上・地上・地下の関係は垂直じゃありませんか？」

「そうですね。お隣りの先進国、儒教の観念が移入されているわけですね」

「でも、この時代、つまり縄文時代の世界観は水平だったのです」

「たとえば、沖縄のニライカナイですね」

「つまりね、このことからもわかるとおり、『古事記』のうちの神代の話は、わが国古来からの眞の伝承じゃなかったのです」

月江夫人に言わせると、伊邪那岐神も伊邪那美命も、民間伝承にはひと言もない神様なのだそうだ」

「創作ですか。漢文の読み書きができ、漢字文化圏の書物にも精通していた太安萬侶が犯人ですか」

「そうです」

夫人はきっぱりと言った。「明らかに意図的な誘導がありますの。『安萬侶古事記』には」

「大国主神の元の名である大穴牟遅神と少名昆古那神の共同統治時代が抜け落ちているのは意図的なもので、理由は物語のストーリーを、従順な二代目大国主神に仕立てるためですね」

おれはつづけた。「とすると、天にも届きそうな古代の高層建築を建てて、大国主神を住まわせたほんとうの理由は、幽閉ですか」

「ええ、そう。おとぎ話のお姫様も塔の上に監禁されますもの」

しかし、おれが疑問に思ったのは、月江夫人の血筋も天孫族であって出雲族ではない。なのになぜ？理由はすぐにわかった。

「ええ。天孫族であっても、夜を支配する月読命は、太陽神の天照大神の引き立て役なので『古事記』では添え物のような存在なんです。いいえ、理由は他にも……」

と、語りつづける。

5

夫人によると、月読命の正体はナンナ神。わが国の弥生の前、つまり縄文後期（前二四〇〇年～

二二〇〇年）の時代、ウルの後継、ラガシュやウルクの栄えた時代に、メソポタミア・インダスの合同船団がわが国の九州南部、熊襲《くまそ》の地のみならず日本列島各地、むろん蝦夷の地にも来ていたはずだ――と、改めて繰り返すのである。

そう語るときの夫人の表情は、まるで別人が憑依《ひょうい》しているのかと疑うほどである。

夫人はつづける。

「シュメル神話では月が太陽を生むのです。しかし、日本神話では、太陽信仰の巫女、天照大神が国土の守護神となり、月神の地位は貶《おとし》められるのです」

と、改めて彼女に教えられたシュメル神話の要約はこうだ。

――原初の海とされる女神ナンムが、天と地を生んだが、まだ一つの塊のようなものであった。天は男性でアンと言い、地は女性のキであった。彼らから大気の神エンリルが生まれ、この神が天と地を分離するのである。この大気の神が母キを下方へ、父アンを上方へ運んだ。

さらに、彼はまだ暗闇の中で生きていたので月神ナンナを生み、ナンナから太陽神のウトゥが生まれた。さらにまた、エンリルは母のキと結合したため創造が進行し、宇宙の主神にして草木と知恵の水神エンキが生まれるのだ。

一方、楔形文字で書かれた粘土板には神々は自分たちに仕えさせるため人間を創ろうとした。だが、酒宴の席で作ったため子孫を残せない不完全な人間になってしまった。次にエンキが陶土から作ってみたが、やはり欠陥だらけの人間になってしまった。

神々は人間の堕落にあきれ果て大洪水を起こし世界を滅ぼそうとする……。

ところで、黄金列島倭国の存在は、超古代史の世界では、広く西方世界に知られていた可能性がある。一五世紀のコロンブスなどの大航海時代の担い手はヨーロッパ人だが、もっと昔の有史以前から、人々が、沿岸航法で、この地球という惑星の海を遠くまで航海していなかったとは言い切れないと思う。

「たしかに、その国では流れる河川に砂金が溢れていると聞けば、命がけの航海に出た勇気ある男たちがいたとしてもおかしくはないですね」

と、おれは言った。

黄金は、シュメル語では guškin である。おれは月夜見家の二階の書斎から借りてきた辞書、その題名を訳すと「シュメル・アッカド辞典」になるが、ページを開き、ku$_3$-gi が gold であると知った。なお、この言葉は、ku$_3$(貴金属)-gi(黄色)の合成である。

なお、砂金は、〈塵の金〉で kug-gi sahar-ba となるらしい。なお、sahar が〈塵〉、ba は〈与える〉である。

「金はクギですか」

おれは呟く。「漢字の釘と覚えればいいですね」

「そうね」

夫人はおかしそうに笑った。

「実は、自分は旧制高等学校が京都の三高だったのですが、そのときの親友が下京区の釘隠町《くぎかくし》に下宿していたんです。近所に日吉神社がありましてね、釘でこの変わった町名を思い出しました」

「そのかたの消息は?」

夫人が、急に関心を払ったのが、むしろ不思議だ。

「わかりません。彼も召集されて比律賓《フィリピン》で行方不明のはずです」

「お名前は?」

「ええ。申女春彦《さるめはるひこ》君ですけど」

「そのかたなら、先だってこの家でお会いしましたよ」

「まさか。同姓同名の他人でしょう」

「いいえ。だって、連れて来たのは卯女子さんですもの」

「えッ?」

「弟さんとおっしゃっていたわ」

「ぜひ、彼に会いたいです」

と言うと、

「彼は、すでに、ほんとうのティルムンへ旅だったので会うことはできません」

「えッ?」

曖昧な月江夫人の表情がとても気になったが、夫人はつづけた。

「シュメルの人々は、黄金が大好きでアナトリア地方やエジプトから輸入していたんですが、足りなくて……」

彼女によると、銀はタウルスから、銅はザクロス。エチオピアからは紅玉を輸入していたらしい。

「そして青金石《ラピスラズリ》は、はるばるアフガニスタン北東部の高原地帯からですね」

この時代ではラピスラズリの産地はここだけであったらしく、珍重された特産品であったのだ。

もう少し詳しく場所を特定すると、バダフシャン地方のファイザバードである。カブールの北方、ヒンドゥークシ山脈の北側に位置する奥地からメソポタミアへ至る三〇〇〇キロメートルの交易路が、前三〇〇〇年ごろすでにできていたのである。

おれはつづけた。

「市立図書館へ行って調べたのです。むろん、ご依頼の学術論文を翻訳する必要からですが、タウルスは、トルコつまりアナトリア半島の南岸に連なる褶曲山脈のトロス山脈ですからわりと近いですが、ザクロスから銅を輸入していたとなると驚きです。ザクロスは、地中海に浮かぶクレタ島で栄えミノア文明の地ですから」

ミノア文明の時期は、前期（前三四〇〇年〜前二一〇〇年）、中期（前二一〇〇年〜前一五八〇年）、後期（前一五八〇年〜前一二〇〇年）に分けられるが、この地で青銅器時代が始まったのは前三〇〇〇年ごろと言われているのだ。

「どうやって運んだんでしょうか」

と、おれは訊ねた。

「ユーフラテス、つまりブラヌン川は銅の川とも呼ばれていますし」

と、夫人は教えた。

「じゃ、上流からですと、地中海東岸レバントあたりに上陸して……」

「むろん、そのルートも考えられますが、高価な銅を運ぶには盗賊もいたでしょうし、ちょっと危険かもしれませんね」

「すると、いったん紅海へ出てからアラビア半島の砂漠地帯を横断してペルシア湾へ出るルートとか」

「そうね。多分、ペルシア湾の中ほどにあるバハレーン島が、もろもろの交易品の中継点ではないかと主人は言っておりましたわ」

「つまり、砂漠の船と言われる駱駝《らくだ》の隊商で運ぶ方法ですね」

と、言って、おれはつづける。「駱駝はいつ頃から家畜化されたんでしょう？」

「前三〇〇〇年ごろと言われておりますわ。駱駝は従順ですし、乏しい食糧や水にも耐える動物なんです」

重い荷物を背負い、一日四〇キロメートルというスピードで、乾燥地帯を前進できるのが、いわゆる、ひと瘤《こぶ》駱駝らしい。対して、寒冷地に適応したのが二瘤駱駝なのだそうだ。

質問を、おれはつづける。

「今、バハレーンとおっしゃいましたが、シュメルの時代は……」

「ティルムンよ。豊かで戦争にない安全な地です。このティルムンこそが『聖書』創世記に出てくるエデンの園の原型《プロトタイプ》かもしれないんです」

夫人はつづける。「『旧約聖書』ではもっとも有名なモーゼですが、伝説ではシュメルでもっと早く拓けた都市国家ウルにいたことがあります。とすれば、当然、楽園島ティルムンについての情報は得ていたでしょう」

「アラビア半島の北東海岸から少し離れた海上に浮かぶ島ですね、ティルムンは？」

と、おれは言った。「だから、つまり、島だからこそ、この時代では外敵に襲われにくかったんですね」

「戦争が始まるずっと前に、主人は、一度、外国に遺跡調査団に応募して発掘を手伝ったことがあるそうです。作物が育ち、種々の果実が実り、魚は捕れるし、とてもいいところなんですって」

「メソポタミアのように、破壊的大洪水もないですしね」

と、おれは言った。「そう言えば水はどうなんです？ 天水を溜めて使うとかですか」

「それがね、井戸水が豊富なんですって、バハレーンは……。この地下水の源は対岸のアラビア半島で、地下の構造がペルシア湾側へ傾いているため、砂漠で浄化された美味しい水が豊富にわき出すんですって」

などと、話題がティルムンに移って、なおも話が尽きない。

この島はシュメルとインダスとの中間地点であり、盛んに交易が行われていたが、ちょうどシンガポールや香港のような中継港の役割を果たしていたのだ。

「インダスの印章が見付かっていることからもわかるとおり、駐在事務所もあったようよ」

問題は、なぜ、おれがティルムンのことを知っていたのか。

おれはふと思い出した。幼いころ、眠りに就く前に、母親が話してくれたその国のことを……。

(しかし、母は、なぜ、ティルムンのことを知っていたのだろうか)

しかも、月江夫人の口振りではティルムンは一つではなく複数あると言うのである。

ともあれ、彼らは、いったい、どこから、この泥と水のみの土地にきたのだろうか。南と北の両方あるが、今もって決着はついていないのだ。だが、彼らは極めて優秀な移民団であったのである。

彼らは麦を携えてやってきた。

麦の栽培は前六〇〇〇年には行われており、原産地は上流のアナトリア高原である。

しかし、雨の降らない土地であるので、移民団は灌漑という方法を採用した。いったん水さえ確保すれば地味豊かなこの地での収穫は驚異的である。事実、中世ヨーロッパの収穫量がせいぜい二倍であったのに数十倍になったらしい。

「メソポタミアは上流から運ばれた堆積物でできた、真っ平らな平野よ。夏は摂氏五〇℃に達すほど暑いのですが、雨が降らないから、上流のアナトリア高原に降った雪や雨がもたらす大河の滔々《とうとう》とした水を活用するしかないわけ」

夫人はつづける。「それにしても、雨水に頼らない灌漑農法を考えついた彼らは何者でしょう……とても頭が良かったのね」

だが、洪水がいつ起きるか予測できないので、彼らは天の罰と考えた。一方、洪水が定期的に起こるナイル文明では天の恵みであった。

「しかし、川からずいぶん離れた場所に、ウルやウルクはじめ多くの都市国家があるのはなぜですか」

と、おれが訊ねると、

「当時と今では流れが大きく変更されているのです。チグリスとユーフラテスも下流で合流していなかったし、ペルシア湾は現在よりもずっと奥まで入り込んでいたのです」

夫人の説明を聴くうちに往時のイメージが思い浮かんだ。

彼らは、通り側には窓のない泥の家に住んでいた。明かりはロの字型の中庭や天窓からとり、酷暑の季節は屋上で寝ていた。

楽しみは、甕《かめ》で造るビールをストローで飲むこと。嫌いなのは戦争へ行くこと。

彼らは神によって労働を行う目的で泥から創られ、現世での一生が終われば、ふたたび泥に還ると考えていた。従って、復活や再生を信じてミイラを造ったエジプトとは正反対である。

「階級制度はあったのでしょうか」

と、訊ねると、

「やはり、神官や粘土板に文字を刻む書記の身分が高く、農民たちは葦の家に住んでいたようです」

「大河を使う交易や物資輸送を行なっていたなら、当然、葦船ではない輸入したレバノン杉で造られた丈夫な船もあったわけですね」

「ええ。むろん」

シュメル語の船はma_2、船大工はma_2-du_3、〈航海する〉はma_2-U_5である。

「しかもマグル船と言って宗教的目的の船もあったようです」

楔形文字の発音はMS_2-gur_8らしい。

そのあと、月江夫人は驚くことを話した。

「彼らがティルムンと呼んでいたバハレーンを中継点としたインダスとの交易、人的交流が盛んに行われたことは学会でも承認済みですが、さらに遠くわが国、特に南九州まで遠征していたというのが、主人の主張でしたが……」

うなずいて、おれは、

「ええ。論文の冒頭部分に書いてありました」

「どうやら、須佐之男神にしても、朝鮮からの渡来民でなく、朝鮮半島経由であったことは否定できませんが、彼の出自はシュメルの北に隣接する有力都市スーサの出身か、その血を引く者らしいのです」

つまり、須佐之男神は、文字通り〈スーサの王〉の意味だというのである。

この『古事記』では、天照大神、月夜見、須佐之男神は三きょうだいだが、なぜ須佐之男神は初めは海原を治めよと命じられたか。その意味を素直に解釈すれば、まさしく海の男、航海の神だったからである。

「月夜見命もね、ウルの守護神である月神ナンナルのことなの」

と、夫人は告げて、つづける。「おそらく、須佐之男神は航海の安全を神に祈り、また指示を出す、今なら船長……でも、当時は航海専門の覡王《げきおう》にちがいないと言うのが、主人の説よ。わかりますね、須佐之男神は航海の安全を占うシャーマンでした。むろん、主人の説は、特に戦時下では異端扱いされていましたが、海外ではけっこう評価されていましたのよ」

夫人によると、『古事記』では須佐之男家の入り婿とされる大国主神は、インダス文明の担い手であったドラヴィダの一種族、しかも、多分、タミル人の航海士だったというのだ。

「正しくは元航海士、それとも、稲葉の白兎を治療したという故事に従えば、船医だった可能性もあります」

しかも、彼らが使った船は、アラビア海、印度洋、南シナ海、東シナ海の航海に耐える丈夫な船でなければならないから、当時、豊富な木材資源に恵まれてインダス川流域の都市国家で建造されたはずだというのである。

「モヘンジョダロですか」

「いいえ。都市はね、もっともっと、たくさんあったのよ。しかも諸都市はインダス川だけでなく、現在は干上がっているが往時は、インダスと平行して地表を流れていたサラスヴァティー川などの河川交通で結ばれていたと考えられるわけ」

夫人はつづけた。「印度北西部にある広大はカッチ湿原に、完全に水を制御する装置を持つ都市ドーラビーラ、それからロータルという都市がありましてね、こちらのほうには巨大船建造に用いたらしいドックの遺跡らしきものすら発見されているんですよ」

6

すっかり話し込んでしまった。

おれが聞き上手だったからだろうか。

すでに窓の外が暗くなっていることに気付く。礼を言って辞そうとすると、

「夕食はいかが」

と、誘われた。

「はあ」

われながら気のきかない返事をした。

「お手伝いがさきほど帰りましたの。夕食は久しぶりに、主人が大好きだったカレーライスにしたいと思うのですが、あたくし、家事はだめなんです。手伝っていただけると助かるのですが」

そう言われると帰るわけにはいかなくなった。

「カレーなら得意です」

と、おれは応じた。

案内された月夜見邸の台所は広かった。

要所がタイル張りの洋風である。

材料は揃っていた。馬鈴薯と人参である。嬉しいことに夫人は裏口の納屋に設けられた氷室から鯨肉の塊を取りだしてきた。

鍛冶村組の若衆が届けてくれたそうだ。

「親しいんですか」

と、訊くと、

「鉄平君は教え子なの。昔、稲保《いなほ》小学校でね」

と、教え、「あなたのことも彼から……シベリアの抑留生活で同志だったんですって」

「ええ。この街に来たのも彼に誘われたからです」

などと、さらに親しさは増して、おれは空襲で死んだ養母と月江夫人が同じ齢だったと改めて気付く。

年季の入った薪ストーブが勢いよく燃える傍らで、使い込まれた釜によく研いだ七分づきの道産米

を入れて、掌の背に達するまで水を入れる。

「殿方なのにどこで覚えましたの」

「母が病弱だったので、子供のころから家事を手伝っていたんです」

おれは馬鈴薯と人参の皮を剥いて骰子状に刻み、鉄鍋に入れ、同じくストーブに置く。

次ぎにルーを作る。ガス台の上にフライパンをのせ、まずは小麦粉を狐色になるまで……カレー粉を入れて弱火にして少しずつ木べらで練るとルーができる。

振り向くと、ストーブの上で釜が湯気を上げ、鍋の具も煮えている。

おれは火加減を見る。薪ストーブの中は、いい具合に燠《おき》になっている。骰子切りにした鯨肉を投入、少し待ってから作りたてのルーを慎重に溶かし込む。

いい匂いだ。

懐かしい匂いだ。

おれが、一連の大仕事に熱中している間、月江夫人は何もせずに見ているだけだった。


我々のささやかな晩餐の席は、広い台所の大きなテーブルであった。

大きな磁器の皿に炊きたてのご飯を盛り、香ばしいカレーを盛りつける。

給仕もおれの仕事だ。月江夫人はそれが当然のように振る舞う。

おれはソースをたっぷりと掛ける。

「美味しいわ」

と、夫人が言ってくれた。「主人が作ってくれたカレーライスのようですわ」

黄色いカレーだ。それが戦前のわが国の家庭で愛されていたカレーだ。洋食店のカレーとはちがう。

「辛くないですか」

「ええ。カレーはこのくらいでないと……武史さん、〝辛い〟の語源、ご存じ?」

「さあ、辛いと言えば四川料理ですから、中国語ですか」

と、思いつくままに応ずると、

「タミル語なんですって……」

つづけて、「あたくし、大学は九州の薩南大学文学部なのですが、専攻が『万葉集』だったのです。で、あるんですよ、『万葉集』にも〝辛い〟がね。昔は〝カラ〟と言いましたのよ」

「そうなんですか」

会話が楽しかった。

「八九七番です。山上憶良《やまのうえのおくら》の長歌にね」

教えられた、〝痛き傷には　辛塩を　注ぐちふがごとく〟を口語訳すると、「痛む傷口に、さらに辛い塩水を注ぎかけるというように」となる。

タミル語では、kār である。

食べ終わると昆布茶がでた。

「主人が亡くなった日も、カレーの日だったんですよ」

おれは、夫人の目にうっすらと光るものが宿ったのを見逃さなかった。

夫人はつづける。

「亡くなったときはわからなかったんですが、このお正月にね、書斎の本棚を片付けておりましたら、岩波文庫の『万葉集』の中に、主人宛の葉書が挟まっておりましたの」

「それ、見せていただけますか。重要な手掛かりかもしれません」

「でも、怖いの。主人にはあたくしの知らない秘密があったんですもの」

「もしかすると、女性関係とか」

おれの勘がそう言わせた。

「さあ」

夫人は言葉を濁したが、「いいえ。主人に限って絶対にあり得ませんわ。でもね、あたくしたち夫婦には隠し事もないはずですのに……」

夫人は席を立ち、すぐ戻ってきた。

「これです」

「拝見します」

「ええ。どうぞ」

さっと目を通しておれは言った。

「これ、ちょっと変ですね、差し出し人の住所が……」

市内龍宮町一ノ一　花苑マチ子
である。

「ええ。小樽湊には龍宮町なんてありませんもの」

「差出人の名もです。いかにも偽名臭い」

おれはつづけた。「これは暗号で〝花苑公園で待つ〟という意味じゃないでしょうか」

「あたくしもそう思いましたけど、文面の意味が……」

書体を隠すつもりか、仮名釘流で、

月読の光に来ませあしひきの山き隔りて遠からなくに

「警察にも見せましたか」

おれは訊いた。

「ええ。何か手掛かりになるかと思って……」

「で、警察はなんと?」

「『奥さん、これラブレターとちがいますか。亡くなったご主人には馴染みの女性がいたんですよ』って言われてしまいましたわ」

「いや、これは暗号ですよ、きっと。でも、古文の素養はあんまり」

と、言うと、

「意味ならわかりますわ」

と、教えてくれた口語訳は、

この月の光を頼りにおいでください。山が隔てて遠いというわけではないのに――


「なるほど。恋文ですね」

「相聞歌ですわ」

「月読とあるのも曰くありげですね」

「〝月読〟は『古事記』の表記ですが、文字通り月を読むことなんです」

「と、言いますと?」

「昔は月齢でしょう。つまり、月読神の役目は夜の支配ではなくて、本当は月の形で日数を数えることなんです」

「じゃあ、古代の気象庁長官ですね」

「今流に言えばそうね……でも」

夫人はつづけた。「ちょっと、おかしいのです……『古事記』は……。一方、『日本書紀』の表記は月夜見尊ですが、〝日に配《なら》べて天《あま》の事を知《しら》すべし〟とあるんです。つまり、カレンダー掛かりということでしょう」

「そうですね」

おれはうなずく。「たしかに『古事記』では月読神には夜を治めよというだけで、暦を司る仕事のことは書かれていませんね」

「しかもですよ、『日本書紀』では夜の世界を治める役目には触れず、天照大神から、葦原中国へ行って保食神《うけもちのかみ》と会えと命じられるのです」

「知っています。いわゆる〈化生《かせい》神話〉ですね」

「ええ。東南アジアに例のある神話ですの」

「とにかく、口から米飯や魚、獣などいろいろなものを吐き出すんですね」

「ええ。でも月夜見は穢らわしいといって、劔で殺してしまいますの。ところが高天原に戻って姉に報告すると烈火のごとく怒るのです」

「で、どうなりました？『日本書紀』では……」

「天照大神は代わりの者に様子を見にやらせるのですが、すでに死んでいて、牛馬や穀物が生まれているんです」

「ほんとうですか。今、牛馬とおっしゃいましたが……」

「ええ。たしかに……」


――それから、また話し込んで夜も更け、とうとう月夜見邸に泊まることとなった。

枕がちがおうが、場所がどこだろうが、時間もかまわず、いつ何処でも眠れるタフなおれだが、この日に限っては、妙に頭が冴え、なかなか寝つかれなかった。

ようやく浅い眠りに入り、夢を見ていたらしいが、あれは深夜の二時か三時、だれかが部屋に入って来たのを覚えていた。

それは死んだ母親のようでもあり、それとも……

第九章　倭人伝と馬

1

ところで、このところ、中女卯女子とは、個人的に会う機会がないのだった。

第二回の参議院選挙が、六月初めに行われるからだ。須佐世理恵議員は三年前の第一回選挙では、下位半数であったので任期が三年。今回が正念場だ。

「今年、当選すれば晴れて六年議員よ。そうすれば、あたしにも市議会当選の可能性がアップするの。ね、だから先生の選挙を手伝って、ね、いいでしょう」

と、頼まれたので、日当は幾らと訊くと、交通費も自前のボランティアらしい。

だが、おれとしては断れない。事務所の家主が世理恵議員だからだ。

おれは、しばらく使ったことのない運転免許証を使うことにした。乗用車は、どこで調達してきたのか、中古のT型フォードである。

むろん、おれには食い扶持を稼ぐ仕事があるから、時々である。何年ぶりかの運転は楽しかった。議員が所属する〈婦人人権同盟〉の事務所のあるアカシア市にもよく出かけた。

車内での会話にも加わり、第一回のときは無所属での当選者が定員の半数近くいたが、今回は危ないかもしれないらしい。

ともあれ、唯一の楽しみは事務所で出される幕の内弁当である。後援会の一人が仕出し屋をしており、採算抜きで提供してくれるらしい。

月江夫人が大株主の月見堂からも、毎日、差し入れがあったが、名前が月餅に似た銘菓〈菟月《とげつ》〉の評判が良かった。餡《あん》は月に見立てた栗金団《くりきんとん》で白い餅生地で包んだものだ。

月江夫人の解説によると、月読神の〈読〉は、大昔は本などなかったのだから、たとえば、〈さばをよむ〉のような〈読む〉で数を数えることらしい。

つまり、月読神は、月齢や月日を数える職業の菟狭《うさ》族のことであり、この名が月面に兎の形が見えるからだそうだ。

むろん、新たな知りあいも増えた。〈婦人人権同盟〉の性質上、中高年の女性が多く、しかも、女性解放の戦後日本にふさわしく、けっこう進歩的考えの持ち主で、主婦もいたが、お店屋さんとかの経営者が多かった。

その一人の息子さんというのが、地元の汐留《しおどめ》中学の国語教師で、あるとき、事務所に顔を出したのがきっかけで友だちになった。

名前は太晋六《おおのすすむ》である。市内にある安萬侶《やすまろ》海運を営む一家の三男坊である。

最初の会話は、

「珍しい姓ですね」

というおれの質問だった。

「ええ。とても古い姓で、九州か畿内《きない》が発祥らしい。多と書いてオオと読ませるケースもあるそうでよ」

と、三十半ばの好青年は教えた。

「もしかすると、太安萬侶の裔《すえ》ですか」

と、気になったので訊ねると、

「さあ。親父が安萬侶のファアンであるのはたしかです」

「それで、安萬侶海運と名付けたわけですか」

つづけて、「古代では南九州の人々は、今でいう海運業の担い手であった——という話を読んだ記憶があります」

と、言うと、

「それは事実です。大和朝廷も大陸との商業的政治的関係を維持するためには、南九州勢力の協力が必至であったらしい」

「卑弥呼の時代も盛んな交流があった様子が、『魏志倭人伝』から読みとれますよね」

と、応ずると、

「わたしの親父に言わせると、古代海運業の実態はよくわかっていないようですが、卑弥呼女王も九州阿蘇の阿蘇氏も、安萬侶とは同じ系統のようですから、すでに海外からの新知識や思想は安萬侶の耳に届いていたと思います」

と、次第に専門家的なレベルに入る……。

おれは話題を転じ、

「この四月からＧＨＱの命令で学制が変わり……」

と、言いかけると、

「ええ。四月から男女共学になりますが、どうなることやら」

という彼のぼやきだった。

「それより、首都では、教育庁が教員二四六人をレッドパージしたというので、反対闘争が激化しているらしいですよ」

と、言うと、彼は苦笑して、

「自分はノンポリですから大丈夫です」

と、答えた。

案山子書房の少名史彦とも友だちだそうだ。それで、友だちの友だちは友だちというわけで、我々はぐっと親しくなった。

高校の国語教師以外の専門は、少名と同じ古代史だが、原日本語とタミル語の類似性が大学の卒論だったと話した。

——あるとき、一緒に岩戸家へ行って飲んだとき、

「ええ、かなり共通する語があるんです。少なくとも二〇〇語はあると思います。たとえば……」

と、彼はつづけた。「高天原の原（fara）は、タミル語ではpār、つまり（平らな土地）ですから、わが国と同じです」

さらに、「田圃（tambo）に対応するタミル語はtampalで、その意は〝水を多く含んだ川端の土地〟です」

彼の話は、少名史彦とは領域が少しちがっていて、おもしろかった。

おれは、先日、月江夫人から聞かされた〝辛い〟の語源の話をしてから、前から気になっていた豊葦原瑞穂国について質問した。

「この言葉は、大陸から稲作民族が渡来してからできた呼称ですか。瑞穂とある以上は稲作文化以前の縄文時代ではあり得ませんから」

すると、

「いい勘です。〈葦原〉と字を当てたのはまちがいで、タミル語で読めば〈山の麓〉のことです。ま、山越えした天孫族が麓の景色を眺めて、『おい、広くて豊かないい土地じゃないか』と、言った感じですよ」

つづけて、「じゃ、なぜ〈葦原中国〉と言うかわかりますか」

「高天原、つまり天上界と黄泉つまり地下世界の中間の地上界ということじゃないんですか」

と、答えると、

「ま、だれもがそう考えるでしょうね。でもね、この思想は上・中・下の垂直の観念です。つまり、大陸に住む民族の発想でしょう」

「ですね。じゃ、どうなるんですか」

「〈中〉がまちがいです。海洋民族なら水平の広がりが、彼らの世界観ですから」

「ですね。おれ、説得されます」

と、言うと、

「〈ナカ〉はタミル語の nak-ai で蛇です」

「蛇ですか」

「つまり、大蛇伝説がある奈良盆地の三輪山付近のような、〈山麓の蛇の国〉という意味になるはずです」

肩を竦めておれは、今度は馬のことを訊く。

「『日本書紀』の〈化生《かせい》神話〉では、保食神の死骸から生まれた牛と馬が、葦原中国にいることになっているんですがね。いったい、わが国に馬が輸入されたのは、いつごろなんですか」

「おそらく、甲府の塩部遺跡などから出土した遺物から推測すると、弥生時代の末期、四世紀末から五世紀初頭が最初でしょう」

と、太晋六は答えた。

「じゃあ、神話時代には、馬はいなかったわけですね」

「ああ、あなたの質問の意図がわかりましたよ。気になさっているのは、『古事記』に出てくる例の斑《ふち》馬《うま》の謎でしょう?」

「ええ。そうです」

「あれは自分もおかしいと思っています。『日本書紀』では斑馬ではなくて〈斑駒《ぶちこま》〉ですからね」

「ちがうんですか? 馬と駒は……」

「馬は大型馬ですが、駒は小型の馬と『古事類苑《こじるいえん》』という厖大な全集の〈動物部〉に書いてありますです」

この書は慶応三年(一八六七年)までのわが国初の百科全書で、一八九六年より刊行開始、一九一四に完成したものである。

ますます話が専門化してきた感じであるが、太晋六によると、『古事記』では須佐之男神の狼藉《ろうぜき》で怪我をしたのは機織り女だが、『日本書紀』では天照大神自身なのだそうだ。

なぜだろうか。

『古事記』の編纂は和銅五年(七一二年)。一方、『日本書紀』は舎人親王らで七二〇年成立であるから、わずか七年の差でしかないのに……である。

が、彼によると、後代、写本を作った者のまちがいだろうと言うのだ。

と、なると、『古事記』の斑馬は斑駒である。

太晋六が打ち明ける。

「実は、親父の海運会社は、小樽湊〜大連航路の貨物輸送が主だったのですがね、父は大の考古学好きで、戦前に、殷墟《いんきょ》に行ったことがあったんです……で、父に聴いたら、殷墟で発掘された戦車を引かせる馬は、小型の馬だそうです」

「小型なら当時の船にも乗せられますね」

と、おれは言った。「やっぱり、古代人の航海術は、想像以上に進んでいたんですね」

すると、

「ええ、むろんです。たとえば、積丹《しゃこたん》半島のつけねの岩内《いわない》へ行くと殷人らが来ていた痕跡さえありますよ」

と、言われて、おれは驚く。

つづけて、「殷周革命をご存じですか。前一一世紀半ば、帝辛(紂王)のとき殷は、周武王に破れたとき、かなりの数の殷人が、わが国、いや、むしろ人口過疎地帯の蝦夷地へ亡命した可能性があるのです。なぜなら、彼らは蝦夷とは取引がありましたからね。殷という国は何事をするにも太卜《ふとまに》で決めたので、大量の鹿の肩胛骨が必要で、蝦夷鹿の肩胛骨を輸入していたことが考えられるのです」

初めて知ったが、岩内の背後はニセコ山系の岩内岳だが、その日本海側斜面の岩の露頭に、殷代の金文〈龍〉が、線刻されているというのだ。

「ははッ、北海道には平泉から落ち延びた源義経が来て、さらに大陸へわたり成吉思汗《ジンギスカン》になったという説までありますからね」

と、彼が笑いながら言ったので、

「たしか小谷部全一郎《おやべぜんいちろう》でしたね」

大正一三年に、この人が著した『義経は成吉思汗《ジンギスカン》也』は有名である。

「しかし、荒唐無稽《こうとうむけい》の説とも思えますが」

と、おれが言うと、

「そうでもないのです。たとえば、幕末の……間宮《まみや》林蔵《りんぞう》の時代でもありますが、あのシーボルトがこの説の嚆矢とも言われておりますから、少なくとも民間ではかなり流布していたんじゃないでしょうか」

彼によると、末松謙澄《すえまつかねすみ》という博士が、明治一二年（一八七九年）に英文で発表した『史学論文・大征服者成吉思汗は日本の英雄義経と同一なること』をロンドンで発表し、明治一八年にはわが国でも翻訳が出されるや、一大センセーションを巻き起こしたというのだ。

「眉唾《まゆつば》とお思いでしょうが、一応、根拠はあるんです。まず、成吉思汗の父親がエゾカイともエスゲイと言われているが、これは成吉思汗は蝦夷海からきたという話が誤って流布したからだ。それから源義経の音読みはゲンギケイだからジンギスカンによく似ているとか、源氏の標は白旗だが、成吉思汗が即位に用いたのも白旗であったとか、その他もろもろ……」

さらに、対岸ウラジオストークには源氏の紋所、笹竜胆《ささりんどう》と同じマークのついた建物があるとか、けっこう、いろいろあるらしい。

おそらく、戦前戦中時におけるわが国の満州国建国など、大陸への進出など政治的背景が影響していると、おれは思ったが、殷代の遺物が鳥海山麓で発見されたらしいという話まで聞かされると、想像以上に、古い時代から大陸と日本列島の間に人々の行き来があったことがわかる……。

——ともあれ、話はますます弾んで、ふたたび、斑馬《まだらうま》の話に戻って、

「馬はタミル語ではmāですが、実は斑もタミル語源なんです」

と、太晋六。

現代語では〃まだら〃だが、古語では〃はだら〃であったそうだ。

「『古語辞典』を引けば〝はだら（fadara）〟が〝まだら〟の古語であったことがわかります。タミル語ではpattaiです」

英語訳はpainted stripeであるが、斑馬はゼブラつまり縞馬を指すとある辞書もあるので、

「まさか、ゼブラではないですよね」

おれが言うと、

「むろん。たとえば、『日本書紀』などの注釈では〈まだら毛の馬〉とあっさり片付けられておりますけど、『記紀』のこのあたりの記述には、下敷きが消されたか、書き換えられた可能性は否定できないと思います」

「同感です。勝者が自分に都合良く歴史を書き換えるのは、世界史の通例です」

おれはつづけた。「たとえば、アメリカン・ネイティブの歴史もインカやマヤの歴史も、イースター島の歴史も全部そうです。歴史が征服者の手で偽造され、被征服民の歴史は抹殺されるのは常識なんです。現に、今現在でも占領軍は……」

おれが言いたかったのは、GHQを頂点とする占領軍が、たとえば、広島や長崎に落とした原子爆弾の実態を隠蔽するなど、あの戦争の真実を隠すのではないかと言うことだった。

「自分も同感です」

彼も言った。「結局、今も昔も変わっていないんです。今度の戦争について自分も自分なりに考えてみたのですが、今回の敗戦は、日本の歴史にとって初めてみたいなことを言う歴史学者もおりますが、長い間、大陸の東の外れで孤立した諸島という地政学的な立地条件のおかげだったにすぎません。しかし、天孫族が日本列島に渡って来るまでは海外から流入した多くの種族が、まだまだ人口過疎地帯であった日本列島で暮らしていたんです。そうした『記紀』以前の深層が、『記紀』によって隠蔽されたまま、我々は万世一系の国體を信じてきたわけです。むろん、国家というまとまりがなければ、欧米列強の帝国主義によって侵略、植民地化されるという危機感を抱いたのが幕末に入ってからですから、明治維新の富国強兵政策も理解できます。しかし、結果が惨めな敗戦になった以上は、我々はこの敗戦

をきっかけに、頭を切り換える必要があると思うのです」

「わかります」

おれはうなずく。「それがタミル語研究の動機ですか」

「ええ。しかし、自分の場合は子孫の責任といいますか、遠い先祖の過ちを正すといいますか」

「それって、太安萬侶の『古事記』編纂の仕事を正すということですか」

「まあ」

太晋六はなぜか言葉を濁しつつ、「実はあるんですよ、わが家には安萬侶の手になると思われる裏事情の記された古文書がね」

「まさか」

「ははッ、冗談ですよ」

と、笑って否定したがつづけて、「山門さんは、クレオール言語というものを知っておりますか」

「聞いたことがあります。一応、翻訳家ですからね……たしか、ピジン英語のようなものでしたっけ」

「まあ、そうです。英語では creole language ですが、意思疎通のできない他所からきた商人と現地住民との間で自然に作り上げられた言語、つまりピジン言語が、その後、子供らの世代で母語として完成されて使われるようになる場合です」

「ええ」

おれは応じた。「日本語は、北方のアルタイ語族と南方のオーストロネシア語族が混合したクレオール言語に、さらに中国語が、さらにまた葡萄牙《ポルトガル》語などの欧米の文物が入った言語だと理解しておりますが……。」

「それがね、山門さん、原日本語と言いますか、むろん、天孫族以前、つまり神代やそれ以前、つまり縄文時代に原日本に接触した言語があったのです」

「シュメルですか」

「それもありますが、ドラヴィダ語族の一分派のタミル語です」

と、太晋六は答えた。「シュメルとインダスが密接な関係にあったのはご存じでしょう。中でも紀元前八〇〇年の前後二〇〇年の間、下って紀元一〇〇〇年の前後二〇〇年の間に、彼らが連合した交易船がわが国に商人として渡来し、縄文・弥生人とタミル語で交易していた。その言葉がクレオール語化して、いつのまにか子孫らの使う原日本語として定着したのです」

　驚くべき話だった。

「目的は砂金ですか」

と、問うと、

「黄金もでしょうが、多分、真珠でしょう」

「ああ、『魏志倭人伝』にもありますね」

「この説に問題があるとすれば、印欧語族に特有の音韻変化のルールがあてはまらないことです」

「グリムの法則ですね」

「ええ。しかし、当然です。タミル語は印欧語族でないのですから……。とにかく『記紀』もですが、『万葉集』にも意味のわからない枕言葉がたくさんあります。国語学者はこれに無理筋の解釈をつけておりますが、タミル語と比較すれば合理的な説明がつくのです」

　一例を挙げよう。飛鳥と書いてなぜアスカか。『万葉集』七八に、

飛ぶ鳥の明日香の里に置きて去《い》なば君が辺《あた》りに
見えずかもあらむ

まず〈辺り〉だが、〈君の家のあたり〉という解釈では単なる感傷でしかない。この字句はタミル語の atal-ai で火葬する場所なのである。この歌は女性の元明天皇なので二八歳で他界した夫の草薙皇子を偲んだ歌と読めば迫力も増す。

　一方、枕言葉の飛鳥はタミル語の ācuk-ām でアースカ、アーチュカと読んで鳥のことだ。日本語発音ならアスカだし、五音にするためトブトリノとしたのである。古代人のレトリック感覚は見事であるし、彼らはタミル語を母語としていたのだ。

2

六月四日、第二回参議院選挙実施。

翌日、激戦を制止し、諏佐世理恵元議員が再選を果たし、〈婦人人権同盟〉に貴重な一議席をもたらす。

なお、自由党五二議席、社会党三六議席、緑風会

九議席、国民民主党九議席、その他一九議席の内訳になった。

翌日、アカシア市の駅前通りグランド・ホテルで当選祝賀会が開かれたので、おれも会費を払って出席したが、多くは中年のおばさま族である。

立席のパーティ会場で月夜見夫人に会った。ほんとうは未亡人と呼ぶべきだろうが、おれの気持としてはwidow《ウィドー》とは呼びたくない。

帝都からは市村房子《いちむらふさこ》衆議院議員が来ていた。おかっぱ頭、かなりの高齢であるが矍鑠《かくしゃく》たるものだ。格子縞《チェック》のズボン姿で登壇した老女性が〈婦人人権同盟〉の創立メンバーの一人である。

会場で、月夜見月江夫人から北海総合大学の考古学者、牛飼春樹《うしかいはるき》という名誉教授に紹介された。夫人と老教授が交わしていた話の内容は、例のフゴッペ洞窟についてである。

どうやらアカシア市の高校生も参加し、元教授のチームが発掘を開始したようなのだ。

「驚いたことに一・三メートルほどの掘った土中から鹿の肩胛骨が二個発掘されたのです」

と、牛飼名誉教授は話した。「しかも、丁寧に土器に入れて保存されていたところをみると、祭事に使われる予定であったのはまちがいありませんな」

「殷墟のように甲骨文字が刻まれておりましたの？」

月江夫人が訊いた。

「いいえ、ありません。しかし、鹿卜《ろくぼく》が行われたのでしょう。つまり、フゴッペには殷、別名なら商か、その後継国家の周の船がきていたのはまちがいないでしょう」

「亀の甲羅ではないのですね」

夫人が訊いた。

「最初は鹿卜が一般で、亀卜《きぼく》が行われるようになったのは、中国に〈天円地方《てんえんちほう》〉の思想が広まったからです」

「ああ、天は丸く、地は方形という考えですね」

と、おれは応じた。「これが前方後円塚の思想だろう、と」

夫人も言った。

「『魏志倭人伝』にも」

「〝骨を灼きて持以て吉凶を占う〟ですな」

名誉教授が応じた。

「つまり、太占《ふとまに》ですね。わが国では広く行われていたのですか」

と、おれが問うと、

「たとえば、伊邪那岐《いざなぎ》、伊邪那美《いざなみ》の国生みの際に最初は失敗して子水蛭子《みこひるこ》を産み、いい方法を天津神に訊ねたところ、神は太占を行なって教えたとありますな。それから、天照大神が岩戸隠れした際、思兼神《おもいかねのかみ》の案で、よいかどうかをやはり鹿の肩胛骨で占います」

牛飼名誉教授はつづけて、「今でも新たに天皇が即位する際に行う大嘗祭《だいじょうさい》では、神に捧げる田の位置、東西二個所を定めるのに青海亀の甲羅を使って太占を行う伝統がありますな」

しかも、どのような方法で行われるかは、余人には知らされないという。ただし、特別な錐《きり》で穴をあけて火にくべ、そのひび割れを鑑《み》て占ったらしい……。

それから、突然、ひそひそ話になったが、おれの耳に「イワナガさま」という声が届く。

「ついに、女神が世に現れますね」

「洞窟が埋まったのはいつだったのでしょう。でもご先祖様は知っておりましたわ」

「安倍比羅夫《あべのひらふ》の蝦夷地遠征の真の目的は、あれだったそうですね」

――いったい、女神ってなんだろうか?

3

また月が二回代わった八月、突然、解放出版の児屋勇《こやねいさむ》が小樽湊へやってきた。

前日に電報を貰ったので、小樽湊駅まで出迎える。

「宿賃を節約したいので、泊めてくれ」

と、言うので、下宿の女主人キヨさんに頼み、布団をひと組借りた。

小樽湊は一泊だけらしい。明日はアカシア市へ行って、なんと二期目の当選を果たした諏訪井世理恵の事務所で出版の依頼を行い、その足で網走へ夜行列車で向かい、親戚の三回忌に出るのだそうだ。

「君の会社は、エログロ・犯罪雑誌だけではないんだな」

と、言うと、

「当たり前だ。理想だけでは飯が食えんからな。はは、下半身で稼ぎ、脳味噌に最高級のグリコーゲンを与えるのがわが社の方針だ」

と、胸を張った。

「じゃ、さしづめ、おれは、下半身担当かい」

と、応じると、

「いや。わが社に対するこれまでの貢献に報いる意味で、むろん赤字覚悟だがね、君の書き下ろし『凍土の墓標』……あれは、わが社で出すことにした。ただし、初版は一五〇〇部で印税なしだが、再版したら印税は出す。この条件で承知しろ」

「わかった」

とにかく、処女出版は、文筆を目指す者にとっては、名刺を持つのと同じなのだ。

「で、いったい、彼女にどんな著作を書かせるつもりだ」

と、訊ねると、

「売れるものならなんでも」

と、商売気満々である。

「たとえば、平塚雷鳥《ひらつからいちょう》とか」

「ああ、『元始、女性は太陽であった』かい。たしか二五歳のとき「青踏」に投稿して一世を風靡したやつ……。あれはタイトルがいい。女権運動のバイブルでもある」

つづけて、「おい、貴様がゴーストやれ……代筆料を弾むぜ」

と、おれをそそのかした。

それから、彼が要望した案山子書房へ案内すると、店の隅に積み上げてあった進駐軍持ち込みのパルプマガジンを買い占め、東京へ送るように指示した。

「宝の山じゃないか」

と、店を出ると呟く。

「空襲を免れた神田の古本屋街にもない逸品が、数点あったぞ」

と、おれに教えた。

夕食は、旨い魚を存分に食べたいという児屋の要望に応えて、岩戸家へ行く。

昭和初期の面影をのこす電気館通りが、えらく気に入ったようだ。

隅のカウンターに陣取って飲み始める。

文学好きの女将、秦子ともたちまち意気投合して、上機嫌だ。

「詩人だ」

と、紹介すると、

「小説を書いたら、わが社で出そう」

などとえらく調子がいい。

女将の秦子も、雲丹《うに》や鮑《あわび》、毛蟹の味噌だけでなく、秘蔵のコノワタとか、タラバガニの緑色の卵とか、おれでさえお目に掛かったことのない珍味でもてなす。

児屋は目を丸くして大喜びである。

やがて、酒の酔いが回りはじめて、おれがなんとなく関わりを持ってしまった、シュメル研究会や月夜見隼人博士の事件の話をすると、

「驚くことはないさ」

と、予想外の反応である。

児屋はつづけて、「十和田湖に近い戸来《へらい》村、今は新郷《しんごう》村というらしいが、イエス・キリストがきたという伝説があるし、四国の剱山にはな、ソロモンの秘宝があるという伝説だってあるんだぞ」

児屋は、大学時代に郷土史研究会を主宰していたらしく、この方面は彼の隠れた趣味の一つらしい。

つづけて、「実はな、おれの出自は鹿島神宮ゆかりの息栖《いきす》だが、家内の実家は石川県の羽咋《はくい》で、近くの押水《おしみず》に三ッ子塚と呼ばれる場所があり、これがモーゼの墓だという言い伝えがあるんだ。先だって、家内の兄弟の法事で出かけたら、なんと進駐軍の連中が大いに関心をもって、調査にきたという話だ」

カウンター越しに聴いていた秦子が、

「羽咋と言えば気多《けた》神社でしょう。でも、少彦名命神社もあるはずよ」

「ある、ある」

児屋が言った。

「秦子さん、よくご存じだね」

おれも言った。

「少名さんから聴いた話よ。少名さんのご先祖は出雲のかたですけど、北前船でね、松前や江差だけでなく、小樽湊にも取引で来ていたらしいの」

「探検家の松浦武四郎《まつうらたけしろう》も、間宮林蔵《まみやりんぞう》もですね」

おれが言うと、

「いやいや、蝦夷討伐に出かけた阿倍比羅夫《あべのひらふ》は、粛《ミシ》慎《ハセ》も討伐するが、石狩平野までやってきたかもしれないのだぞ」

と、児屋が言い出す。

つづけて、「蝦夷征伐と言えば、坂上田村麻呂《さかのうえのたむらまろ》もそうだ。容貌からして一〇〇パーセント渡来人だ。つまり、おれが言いたいのは我々日本人にはいろんな血が混じっているという事実さ。だから、戦前・戦中に名のある大学の偉い先生方が唱えた〈日本原人説〉なんて代物は、いったいなんだったんだろうと思うわけさ」

「すべては、国民一致団結して戦争しようという維新体制の政策というか、欺瞞だろう」

と、おれは言った。「実際、明治以降、日本は日清・日露・第一次大戦、そして今度の大東亜戦争と、ずいぶん無謀な対外戦争をやってきたしなあ」

「だから、いわゆる正史というやつに、おれも疑問を持つのだ」

児屋は相槌を打つ。

「おれもだ。どうも日本史の六世紀前半の継体天皇以前、つまり古墳時代だが、少なくとも三世紀の応神天皇以前は神話の時代だろう。いやもう少し妥協して、いわゆる倭国と呼ばれた時代の歴史は、真実とは言いがたい」

「同感だ」

児屋も言った。「ざっくり言って、紀元前三世紀までの縄文、それにつづく紀元三世紀までの弥生時代の歴史を抹殺、都合よく書き換えた『記紀』の欠史一〇代に関しては、『原古事記』を書いても、なんらさしつかえのない時代になった……これも戦争の負けた恩恵と言えるな」

などと、意気投合して盛り上がった。

改めて知ったが、児屋は古代史の知識も豊富だった。彼によると、古代出雲国の勢力圏は想像以上だったという。

「なあ、山門よ。おれの考えでは、神代史の真の実態、つまり裏神代史ってことになるが、真相は表日本文化圏と裏日本文化圏の闘争史に他ならないと思うのだ」

「凄いな、日本古代史の定説的視座をひっくり返すような新説じゃないか」

と、持ち上げると、

「当時の日本列島は、能登半島から伊勢に到るラインを境界として東は毛人たちの勢力圏、西側は出雲王国の勢力圏で、当然、山陰と山陽はむろん四国、九州北部の筑紫を除く九州を勢力圏にしていた」

と、いうのである。

つづけて、「去年の六月、青森県東北町で発見された〈日本中央の碑《いしぶみ》〉と言うのを知ってるかい。一説には坂上田村麻呂が鏃《やじり》で描いた歌枕でもある〈壺《つぼ》の碑《いしぶみ》〉という説もあるんだがね、奥羽地方が関東や大和勢力は別の文化圏であったことの証拠にならないかね」

などと、滔々《とうとう》と持論を弁じて、すこぶる上機嫌である。

さらに、酔った勢いで口が滑ったのか、突然、話題が転じて、

「実は、おれの家は、戦前から世理恵女史の諏佐家と同じ教団なんだがね……」

「教団ってなに?」

訊き返すと、

「例の国家治安維持法が可決された前後から、特高さんがよくきた。で、戦時中は、江戸時代の耶蘇《やそ》教の隠れ信者のようにひっそり暮らしていたんだが、戦争に負けたおかげで集会をもてるようになった」

「と言うと、まさか、艮教団?」

「ああ。小樽湊には北日本支部があるんだが、教団の拠点はおもに日本海沿岸部で、北前船の回航ルートと重なるんだ。ただし、発祥は神代に遡ると言われているほど古く、総本山は……」

「南九州……」

「貴様、知っていたのか」

「空国《むなくに》と聴いているよ」

「それまで知ってるなら前置きは省ける。主祭神

は……」

「須佐之男神だろう」

「ああ。が、正しくは国常立神だ。わが家の発祥は、その子孫八代目に仕えた重臣なのだ。むろん、国常立神がどんな神か知っているだろうな」

「常識の範囲でなら、天地開闢《かいびゃく》の最初にあらわれた神代七代の一番目の神様というところだ」

と、答えると、

「ま、『記紀』の記述はそれくらいで終わっているが、なぜだかわかるかい?」

「はっきりしないから省略したとか、編者の安萬侶が……」

「ちがうな。万世一系をコンセプトにしている編纂の基本的方針にとって、不都合だからだ」

彼によると、いわゆる高天原にしてもたくさんあり、なぜなら、それが後からの移住者である渡来民にとって、先住民の抵抗を取り除くもっとも有効な手段であったからだ。

「まあ、移住せんとする者たちにとって、自分たちを神と思わせるのが一番の良策じゃあないか」

「インカ帝国を侵略したスペイン人と同じようなノウハウが、古代社会にあったということかい」

と、言うと、

「ああ、侵略者側の普遍的ノウハウと言ってもいいぞ。現に、GHQの占領計画がそうじゃないか。彼らは解放軍という錦の御旗を起てて天下ってきた天孫軍だ」

と、情報機関に拉致されそうなことを、児屋は平気で言った。

しかも、

「奴らは我々を武装解除しただけではあきたらず、精神的武装解除を実行しているのさ」

「おいおい」

と、たしなめると、

「冗談だよ」

と、舌を出して軽く受け流した。

ともあれ、彼の説では、数多《あまた》ある高天原の一つが、高いところにある海原、つまり〈高海原《たかあまはら》〉の琵琶湖だと言うのである。

ともあれ、国常立神は、この近江の琵琶湖湖畔に住み着いた国土神らしい。この神には八人の子供がいたが、それぞれ名前の頭文字をとり、トホカミエヒタメという。また、息子たちに、親神は住居の建て方、食糧に適した栗や団栗などの樹の育て方はじめ諸々の智恵を授けて八方へ派遣したというのだ。「かくしてなんだ、〝浮かべる脂の如くして水母《くらげ》なす漂へる〟ごとき国土が、ようやく形を整えることができたということだ」

児屋の話を聴いていると、神話が神話でなくなり、日本列島に早々と渡来した謎の一族の物語になるから不思議だ。事実、おれにも想像できた。わが日本列島は氷河時代の昔は、大陸と陸続きだったのである。様々な動物たちとともに、様々な種族が渡ってきた。決して、戦時中に一部の御用学者が唱えた日本原人説は成りたたなかったのだ。

彼らは、最初は少人数であったから、それぞれの生活圏内で暮らしていた。太古の昔は種族・部族間の争いはなく平和であったのだ。そこへ大陸から石器ではない金属器を持った集団が渡ってきて、先住民を駆逐した。やがて、日本列島は幾つかの大きな勢力圏に分けられた。その一つが須佐之男神が開いた出雲王国である。

児屋は話した。

「宍道湖《しんじ》を中心に、本州は脊梁山脈の北側、つまり日本海側の東は越の国あたりまでを支配していたのが出雲だ。さらに、筑紫つまり九州は抵抗勢力がいた熊襲を除く領域を治めていた。しかし、時代が下がり、日向地方からいわゆる天孫族が大和へ移動したのだ」

児屋は息をつき、「この先はさらに込み入った話でまたの機会にするが、関東の勢力を無視するわけにはいかない。だが、『記紀』は簡単に鹿島の建御雷之男神《たけみかづちをのかみ》の出雲進攻を暗示するに留まっている……」

彼の説では、出雲の滅亡は、大和勢力と連合した関東建御雷之男軍の武力によるものだそうだ。

「おれの推定だが、関東と東北つまり蝦夷《エミシ》勢力との間には、意外にも密接な関係があり、おそらく建御雷之男軍の兵力には、弓馬戦闘を得意とするエミシの騎馬軍団が加わっていたのではないだろうか」

「しかし、『記紀』には、いっさい書かれていない……なぜだ？」

と、おれは言った。

「当然だろう。大和が国家統一の功績を独り占めしたからさ」

児屋はつづけ、「ところで、「大和政権発足以前の日本列島、つまり縄文時代にどのくらい人がいたか知ってるか？」

「さあ、一〇〇万ぐらい……」

「いや。多めに見積もっても四〇〜五〇万程度。もっと絞り込めば、縄文後期では、ざっと二十数万人だ。琵琶湖あたりで東日本と西日本をわけた人口は、二五万以上と一万人以下だ。つまり圧倒的に東日本勢が優勢だったのさ」

「初耳だ！」

おれは言ってつづけた。「北の勢力と東の勢力の境界線はどのあたりなのだ？」

「日本海側の能登半島と太平洋側の房総半島を結ぶラインと考えたらいい。もっと前は、フォッサ・マグナ、つまり糸魚川〜静岡構造線のあたりだったらしいが、いわば古代海軍を持っていた彼ら海洋勢力は狩猟・採取経済の北の勢力に勝って、駆逐したんだろうな」

「両勢力間に戦争はあったのか」

「あったらしい」

児屋はつづける。「だが、平安時代には終わったようだ。しかし、今、問題にしているのはその前の時代だ」

「出雲の国譲りだね」

「ああ、とにかく、天孫族が出雲勢力を屈服させた背景は、関東の豪族連合だったと思う。彼らは強力な船団を擁していたにちがいない。関東以北は当時、大森林地帯だったんだ。だからいくらでも頑丈な船を造れたのさ」

「青銅の武器と鉄の武器の差だね」

「そうとも、それが歴史のリアリズムなんだ。アメリカとわが国との戦力差は一〇対一だったたって言うじゃないか。戦争は、軍部のお偉方が言いつづけた精神論では勝てないのさ。都市ごと焦土地獄にされた被災者、戦災にあった銃後のみんなが言っているが、成層圏を飛ぶＢ29に対し、国民に向かって竹槍で戦えと命じた戦争指導者の無知を、いったい、どう言えばいいのか」

「二〇世紀も『記紀』の神話時代も同じなんだな」

おれも言った。「青銅器と鉄器では、勝てる見込みがないから、あっさりと無条件降伏した大国主神……」

「そうだ。原子爆弾を落とされたにもかかわらず、なお国民全員を道連れに本土決戦を主張した強硬派を押さえて、ポツダム宣言受諾を決断された陛下と大国主神の心情は同じだったにちがいない」

児屋の話は、ますます熱を帯びた……

——やがて、夜九時すぎ、酔い心地を四月の潮風に冷ましながら帰途につく。

道すがら、確信を以て児屋が断定したが、月夜見博士暗殺は、今度の戦争と日本敗戦によって、封印が破られた魔軍ハタレの仕業だというのである。

「まさか……よせよッ」

おれは酔った児屋のでまかせだと思った。

「用心しろッ、やつらは動物霊を操る。善人だってひとたまりもないぞ、夢遊病の状態で人を殺すのだ……」

4

——季節がまた変わり、九月に入ると、おれのまわりが慌ただしくなった。

理由は、六月に勃発した朝鮮動乱で舞い込んできた特需景気である。特に、小樽湊は様々な軍需物資の積出港になった。噂でも穀倉地帯の帯広などは穀物の輸出で大賑わいだそうだ。その関連での英文の注文書の和訳や英文契約書作成が舞い込んできたのである。

一方、左翼戦線への弾圧は日に日に厳しくなり、社会に不穏の影を宿している。

さらに、地元とは縁の深い伊藤整が翻訳した、Ｄ・Ｈ・ロレンスの『チャタレー夫人の恋人』の性描写が問題視され、裁判が継続中である。その影響は、まだデビューさえしていないおれにも及び、例の長編『凍土の墓標』の件で児屋勇から電話があった。

「主人公がロシアの少尉殿と寝るシーンだが、あれ削除するか、書き直すかしてくれないか」

と、言ってきたのだ。

生憎《あいにく》、虫の居所の悪かったおれは、言論の自由を楯にして断固拒否した。

そんな、むしゃくしゃしているところへ、例の黒人兵エルビスが顔を出し、

「これ、まだ秘密だけど、マッカーサーは敵の背後の仁川《インチョン》への敵前上陸を考えているらしい。おれにも出動命令が出たので、二度と会えないかもしれない」

と、訛のある英語で告げた。

「大丈夫さ、お前は生きて帰れるさ」

と、言って、シベリア抑留当時も肌に付けていた守り袋を渡した。

中身を見て、

「なんって書いてある?」

「武運長久だ」

「まじないか」

「そうだ。〝BUUN CYOKYU〟って唱えさえすれば、エルビスは救かる」

と、いい加減な台詞《せりふ》で彼を励ます。

「ああ、ところで」

エルビスが言った。「エルビス、MPの友だちを、岩戸家でもてなして聞きだした」

他でもない、例の月夜見隼人博士の件である。

——要約するとこうなる。

博士が拳銃で殺害された理由は、なんとおれが翻訳している例の論文らしい。

「エルビス、聴きだした……あの論文はアメリカでも評判になった。書いてあるんだろう、莫大な大昔の遺産……砂金《ゴールド・ダスト》のこと」

「ああ、たしかに書いてはあるけどな、エルビス。しかし、あの件《くだり》は月夜見博士が思い描いたファンタジーだって、おれは思うけどな」

「なら、いいんだ」

と、あっさりとひっこんだが、気になる目付きを向けて、

「タケシもマークされている。気をつけろよ」

「おいおい。脅かすなよ」

と、言うと、

「シュメル研究会もマークされている」

おれは、画家の国代昇と話したとき、注意された聞き耳を起てていたという外人のことを思い出した。

「詳しく聴きたい」

おれは、エルビスを岩戸家に招待して、看板まで飲んだ。


——その翌週、今度は鍛冶村に呼び出された。

愛車の原付自転車で、指定された駅傍の瓢箪家《ひょうたんや》へ行くと、マル井百貨店のシュメル研究会で、一度だけ会った間士部《まどべ》海人《かいと》刑事が同席していた。

開口一番、鍛冶村が言った。

「実は、シュメル研究会に間士部君を潜入させていたのだ。スパイがいるのじゃないかと思ってね」

「まさか」

「月夜見博士が深夜の花苑公園に呼び出されたあの手紙だ。貴様も月江夫人から見せられたろう」

「見た。それで……スパイとやらがいたのかい？」

「いたね、斑風子《まだらふうこ》」

「月夜見先生の担当だったというあの港湾新報の記者が、差出人の花苑マチ子か？」

「あの万葉集の和歌が暗号なのだ。むろん、解けたろうな」

「いや」

「昨日、月江夫人に呼ばれて参上したら、おれにもこれを見せてくれた」

と、言って紙片を広げた。

月読の光に来ませあしひきの山き隔りて遠からなくに
「万葉集の相聞歌《そうもんか》だそうだ。むろん、暗号文だと思い、いろいろやってもみたが駄目で、諦めた代物だ」

と、おれは告白した。

「ははッ、そういう固定した発想自体がいけなのだ。しかし、万葉通にはこれが何番かわかるのさ」

「つまり？」

「六七〇」

「それが？」

「それが日時の指定なのだ、デートの……」

「そうか。場所は差出人の名前か。花苑マチ子は文字どおり花苑公園でお待ちしますということか。でも、まさか、博士は浮気していたのかい？」

「それはわからんが、六七〇は、ずばり六月七日零時の暗号で、博士は花苑公園に誘いだされたのだ」

第一〇章　有翼女神伝説

1

九月、北国は残暑に入る。

八日金曜日、牛飼名誉教授の使いできたと言って、アカシア市南高校の古塚岩雄《こづかいわお》という生徒が、諏佐世理恵事務所小樽湊支部に顔を見せる。

「武史さん、ちょっと顔を見せて」

と、卯女子に呼ばれ、高校生に会った。

「南高郷土史研究会の古塚です」

「君ですか。フゴッペで大発見をしたのは」

「ええ、まあ。今、発掘現場からの帰りですが、牛飼先生に頼まれた写真を届けに来ました」

「お預かりします」

と、卯女子が言った。

「これはなんですか」

おれは訊いた。

「白鳥トーテムのシャーマンじゃないか——と、牛飼先生は言っておりました」

「羽らしいものがあるから天使だね」

と、おれは言った。「つまり、エンジェルの原型が蝦夷の地で見付かったというわけですか」

すると、

「ちがうと思うわ」

卯女子が言った。「見て。向かって左の羽根が三、右が四。合計で七……きっとこれだわ」

興奮したように言うと、電話機にとびつく。

それが何かを知ったのは、その日の夕方。月夜見邸でであった。

写真を見た月江夫人は眼を輝かせた。

「やはり、ありましたのね」

「月江奥様、これが問題の有翼女神ですね」

と、卯女子が言った。

「まちがいありません。〈艮秘文〉にもこれと同じものが……おそらく大昔、イワナガ様がはるばる蝦夷の地へ行脚《あんぎゃ》されて、聖地フゴッペの洞窟に籠もられたと、岩窟壁画を見付けて拓本にされたものだと思います」

「イワナガ様が……」

と、呟き、改めておれは昨夏の終わりに、フゴッペ洞窟前で出会った、あの謎の老婆の言葉を思い出した。

「あのとき、いずれ、アカシア市の高校生が見付けるであろうと言っていた秘密は、これだったのですね」

月江夫人はうなずき、

「イワナガ様と会われたのね」

「おれとそのかたとどんな関係が……」

「だって、イワナガ様は武史さん、あなたのほんとうのお母様、つまり産みの母ですもの」

そう聞かされて、おれは言葉を失う。

「しかし、月江様から、先日、聞かされたのは？」

「大山津狭名恵《おおやまつさなえ》さんですね。たとえば、大国主神にはたくさんお名前があるように、魂の状態のありようでたくさんのお名前があるものなのです」

つづけて、「あなたを養子に出されたのは、この前もお話ししたように止むえなかったのです。艮教団の掟で、教主様になられるおかたは、生涯を独り身で送らねばならないのです」

「おれの実の母は、いったい、何者なのですか」

「神代の時代から、綿々とつづく艮教団総本家のお家柄なのです。しかも、いずれはわかることですからお教えしますが、この〈中間の世界〉では、不滅の神霊たちは、この世界の住民たちに依《よ》り憑《つ》くことがままあるのです。しかも、神霊という霊的存在は魂の階層を自由に行き来できますから、たとえば生前のあなたにもしばしば……気付きませんでした？」

「はい。ぜんぜん」

おれは答えた。

月江夫人はつづけた。

「ごめんなさい。鍛冶村さんに頼んであなたをこの街にお誘いしたのも、あたくしでした」

「じゃ、全部、仕組まれていたのですか」

「ごめんなさいね。武史さん、あなたを誘惑したのも月江様の指示でしたの」

と、傍らの卯女子までが言った。

「そう言われれば、おれもなんとなく……」

「養子に出されてからも、ずーっとあなたをお守りしていたのですよ、イワナガ様は……」

「たしかに……」

おれはうなずく。「じゃ、おれを襲ったのは……」

「むろん、校倉刑事よ」

月江夫人が教えた。「彼はハタレ族ですわ」

「では、やつの死は……」

「むろん、大波に攫われたのは偶然じゃありません」

「と言うと、まさか」

「ええ。イワナガ様にとって海神の力を借りるのはたやすいこと」

「そんなことが……」

むしろ、おれは、おれ自身の精神を疑い始める。

「でも、事実なのです。イワナガ様は、神代よりつづく隼人族の呪術を受け継がれておられるのです」

それが、どんなものかは教えられなかった。しかし、彼らの土地に進攻してきた大和朝廷軍を恐れさせた呪術であった。

「鬱蒼とした縄文の深い森に潜み、進攻軍を迎え撃つ戦い方は、今でいうゲリラ戦法だったでしょう。狗の遠吠えを真似た通信法で敵を待ち伏せし、彼らは大樹の梢に隠れ、蔦を伝って神出鬼没、大いに敵を苦しめたことでしょう」

「ロビン・フッドのようだ」

おれはつぶやく。

つづけて、「教えてください。この線刻画には、いったい、どんな意味があるのですか」

「学者のかたは、たとえば白鳥伝説にかこつけた島根県津和野の鷺舞《さぎまい》を連想するでしょうが、真《まこと》の意味はちがいます」

夫人はつづけた。「実は津和野の弥栄《やさか》神社に奉納される鷺舞は、室町時代に大内氏が京都八坂《やさか》神社の祇園会《ぎおんえ》で行われたものをそっくり移したのが、今日に残ったのです。あくまで本家は八坂神社ですから、思いあたりませんか」

「さあ」

「牛頭天王《ごずてんのう》です。この意味、おわかりですか」

「いいえ」

「文字通り牛です。この牛はシュメルの天神アンに他なりません。アンが姿を顕すとき、つまり権現《ごんげん》されるときは天牛の姿となり、このときはハルと呼ばれるのです」

「そう言えばたしか、半神半人の英雄ギルガメシュに懸想して振られた金星神のイシュタルが、天神アンに頼んで天下りさせたのは〈天の斑牛〉でしたね」

「ええ」

「しかし、『古事記』では、この神話が変形されて斑馬になった……」

「でしょう……このストーリーには、須佐之男神がでてきますわ。一方、八坂の牛頭天王は須佐之男神にほかなりません」

「つまり、彼は、はるばる、メソポタミアのスサからわが国にやってきたかたであったのですね」

「そして、丑と寅の間の方角を守る艮金神となったと、あたくしどもの艮教団では考えているのです」

「証拠はあるのですか」

「あります……艮文字で書かれた神代文書、いいえ、石板が……それはモーゼの十戒石のように、本御影石に刻まれたものです」

　夫人によると淡い桜色をした石材で、六甲山南麓のみで採れるものだそうだ。

「見せていただけますか」

　と、頼むと、

「ご本体は、ご神体としてイワナガ様の秘密の総本宮に……」

「空国《むなくに》ですね」

「はい。でも拓本の一部なら、今は諏佐世理恵さんがお持ちのはず」

「月夜見家にはないのですか」

　と、問うと、

「ありませんの。実は戦時中ですが、特高警察に夫がひっぱられましてね、そのとき、彼らが家宅捜査に入りましてね、書斎はじめ家中を荒らしたことがありましたわ」

　と、月江夫人。

「押収されたのですか」

「いいえ。逮捕の予感がした夫が、諏佐憲文さんに預けたはずです」

「でも、憲文さんは車の事故で……」

「ええ。港に沈んで……」

「同じですね、ご主人も港で発見されて……」

「小樽湊港は墓場ですわ」

2

　話はつづいた。

　鳥人線刻画の正体はあの金星神イシュタルである。

「フゴッペ洞窟は岩窟神殿でした。ですから、人々は主神イシュタルに豊漁など様々なことを祈り、願った」

　なお、洞窟の最奥突き当たりに、左に小石を三つ並べ、その右に平たい大きな石を置いた祭壇まであるというのだ。

「これも、〈艮秘文〉に記載されており、〈石置文字《いしおきもじ》〉。左三つの小石はサンズイ、右は目、会わせて泪……これで祈るという文字になりますの」

と、夫人は語った。

「〈石置文字〉を置いたのは、漢字を知っている北方民族ですね」

と、言うと、

「でしょうね。でも、彼ら鳥装司祭者の原型は、イシュタルにちがいありません」

つづけて、「なぜなら、フゴッペのフ（hu）はシュメル語の鳥ですし、ゴッペは託宣司祭者グデア（$guda_2$）の転訛《てんか》ですから」

さらに、夫人はつづけた。

「この線刻のイナンナ、つまりイシュタルは、単なる有翼女神ではありません。左右の下に下がった線の先端には指がついておりますから、左右の腕です。しかし、左右の斜め上へ延びている線には文枝があるでしょう」

「数えてごらんなさい」

「向かって左が三本、右が四本です」

と、おれは答えた。

「普通は左が四で右が三は多いのですが、三はシュメルの天神《アン》である牛神を表し、四は地神であるキを巳神で示しているのです。おわかりですね、この象徴は天と地の合体、すなわち聖婚を意味するんです」

「足すと七ですね」

おれは言った。「七は七曜の七であり、ラッキー・セブンの七であり、七福神の七であり、つまり聖なる数ですね」

「シュメル語ではイミンです。彼らは五に二を足して七にしているのです」

と、言って紙に書いてくれたのは、

imin（ia_2+min=5+2）

である。

「この牛神は、ギルガメシュに恋慕して振られたイシュタルが、天神アンを強迫までして天降らせた巨大な天牛ですね」

と、質すと、

「黄道一二宮の一つ、金牛宮、つまり牡牛座だと考えられています」

「もしかすると、聖数七の七夕の牽牛《けんぎゅう》と織女《しょくじょ》にも関係しますね」

と、言うと、

「そうですね。シュメルから、太古の中国へ伝播したのかもしれませんね。ヨーロッパでは、美女エウロパに恋慕したゼウスが牛に化けて近付いたというギリシア神話があるし、エーゲ文明の怪物牛、ミノタウロス神話にも繋がっていると思います」

月江夫人はつづける。「ところで、山門さん、主人の論文ですが、全部、読まれましたか」

「ええ。ほぼ訳し了《お》えましたが、完全にはまだ……」

「じゃ、それでかまいませんから、できた分だけでも、論文といっしょにお戻しください」

「わかりました」

おれはうなずきながら、つづける。「砂金のことですが、シュメル語ではこうです」

おれは手帳の空いたページに、

——kug-gi　sahar-ba
直訳すると〈金　塵　与える〉で〈砂金〉になる。

「ご主人の論文には、このようにシュメル語で書かれた砂金が、ある場所に隠されているとありましたが……」

「その話ですが、どなたかに話しました？」

「いいえ。それはシュリーマンに憧れた月夜見博士の夢にすぎないとね」

「それでいいのです」

「わかりました」

「あなたには、生前、主人が話していた仮説をお教えしましょう。都市国家の規模であったシュメルはやがてセム系のバビロニアに統合されるのですが、このバビロニアも残忍な軍事強国だったアッシリアに滅ぼされます」

「アッシリアはエジプトをも含む全オリエントの征服統合を果たした古代国家ですね。ご主人の英文論文でも触れられておりましたよ」

「これが前七世紀前半ですが、バビロニアは前八世紀後半にアッシリアに征服されます。アッシリアの残虐さは世界史に残るほどですが、前八世紀前半のティグラト・ピレセルⅢ世の時代から〈大量虜囚政策〉を実施、拡大するのです」

夫人はつづける。「反乱防止と工人確保が目的だったようですが、シュメルの一部の人々は、虐待に耐えかねて、メソポタミアから渡鴉《わたりがらす》に導かれて脱出したのです。推定される移動路は例のラピスラズリの道ですが、ペルシャ湾とアラビア海寄りのオマーン湾の海峡……」

「ホルムズ海峡ですか」

「ええ。そのあたりに、実はクロライト、つまり緑泥石を精巧に加工する街があるのですが、こことスーサを結ぶ隊商路があったんです。イラン高原は砂漠ですからね、ザーグロス山脈のペルシャ湾側に水場が連なっていたんでしょうね」

さらに月江夫人によると、この道こそがラピスラズリの道で、今のバンダレ・アッバースのあたりから北上してアフガニスタンへ入り、今のカブール付近から険しいカラコルム山脈を越えてタリム盆地に入って天山南路か北路、あるいは天山山脈の北側のステップ・ロードを、むろん、何代もかけてでしょうが西へ向かったというルートが一つ……」

つづけて、「でも、突厥《とっけつ》族に追われてさらに、今度は黄河の上流から西寧《シーニン》、蘭州《ランチョウ》を越えて黄河河口に近い、山東半島のあたり、当時は春秋・戦国時代の斉や魯の領土で暮らすことになります。ところが……」

月江夫人は語りつづけた。「なんと、秦が中国北部を統一、やはり軍事強国であるので彼らは、ふたたび、この地を離れますの。でも、他にも可能性が……」

「ええ。論文には、別項として他にも二つのルートの可能性も併記されています」

と、おれは言った。「アフガニスタンからカイバル峠を越えて印度へ向かうルートです。彼らは、北印度からガンジスを下って緬甸《ビルマ》に入り、印度シナ半島の北部の複雑な地形の山間部に潜みます」

「ええ。ここで長年暮らし、高度に順応する身体にしてから西蔵高原を横断したのではないか、と。実はあまり知られていないのですが、古くから西蔵商人による交易路があったらしいのです」

夫人はつづけて、「ともあれ、彼らは西蔵高原北部の青海湖《チンハイ》のあたりで暮らしていたと、主人は……」

「でも、ご主人の論文では、直接、長江源流から大河を下り、『魏志倭人伝』にある会稽《かいけい》のあたりで東シナ海へ出て、なおも北上して山東半島へ、やはり渡鴉に導かれて向かった可能性もあると……」

「ええ。他にも日本人の生活と幾つかの注目すべき共通点があるのは、カレン族ですね。彼らは、緬甸の北部や泰北部国境にまたがって暮らしているのですが、とても日本人に似ているのです。この地域に入り込んだのは、とても古い時代らしいのですが、彼らは自分たちのことを、プロウンとかパグニョと呼んでいますし、タイの知識人たちの間でもパグニョです。ところが、古老の言い伝えでは、我々はバビロンから来たというのです」

「ほんとうですか。じゃあ、彼らは、問題のアッシリアの殺戮から逃れたバビロン治下のシュメル人の子孫だと言うのですか」

「ええ。少なくとも、主人の考えではね」

夫人はさらにつづけた。「古代中国の地理書に『山海経《せんがいきょう》』というものがあるのですが、その中の「海外南経編」に出てくる三苗人というのがあるのです。伝説じみているのですが、今の苗《ミャオ》族でしょう、多分……。しかし、おもしろいことに、『山海経』では、彼らは人間の姿をしているが、常にだれかとくっついて歩くとあるのです。これって、ニップルなどで大量に出土する、夫婦の情愛と結婚生活の幸福感を表した〈祈願する夫婦像〉のことを言っているのじゃないかしら」

「そうですね。亡命してきた彼らシュメル人たちが持参したか、自分で作った夫婦像が中国の人々に誤解されたんでしょうね」

「実はまだあるのです」

夫人はつづけた。同じく中国の『神異経』には、彼らは脇の下に翼が生えているとあるのです。どう思います?」

「まさに、有翼女神像じゃありませんか」

おれは、驚きを隠せなかった。「イシュタル神のことを、言っているにちがいありません」

「そして倭国へ」

夫人はつづけた。「どのルートを通ったのかはわかりませんが、彼らシュメル族が何代もかけて、山東半島付近に移動して暮らしていましたが、暴虐の秦の出現に恐れ戦き、安住の地を求めて、ふたたび脱出するのです」

「ご主人の論文にもありました。彼ら、おそらく数十人は、二隻の大きな船で、長年、思い描いてきた真の理想郷ティルムン、すなわち倭国を目指すのですが……」

「ええ。強い黒潮の流れを越えるとき、二隻は分かれ分かれになりました。一隻は、腕の良い船頭が巧みに黒潮を乗り越えて東シナ海を南下、南九州の防津《ぼうづ》のあたりへ着いたのです」

「薩摩半島ですね」

おれは言った。「で、もう一隻はどうなりました?」

「黒潮の流れに巻き込まれて日本列島を北上、いわゆる本蝦夷島のフゴッペのある蘭島海岸へ漂着したのですわ、きっと……」

「いずれにしても、壮大な旅ですね」

おれは言った。

「それが、あたくしたちの祖先の一部なのです。人類は故郷のアフリカを旅立ち、ついには北米大陸へ、さらに南米の最南端までグレート・ジャーニーしたでしょ」

「ええ」

「メソポタミアで始まった農業技術が彩文土器を指標とする一連の文化が、北中国に伝播するのに一〇〇〇年もかかっていないのです。現代人が想像する以上に、人類の移動距離は長く、文化の伝播は速かったということです」

「そうですね」

おれは素直な気持ちで説得されていた。

3

鍛冶村鉄平からの連絡があったのは、九月の終わりである。諏佐事務所に世理恵議員が行くので祝津《しゅくづ》龍宮閣へ案内しろというのである。このところ、例のT型フォードの運転手を仰せつかることが多かったのを鍛冶村は知っていたからだろう。

おれは、同じ階にある諏佐事務所に行って確認すると、中女卯女子はこの件を承知していた。

「先生は、まもなく、アカシア市から車で来られます。それで、武史さんに運転を代わってもらいたのですって……。そう、先生からも電話がありましたの」

「へえ。ご指名ね」

「あなたにも関係がある件なの……。月江夫人もそろそろ着かれるころだわ」

時刻は午前一一時前である。おれは自分の事務所に戻って、出かける支度をした。

ほどなく卯女子が迎えにきた。例のT型フォードは諏佐ビルヂングの前に停まっていた。

月夜見月江夫人は、すでに諏佐議員と並んで後部席に座っていた。卯女子は助手席に乗る。おれは初老の専属運転手と交替したが、そのとき言いしれぬ違和感に襲われた。抑留中に亡くなって今もシベリアの凍土の下に眠っているはずなのだ。名前は知らないが、同じ伐採現場で働かされた仲間の一人のはずだ。男はおれを見ると、「やあ」と声をかけて親しげに笑った。

おれは、運転席の窓をあけて「やあ」と応じ、車をスタートさせた。

龍宮閣は祝津海岸にあるが、断崖絶壁の上にある。従って、銀行通りをしばらく手宮方面に走らせてから左折して、塩谷方面へ緩やかな登坂を進み、途中でハンドルを右に切った。

山道を登って、ほどなく龍宮閣の正面広場の駐車場に止めたとき、おれは既視感に襲われた。ここを覚えているのだ。小樽湊に来てから一度も来ていないのに……なぜだ?

言いしれぬ懐かしさがおれの胸に満ちる。

料亭の番頭と思われる男が我々を出迎えた。靴を脱いで上がり、案内されて上階の特別室へ階段を昇った。

見晴らしのいい部屋である。鍛冶村は先に来ていた。左田明雄、少名史彦、太晋六、そして考古学者の牛飼春樹博士に加えて、小樽湊署刑事の間土部海人も末席に座っていた。一同は正座し、頭を下げて月江夫人と諏佐議員に挨拶した。

「それではわたしから……」

鍛冶村が席を立った。「刑事の間土部君から報告を受けましたが、月夜見隼人博士の殺害犯人が判明、すでに刑が確定して、追放刑となったことをご報告します」

　つづけて、「間土部君、報告を……」

　間土部が起ち上がる。

「小樽湊署は長らく内偵をつづけておりましたが、昨年六月七日零時、月夜見博士を巧みに花苑公園へ呼び出して拳銃で殺害、ご遺体をリヤカーで港に運んで海中に投棄した真犯人は、斑風子でした」

「山門君、皆を代表して質問したまえ」

　鍛冶村が言ったので、

「はい。共犯はいたのですか?」

「いいえ。斑風子、単独の犯行でした」

「背後関係は……巷では、GHQが一枚噛んでいるのではないかという、もっぱらの噂でしたが」

「その点は、我々も慎重に調べましたが、事件そのものへの関与はありません」

「すると、動機は個人的な理由になりますが、たとえば、恋愛感情のもつれとか?」

「ええ。供述によれば、たしかに色仕掛けで近づいたようですが、動機はあくまで遺宝でした」

「シュメルの遺宝ですか」

　おれは訊ねた。

「はい。しかし、遺宝はすでに、戦時中に掘り出されていたのです」

　彼はつづけた。「しかし、斑風子は博士の言葉を信じず、逆上して、立ち去ろうとした博士を背後から撃ったのです」

「遺宝のことは、月江様はすでにご存じだったんですね」

　おれは訊ねた。

「世理恵さん。あなたが答えて」

　月江夫人が言った。

「山門さん。あなたが解いてくれたシュメル金庫のコンビネーション……あたくし、密かに金庫を開けたのです」

「先生。それは卯女子さんから聞きました」

「父の第三の遺書が入っていたのです。ほんとうは隠しておきたかったのですが、お話しします。シュメル研究会の幹部として、父と月夜見博士は、特高警察に捕まり、治安維持法その他の容疑で実刑を食らうところを、彼らハタレと取引したのです」

「どんな内容ですか？」

太晋六が訊ねた。

「掘り出されたのは、土器に入った大量の砂金ですわ。没収の名目は国庫へ返還するはずでしたが、実は彼らが着服したのです。もしこんなことが表沙汰になれば、あたくし、この世界での政治生命が終わります。なぜなら、父親がハタレと取引したのですから」

「例の選挙資金になった宝石は、先生の父上が砂金の一部を売って手に入れたものだし、山門、君がつけているタイピンの青い石も……」

と、鍛冶村も教えた。

「じゃあ、このラピスラズリは……」

「ええ。父たちが見つけたシュメルの遺宝の一部ですわ」

と、諏佐議員。

「あたくし、世理恵さんから相談されて、秘密のまま、公表しないようお勧めしたんです」

と、月江夫人。

「斑風子は、どうしてそのシュメルの遺宝のことを知ったのですか」

と、おれは間土部刑事に訊ねた。

「風子の父親は、斑菊道《きくみち》と言って、諏佐憲文社長、月夜見博士ともに、三名で遺宝の掘り出し作業に加わったそうです。分け前をもらえると思っていたが十分ではなかった。当然です、大部分は、当局に没収されたわけですから。それで、怒って当局の関係者を脅したのですが無謀だった。防波堤から重しをつけられて海に投下され、そのまま行方知れず。しかし娘の風子はそれを知らず、月夜見博士らに殺されたと思ったようです」

「いったい、どこに？」

おれは質した。「シュメルの遺宝はどこにあったのですか」

「蘭島ですの」

月江夫人が言った。

「蘭島ですか」

おれは鸚鵡《おうむ》返しである。

「フゴッペの浜に流れ着いたシュメルの末裔は、この地を彼らのご先祖の都市に因んでそう名付けたと、『艮文書』には書かれていたのです」

「えッ？」

おれには理解できない。

月江夫人はつづける。

「ラガシュはウルにつづいて栄えた、たしかチグリス河畔の都市国家ですわ」

前二五〇〇年から前二二〇〇年ごろに栄え、最後の王はグデア王である。

「説明しましょう」

と、少名が言った。「北海道地名は基本的にアイヌ語ですが、アイヌ語では、むろん、各説ありますが、ラノシュマです。意味は虻田《あぶた》系の人々が山越えしてこの地に下ったからだと言いますが、むろん、この解釈が定説ではありません。ですから、ラガシュが訛ってラノシュマになったのではという解釈も、奇想天外であるのは認めますが、成り立つと我々は考えているのです」

むろん、おれは、こじつけのような気がしたが黙っていた。

「フゴッペの意味がシュメル語の鳥装祭司者であることがわかっていると思いますが、この鳥は実は白鳥ではありません。『艮文書』では黒い鳥、渡鴉なのです」

「渡鴉ですか」

「ええ。ですから、ラガシュがそうなのです」

シュメル語では lagaš と書くが、別の言い方では sir_4-bur-la で、ラガシュになるが、sir_4-bur が鴉、la がラガシュのラなのである。

おれはなんとなく説得されてしまった。

「そうかもしれない」

と、フゴッペを発掘した考古学者の牛飼春樹博士が言った。「洞窟内には、〈祈る〉を表す石置文字があったことからも、祈りの場であった可能性が高いですな」

「博士」

少名が言った。「その〈祈る〉ですが、実は、イル・ガ・ガでして、シュメル起源の〈祈る〉なのです」

彼によると、紀元前三〇〇〇年紀のメソポタミアで、水と目の文字を合成して〈イル〉が作られ、これを石置文字で表現したものがフゴッペ洞窟の一番奥にあるものなのである。

「具体的には向かって左に、つまり漢字なら偏にあたるわけだが、ここに小さな石を三つ並べてある。つまり、これが漢字のサンズイ、すなわち水になるわけですな」

と、牛飼博士。

「はい。で、向かって右には……」

「大きめの平たい石が置いてある……」

「それが目です」

「つまり、サンズイと目で〈泪〉ですな」

「ええ。古代人は泪を流して祈ったから〈祈る〉です」

と、少名。

「この方式の石の配置は、実は全国的にあるし、また石にも刻まれておりますよ」

と、牛飼博士。

つづけて、「我々の身近なところでは、忍路ストーン・サークルの立石に小さな丸が三つと、大きな丸が一つあるものが選ばれているし、実際にノミで小さな孔を掘ったものもあります」

少名が説明をつづける。

「で、〈イル・ガ・ガ〉の〈ガ・ガ〉ですが、これは片仮名の〈コ〉に似た楔型文字で、〈コ〉を二つ並べて〈我に〉という意味になります。つまり、〈イル・ガ・ガ〉は〈我に恩寵を〉という意味と理解されます。しかも、わが国ではこれが〈イカガ〉となって『古事記』に、『日本書紀』では〈イカ〉が当てられています」

と、紙片の大書した文字を示した。

伊迦加……『古事記』

伊香………『日本書紀』

「じゃあ、『日本書紀』の伊香は温泉の伊香保《いかほ》のイカだ」

と、太晋六が声を挙げた。

「国語教師の君にお願いした件ですが、調べてくれましたか」

少名が言った。

「ええ。ありましたよ、たしかに……。『古事記』

に二名の人物が……」

と、言って彼はポケットから出した紙片を広げた。

伊迦加色許男命《いかがしこをのみこと》……『古事記』（崇神天皇の条）

伊迦加色許賣命《いかがしこめのみこと》……『古事記』（孝元天皇と開化天皇の条）

「この二名は共に神職ですから、納得がいきます」

こうして座は大いに盛り上がるのをみて、幹事役の鍛冶村が料理を出すよう頼む。

女たちが料理を運んできた。海神である龍に因んだ龍宮閣らしい海の幸が揃っていた。各種の魚介の刺身が大皿に載って運ばれ、石狩川で捕れた鮭の石狩鍋や、その他諸々。

宴会の費用は鍛冶村が出しているらしいが、どうやら、この六月の参院選挙で働いた面々への慰労会のようだ。

4

突然、鍛冶村が席を立った。

「それではみなさん、ここで改めて、諏佐世理恵先生の今後の活躍と諸君の健康を祈って、ビールで乾杯しましょう」

テーブルの上には見かけないラベルのビール瓶が並んでいた。

「このビールは、世理恵先生後援会会員の一人に、特別に注文して作らせたシュメル・ビールです。我々も古代シュメル人に倣って乾杯したいと思いますが、少名君にシュメル語でお願いしたい」

少名が、ふたたび、起立し、

「ご指命に預かりましたので、それでは、わたしが手本を示すので、ご唱和をよろしく」

――カシュ・デ・ア
一同、唱和する。

つづいて少名が解説した。

彼によると、日本語の乾杯は杯を乾すことと思われがちだが、カシュ・デ・アの音訳、灌奠《かんてん》、つまりお神酒を注ぐことである。灌奠の漑の灌は水を注ぎ入れること。奠は祀ることであるから、乾杯の原義はシュメル起源の言葉で神事なのである。

こうして宴会の話題は、一気にシュメル学で盛り上がったのだ。

改めて口を開いたのは、月江夫人である。

「あたくしもね、一連の今度の事件のおかげで、改めて主人が遺した書斎に籠もってシュメル学を勉強しなおしましたのよ。新たにわかったのは、月神ナンアを祀ったウル第一王朝では、大規模な殉葬が行われたことです。でも、なぜか、王の関係者のみに限られ、庶民にはまったく見られませんの」

祭司王と女神官、戦車の馭者、楽士、兵士、神殿の召使いたちである。庶民たちにとって死とは土に還るだけだったらしいが、支配階級は別の観念を有していたのだろうか。

ところが、この風習が、アーリア人やセム族のメソポタミア侵入とともに、変わり始める。戦争を仕掛けて獲得した捕虜を身代わりにするようになるのだ。

「この時代の人間は、まだまだ大自然の脅威に対して無力だったせいでしょう。他者を供儀することで恐怖から逃れようとしたのでしょう」

「その究極がアッシリアだったわけですね」

左田明雄が言った。

「メソポタミアからの脱出の動機としては十分ですね」

間土部海人が言った。

「今度の戦争中に、軍部の最高指導者が『戦陣訓』の中で〝生きて虜囚の辱めを受けず〟と書いたため、どれだけ大勢が無駄な死に方をしたか、と考えますとね」

諏訪議員が言った。「〝一億玉砕〟のスローガンも、沖縄戦の悲劇もですが、なぜあのような不合理な考えが横行したのかと考えますとね、こうした古代社会で横行した人身供儀《じんしんくぎ》の思想が、何千年も経った二〇世紀の人間の無意気の記憶として残っているからじゃないでしょうか」

おれは、口は噤んでいたが、心の中で納得していた。

たとえば、おれの養父母が死んだ帝都大空襲も、大量殺戮兵器でしかない原爆を投下して都市を壊滅させるという発想が、どうして出てくるのか。

（あれも人身供儀だったのではないだろうか……）

諏訪議員はつづける。

「一方、ナイル河畔という直線的な国土のエジプトは、両側は砂漠という障壁に守られ、むろん外敵の侵入はありましたが、比較的平和だったようです。結果、死んでもまたこの国に帰って来ようという思いが、あのミイラ製造に熱中させたのでしょうね」

「でも、メソポタミアの地理的環境は、北の異民族の侵入を容易にしたわけですね」

申女卯女子が言った。

「ええ。女王も貴婦人も、翌る日は寡婦となり、野蛮人の家庭で奴隷にされるかもしれないというリアルな現実に曝されていたんです」

やがて、皆それぞれが余興の芸を披露、慰労会は和気藹々《わきあいあい》のうちにお開きとなったが、最後に乾杯の音頭はおれに回ってきた。

型どおりの挨拶のあと、おれは、おれの率直な思いをつけ加えた。

一つは、この国の始まりは、旧世界の一番東の端にある日本列島へ、外敵の侵入で祖先伝来の故地を奪われ、奴隷にもされかねない過酷な運命、あるいは征服された民たちが、勝者の神に捧げられる人身供儀にされる恐怖から、彼らの安寧の地を求めて、大いなる東方へ旅をつづけた末に、やっと辿り着いた〈最後のティルムン〉であったこと……。

二つには、そう考えるならば、日本列島は最後の避難所《アジール》であり、ユーラシア大陸の外れに浮かんだ〈隠れ家〉であったこと。しかし、一九世紀、帝国主義が台頭し、列強各国は鉄と火薬で、次々と平和な民の地へ侵入し、植民地化した。わが国も例外ではなく、かくして江戸二百数十年の泰平が黒船の到来で破られた。こうして明治政府が始まるが、国民全部の心に宿った恐怖心が、今度の戦争を引き起こした無意識の引き金であったこと……。

「なぜなら、日本列島はどん詰まりにあるのですから、この先へ逃れることはできない。であれば、奴隷にされるくらいなら異なる次元へ逃れよう……。それが太平洋の戦闘で行われた玉砕の心理であり、ひいてはここから〈本土決戦〉や〈一億玉砕〉のスローガンが生まれたのではないでしょうか」

おれが言いたかったのは、日本人は、過去三万年の昔からこの小さな列島に住み始め、その後も、いろんなルートでやってきて、部族間のいざこざはあったかもしれないが、やがて融合して、日本民族が形成された。多くの内戦はあったし、隣国との戦争はあったものの、文明開化し明治時代までは、欧米人のような大規模な征服戦争は行なったことはないということ。

「ですから、一九四七年五月三日に施行された日本国憲法の基本である平和主義は、我々の血の中に流れている、いや、遺伝子の中に刻み込まれている魂の記憶なのだと思います」

で、締めくくったものの、思っていることの半分も言えなかった……

気がつくと秋の陽が暮れている。

おれは、中女卯女子を途中で降ろし、諏訪議員と月江夫人を家まで送り、車を諏訪ビルヂングの車庫に入れる。

ビルの前で、事務所の戸締まりをすませた卯女子と会う。

「みんなは岩戸家で二次会よ」

と、誘われておれも向かう。

岩戸家で席に着き、彼らの仲間に入る。

席が隣りあった刑事の間士部海人に、気になっていた斑風子のことを訊くと、

「彼女の一族はハタレと思われます」

「やはり……」

「この世界での裁判は、〈霊魂再来補完機構《ザ・コンプリメンタリー・オーガナイゼーション・オブ・リインカーネーション》〉の支部で行われますが、魂へ下された判決内容は公表されないのが原則ですが、すでにどこかへ送られたはずです」

つづけて、「とっくにご存じのはずだが、ここは〈中間の世界〉ですからね……魂はみんなここに留まり、選別されて次の次元へ送られるわけですが、こうして転生を繰り返すうちに第一二次元へと昇華される魂もありますが、下の次元へ降格する魂もあります」

カウンターの向こうから鍛冶村秦子も教えた。

「プラトンの『国家』をお読みなさい。ちゃんと書かれているわ。「エルの物語」に……」

卯女子も言った。

「シベリアの地で亡くなられたかたもね……。武史さんもすでに幾人かにお会いになっておられるでしょう」

――そして、おれの遊離魂が、無言でうなずくおれ自身を見下ろしている……

第一一章　遺伝子《ゲノム》の夢、無可有《ティルムン》の夢

1

どぶろくに酔った。

それから、卯女子に援けられて、彼女の屋根裏部屋で寝かしつけられる。

夢を見ていた。

この夏の匂いは彼女の匂いだ。

彼女は太母神だろうか。おれの意識は女神《アニマ》の蜜に囚われた虫だ……

意識が記憶の地層へと降下する。

浮遊霊のように自我から流離したおれは、まだよちよち歩きのおれを見ている。

広い砂浜だ。

夏空の下で、打ち寄せる波が時を逆さに刻む。

ここは蘭島だ——と、気付く。
養父母と共に、おれは人気《ひとけ》のないこの美しい浜辺で海水浴を楽しんでいたのだ。
記憶の底へのダイビング
あるいは集合的無意識の底へ
あたかも、メエルシュトレエムへ呑み込まれるように……
ゲノムの夢へ……
突然……
ちゃかぽこ
おれは転移する……
おれは着底した……

ちゃかぽこ

そこに存在しないおれが見ている。

かすかに、おれ自身の潜在意識が、いや、おれの中に編み込まれた遺伝子が見せている夢という自覚があるが、定かではないのだった……

黒髪と黒い膚の人々がその浜辺で暮らしている。

季節は早春らしい。

流れているのは　神話の時間だ。

広場の背後に、こんもりとした岩山と波に抉られた洞穴……

男もいる、女もいる、子供、赤ん坊も、長老らしい老人もいる……

少年を交えた逞しい数人の男たちが、川が流れる谷の奥から現れる。

彼らは仕留めた鹿を丸太に縛り付けて担いでいた。

女たちが歓声をあげて駆け寄り、集落の英雄たちを迎え入れる。

彼らは広場に下ろした獲物の解体を始める。

焚き火が焚かれた。今夕は、久しぶりの新鮮な肉を得ての宴会をするらしい……

長老が鹿の内臓らしきものを捧げ持って、洞窟の奥へ消えた。

ここは彼らの神殿のようだ。

おれの遊離魂は彼らの後を追う。

洞窟の天上は高い。線刻画が幾つも刻み込まれている。

長老は一番奥の地面に作られた竈《かまど》に小枝を置いて点火した。

真っ暗な洞内が、揺らめく炎に照らし出され、神秘的な聖堂に変わった。

幾つもの線刻像は明らかに有翼女神像である。

後に現れる天使の原像……

長老が祈る音楽的な響きが洞窟の壁に木魂す。

ちゃかぽこ

陽が暮れて、真っ暗な浜辺に打ち寄せる規則的な波の音……

月が昇り、天界が廻転し、明け方の金星が瞬く。

太陽は昇って朝が来て……人々が起き出す。

裏山を越えて訪れた来訪者の老人が、身振りで訊ねる。


彼は、利口そうな犬を連れていた。

「黒い膚のあなたがたは、どこから来なすった?」

長老が、目の前に広がる海原の沖を指しながら、身振りで伝える。

「そうかい。我々の祖先は、渡鴉《わたりがらす》に導かれてずっと南の土地から、この犬の祖先とともにこの島にきたが、あんたがたは海の川に流されてきたのか。よくあることじゃよ。珍しいことではない」

黒い膚の長老が応じた。

「我々は長くここに留まるつもりはない」

つづけて、「我々も渡鴉に導かれて、遙か西の世界から、何世代もかけてやってきたが、乗ってきた船が難破したので新らしく作りたい」

「作るのなら丸木舟が一番だ。丈夫な丸木舟でなければ航海は無理だ。丸木舟に適した大きな木が欲しいのなら、あの岬の裏側へ行けばたくさん生えているぞ」

「我々はあなたを歓迎する。ぜひ、ここに留まって欲しい」

「よかろう。あなたのご好意を受け入れよう」

こうして、老いた旅人は、黒い膚の人々の宿営地に留まることになった。

ちゃかぽこ

老人は智恵者であった。

様々なことを彼らに教えた。たとえば、彼の仲間の中には渡鴉に導かれて、この島から島づたいにもっと北の土地へ向かった者たちもいると教えた。

さらに、彼は、洞窟のある小山の裏手にある大昔の文字とも図形ともつかぬ線刻の場所を教えてくれた。

「だれが刻んだかはわしは知らんが、きっと、大昔に、この浜辺に流れ着いた漂流民が刻んだものだろう」

老人は、また、食べられる野草や薬草も教えてくれた。

さらにまた、砂金の採れる川の場所も教えてくれた。

黒い膚の人々はとても喜んだ。彼らは砂金の価値を知っていたが、白い膚の老人はまったく興味を示さなかった。

彼は鹿皮の袋に入れた黒い石を見せて言った。

「これが採れる場所は秘密だ。とても価値あるものだ。黄色い砂はナイフにならないが、この石は獲物を獲る鏃《やじり》にもなるし、獲った獲物を捌く鋭いナイフにもなるのだ」

ひと夏の間、黒い膚の女たちは夢中で砂金採りに精を出した。やがて、集めた砂金を白い膚の老人に見せると、

「こんなものはたいして価値がない。わしは川底が砂金で埋まった場所を知っているから教えてあげよう」

と、言った。

女たちは彼の言葉を信じて、せっかく集めた砂金を、近くの熊笹に覆われた太古の遺跡の中心に埋めた。円の周囲に大きめの石を並べた遺跡は、彼らがこれまで暮らしていた大陸にもあるものなのだ。

一方、白い膚の老人は、屈強な男たちを連れて、目の前にある大きな岬の裏側へ向かった。この大き

な岬の向こうで、頑丈な丸木舟を造るのが目的であった。

彼らの人数から三隻は必要だ。老人から習って製作した石斧で大木を切り倒し、芯を刳りぬいて丸木舟を作る作業に励んだのだ。

すでに秋が深まっていた。

「急いでこの場を離れないと、人の丈の何倍もある深い雪に覆われてしまうぞ」

彼らは昼も夜も作業に励んだ。こうして丸木舟が完成すると、一同は洞窟のある宿営地を出発した。

そして、大きな岬の向こう側から丸木舟に分乗し、沿岸に沿って南を目指した。

昼は漕ぎ、夜は岸に寄せて野営し、厳しい冬が来る前に、この大きな島の外れに達した。

あえて目の前の潮の流れの速そうな海峡を渡らずに、ひと冬を比較的温暖なこの地で過ごすことにしたのだ。

彼らの目の前に横たわる海峡を挟んで、陸地が見えた。

「ここで越冬し、また春が来たら対岸へ渡ることにしよう」

と、白い膚の老人は言った。

彼の話によると、今はすでになくなったが、大昔、対岸には大きな集落があって、長い間、栄えていたらしい。ここの人々が植えた栗林があり、秋にはたいそうな収穫があったそうだ。

「まあ、言い伝えだがね、大きな集会場や物見櫓もあったらしい。ずいぶん遠くから人々が交易にやってきたらしい。わしもな、わしらの遠い先祖がここで手に入れた緑の石の首飾りを持っているぞ」

黒い膚の人々はそれを見て驚いた。女たちが先祖伝来の青い石の首飾りとはちがう、神秘的な色合いを持っていた。

「お前たちの好きな砂金は、裏の川の川底にある」

そう言うと、

「春になったらまた戻って来る」

と、言い残して姿を消した。

老人の口ぶりでは、ここから北東へ何日か歩けば、途方もなく広い海原に近い場所に、大きな集落があって、知り合いもいるし、そこで黒い石を加工して、交易をするつもりだという。

ちゃかぽこ

それから冬が来たが、凍え死にするような厳しさではなかった。

雪も降ったが、それほどでもなかった。

彼らは狩りをし、浜辺に打ち上げた海藻を集めて食糧にした。

そして……

待望の春の訪れ。蕗の薹はじめいろいろな野草が芽吹く。

大量の鰊が、産卵のため岸に押し寄せた。

彼らは総出で浜辺に駆け出し、手づかみで鰊を集める。

一気に、切迫していた食糧問題が解決したのだ。

そして、陽射しが長くなったころ、あの老人が戻ってきた。

老人は空を見上げ天候を見定めると、

「さあ、出発だッ」

三隻の丸木舟の漕ぎ手は、海流に逆らって懸命に漕ぐ。

対岸が近づいてくる……

岸は間近だ。

「着いたぞッ」

全員が歓声をあげる。

——そして

さらなる、彼らの長い長い旅がつづけられる……

彼らは知恵者の老人を道案内として 彼らは、長いあいだ思い描いてきた最後の楽園、筑紫の国の南の外れ、新たなるティルムンを目指す……

山東半島沖で別れ別れになった、彼らの仲間たちと、果たして再会できるであろうか。

それを、それを知るは、この物語に宿る〈物語の神〉のみである。

2

——さて、物語の語り手であるおれが、今いる場所が何処かを、語る必要がある。

ここが、いわゆる〈中間の世界〉である。

ここは、永遠に消滅することのない魂が霊の階梯を昇る段階で留まる〈中間点〉であり、使者たちはここで〈霊魂再来補完機構《ザ・コンプリメンタリー・オーガナイゼーション・オブ・リインカーネーション》〉の審査を受けるのだ。

また、人々が、この説明を信じる信じないは別として、人の霊魂は肉体の死とともに肉体を離れて地球の引力圏ぎりぎりまで上昇して、そこに広がるクラウド状の霊魂の雲に合体するらしいのである。

霊魂は、心霊子《プシコン》と仮称されている素粒子の一種である。

おそらく、大宇宙というものが存在するその理由に、深く関わっているはずである。

また、そう考えなければ、ユングのいうあの〈集合的無意識《コレクティブ・インコンシャスネス》〉の理論も成り立たないのだ……

『有翼女神伝説の謎』完

あとがきに代えて

日本空白史の試み——神代史再構築

1　伝奇推理——わたしの履歴書

わたしがこの領域に足を踏み入れたのは、光文社から分離、独立して間もなかった詳伝社の伊賀弘三良《いがこうざぶろう》編集長の誘いを承けたからです。すでに、平井和正氏や半村良氏、豊田有恒氏など、新興のSF陣営から新書ノン・ノベルに登場して好成績をおさめていたからでしょう。

しかし、この新ジャンルがどんなものかよくわからぬまま、わたしなりの独自路線を見つけるべきだと考えたのが、超古代史を扱いながら現代を舞台にミステリーを書くという試みでした。

実は、このアイデアを思いついたきっかけは、家業を継ぐ関係で入学した二つ目の大学、北海学園大学土木科（短大）でお世話になった恩師が、伊福部宗夫《いふくべむねお》というかたで、凍上工学の教授でした。このかたは、あの『ゴジラ』で有名な作曲家の伊福部昭氏の兄上でもあるのですが、大変、親しくなってご自宅に出入りするうちに、山陰の島根か鳥取の旧家の出であったことを知ったのです。

なお、この伊福部姓は〈息吹く〉であることから、溶かした鉄の表面に浮かぶアクを息を吹いて取り除く職業、つまり古代製鉄の家柄であったと推察されます。

ある日、先生から、わが家には「こんなものがあるよ」と、見せられた古びて部厚い和綴じの文献を開くと、今までまったく知らなかった鵜葺草葺不合命《うがやふきあえずのみこと》などの神武天皇以前にも歴代天皇がいたことが書かれていました。

多分、この出会いがなければ、わたしの超古代史シリーズは生まれなかったと思いますが、一年掛けてようやく完成したのが、『空白の十字架』（1975/05）でした。

以下、空白シリーズと銘打ち『空白のアトランチス』（1976/01）、『空白のムー大陸』（1976/09）、『空白のピラミッド』（1978/03）、『空白の黙示録』（1982/02）、『空白の失楽園』（1984/05）、『空白のメソポタミア』（1985/03）、『空白の大涅槃』（1985/07）の全八冊を上梓します。

たしかこの頃でした、豊田有恒氏に紹介してもらい、新宿駅の近くで川崎真治氏にお会いすることができたのは……。以来、親しくしてもらい、上京する度にお宅に何度もうかがわせてもらいました。同氏の著作に、しばしば、わたしの名前が出てくるのは、北海道にお招きして手宮古代文字や、フゴッペ洞窟、岩内の線刻文字の解読に協力したからです。中国の西寧、蘭州、殷墟の取材旅行もセットしました。この川崎先生との出会いがなければ、こんなにたくさんの超古代伝奇物は書けなかったと思います。

一方、この新ジャンルの成功に目をつけた徳間書店からも誘いがきて、それまでより作家の仕事も増えてきました。

年齢的にも、十分、体力があり、徳間は取材旅行にも協力的であったので、「キンメリア七つの秘宝シリーズ」を開始。そのうちわけは、『黄金繭の睡り』（1976/09）、『黄金の不死鳥』（1977/08）、『黄金の珊瑚礁』（1978/08）、『黄金の回帰線』（1979/07）、『黄金の水平線』（1981/07）の全五巻です。

これと平行して、「秘宝シリーズ」『ソロモンの秘宝』（1980/07）、『始皇帝の秘宝』（1982/12）、『シルクロードの秘宝』（1985/08）を上梓。

講談社からは「埋宝伝説シリーズ」、『義経埋宝伝説』（1985/10）、『日光霊ライン殺人事件』（1986/09）、『黄河遺宝殺人事件』（1988/03）、および「殺紀行シリーズ」、『マの耶馬台国殺紀行』（1989/07／文庫題は『耶馬台国殺人事件』）、『能登モーゼ伝説殺紀行』（1990/06）。

有楽出版からは「明王シリーズ」、『殺意の明王』（1981/11）、『明王戦記／悪魔の議定書』（1986/03）、『明王魔界戦記／妖獣王子』（1987/09）、『照魔妖戦1／心霊師団出撃ス』（1989/10）『照魔妖戦2／心霊潜水艦出撃セヨ』（1990/04）など。

角川書店では「ムー大陸シリーズ」、『ムー大陸の至宝』（1984/02）、『ムー大陸情死行』（1986/03）、『ムー大陸摩天楼』（1987/05）。

他、徳間書店の「陰謀シリーズ」、『古代かごめ族の陰謀』（1985/10）、トクマ文庫『幻文明の旅』（1986/09）、奇想天外社の『神州白魔伝／九来印之壺の巻』（1979/02）……と、ずいぶん書きました。

しかし、八〇年代に入ると、わが国では、突然、北の脅威が意識されるようになり、中央公論社からシミュレーション小説の新企画が持ち込まれて、要塞シリーズを開始。

この新たに開発したジャンルも軌道に乗り始めると参入者も増え、わたしは徳間書店で〈紺碧の艦隊〉、中央公論社では姉妹編の〈旭日の艦隊〉、これを合わせたいわゆる〈艦隊シリーズ〉の執筆に二〇世紀最後の一〇年間を費やすわけです。

2　『原古事記《ウル》』があるかもしれない

——さて、現在なお、夢枕獏氏の一人舞台の観ありですが、伝奇推理・伝奇ロマンというジャンルの復活は、あり得るでしょうか。

地元の書店の棚を覗いても、伝奇物は一冊もありません。それどころか、新書サイズの新刊自体が駄目になっているようですが、才能豊かな潜在的書き手は大勢いるはずだと思います。

従って、正直に言いますが、このジャンル復活の魁《さきがけ》でも、捨て石でもいいという気持ちで本作を書き始めました。

きっかけは元号の変更です。新元号の令和が『万葉集』から採られているというので、（人々の関心も古代に向かっているらしい）と気付き、改めて『記紀《きき》』を読み直してみると、明らかに神代史の部分に関しては恣意的な編纂の跡が見られる。

もしかすると、今ある『古事記』のもっとも古いものは室町時代の真福寺本ですから、写本が繰り返されるうちに改竄《かいざん》があったのではないか。

編纂者の太安萬侶《おほのやすまろ》ですら、稗田阿禮《ひえだのあれ》の記憶をそのままではなく、取捨選択したと言明しているわけですから、歴史上から消えてしまった『原古事記《ウル》』があるかもしれない。

これはよくあることで、世界一のベストセラー『聖書』ですらも、消えたかもしれない真実を探す研究が今も行われているのです。（註、『失われた福音書――Q資料と新しいイエス像』バートン・L・マック・著／秦剛平・訳／青土社）

3　わが国の神代は空白の領域である

実は正規の学会でも常識のように、いわゆる万世一系は、神武天皇以来とは言えないのです。令和元年五月二日の日本経済新聞に掲載された元号一覧をみても、第二六代継体天皇（西暦五〇七年～五三一年）の項には「現在に続く天皇の実質的な祖先とされる」とあります。

古い切り抜きを探すと、二〇一三年二月一一日（旧紀元節）付け朝日新聞にも、「王朝交代あった？　継体天皇」という記事がありました。

このかたは、越国《こしのくに》の有力豪族であったようですが、一一代も前の天皇の子孫という極めて遠い血筋であったにもかかわらず、統治能力や軍事力などをかわれて天皇になった。

また、同記事にあった水野祐氏の〈三王朝交代説〉に従うならば、初代神武天皇から推古天皇に到る三三代のうち、一八人が架空である可能性があるとし、一〇代崇神天皇、一六代仁徳天皇、二六代継体天皇をそれぞれ初代とする三王朝が存在したらしい……。

つまり、神武天皇～継体天皇の間ですら不明の要素が存在するのだから、神武以前については、事実上、空白の時代と言っても差しつかえないのです。

一方、今日では、考古学も、土器の分類からゲノム解析の時代に移っています。そうした知見に従えば、我々日本人の先祖の出自は様々であり、人々はいろいろな方向から日本列島に移入してきた。つまり、我々自身の正体は、実に多くの遺伝子が入り交じり、日本国民になっているのです。

しかし、わが国の神代は、考古学的遺物はあっても文献はありません。タイムマシンが発明されなければ、この空白の時代の実態はだれにもわからないのです。

『記紀』だけが唯一の手掛かりなので、だれもが多くの矛盾に気付きつつも、百人百説の議論をしているわけです。いったい、どれが正しいのか。読めば読むほど頭が混乱してしまいます。であれば、作者なりに諸説を取捨選択して、自分なりの新たな神話時代のイメージを作りなおしてみようか。当然、これが正史のはずはなく、作者の想像の産物、フィクションであると、この場を借りてお断りしておきます。

なお、わたしは、古史古伝と言われる神代文書をも、すべてが偽書だと拒絶するのではなく、自分の判断で理にかなっていると考えたものは本書に取り入れました。

大事なので繰り返します。本作は正史ではありません。わたし自身の〈物語る脳〉が紡いだ物語なのです。むろん、新しい私小説です。いわゆる文学史的概念でのリアリズムではない、脳内宇宙で起きる〈インナー・

スペース私小説〉です。

ですから、フィクションであるのは間違いありませんが、長らく眠っていた記憶が目覚め、たとえば過去に接触があった多くの人々や施設、地名や経験、出来事が変形されながらも物語の定位置にはめ込まれて、事実の糸と想像の糸が創作脳という織機で織り上げられて、模様を浮かび上がらせるのです。

わたしは、いつもそういう書きかたをしているのです。

4　マニエリスム的神代史と定義します

より理論的に言えば、ポストモダンの大御所、ジャック・デリダ的な考え方を取り入れた新しい物語世界の再構築。たとえば、〈ずらし〉、〈置換〉など。あるいは近代小説の元祖、フローベル以降のリアリズムからの〈逸脱〉。空想とかファンタジーとか、古くさい批評用語を止めて、わたしはあえてマニエリスム的と自分の仕事を再定義します。

巻末の用語解説のリストを作りながら、そう気付きました。物語の舞台になる〈小樽湊〉からして、わたしが少年時代を過ごした小樽ですし、〈花苑公園〉は花園公園ですし、マルヰ百貨店は〈丸井デパート〉なのです。こうした意識的な〈ずらし〉こそがマニエリスム思想の真骨頂なのです。

多くの登場人物は日本神話の神々に因んでおりますが、過去、何十年も前に、直接、出会った人物の名前を少し変えた〈市村房子〉や〈古塚岩雄〉が登場する一方、〈電気館通り〉や〈電気館〉、〈手宮古代文字〉、〈フゴッペ〉、〈忍路ストーン・サークル〉は実在のままです。

つまり、この作品は、作者自身の脳が語る物語、言葉を代えれば脳内宇宙《インナー・スペース》と言えるでしょう。少なくとも、自分の脳が紡いでいるわけですから、脳内リアリズムなわけです。

一方、必然的に、ミステリーの部分もプロット上必要な量にとどめました。物語の主題はあくまで想像的超古代史に関する記述ですから。

あえて言いますが、伝奇の面白さは、いかにもっともらしい嘘物語であるかであり、こうした伝奇独特の虚構を受容できないリアリスト向きではないのです。しかし、あり得ない話を、さもあり得るように書けるかどうか。ここが伝奇推理作家の腕の見せどころなのです。

時代設定も、あえて終戦後四~五年が経った昭和二四~二五年に設定しました。この時代は今とはちがって米軍の占領下にありました。時代そのものも政治的でありましたが、極めて不安定でした。こうした何でもありそうな、いわばコード変換したばかりの時代のほうが作家の目からは魅力的なのです。ニヒリズムという病に取り憑かれた変換期の社会は、実はなんでもありの社会なのです。

なお、本作は第一部、第二部の二階建て構造になっておりますが、第一部の部分はすでにわたしのウェブ(http://www.aramakisf.jpn.org)で発表した『ピタゴラス金庫の秘密』を全面的に改稿して再利用《リサイクル》したことをお断りします。

巻末の〈用語解説〉は、ぜひお読みください。本作の背景をなす多くの書籍の紹介もあります。

考えてもみてください。たとえば、キリストが生まれたころ、わが地球上で棲んでいた人類はどれくらいか。ネットで調べた〈世界人口の推移と推計〉によれば、二億~四億人です。世界の辺境にすぎなかった日本列島にはどれくらいいたか。やはり、ネットでの推計では四〇〇万人程度だったと考えられます。ですから、部族間の戦争と言っても敵味方せいぜい百人単位か、千人単位の争いにすぎなかったはずです。第二次世界大戦のように四年も五年も戦う大戦ではなく、一日か二日で決着がついた争いだったのではないでしょうか。

そういったイメージで『記紀』の神代を読むと、今でいう村史か町史程度のスケールだったと気付くはずです。

それにしても、『記紀』を読んで不思議に思うのは、日本列島の西半分が主体の歴史書だということです。東日本がなぜか記述が乏しい。これは何故《なにゆえ》でしょうか。

だいたい、糸魚川～静岡構造線、いわゆるフォッサ・マグナを境界にして、古代の日本列島は勢力圏が二分されていたらしい。種族もちがっており、言葉だって直接は通じなかったかもしれない。考古学的には北の森林を伐採するための石斧。南は丸木舟を刳りぬくのに適した道具、丸鑿《まるのみ》状の石器でした。文化も、北の狩猟、南の稲作というふうに分かれていた。

また最近の研究では、大和よりも関東のほうは圧倒的に人口が多かったらしい。などなど、近年の新研究から考えると、より具体的な神話時代のイメージが見えてくるのです。

――ともあれ、まさか蝦夷ガ島（本蝦夷）の地に、〈シュメルの遺宝〉があるなどという、ほんとうはあり得ない物語をお楽しみいただけるなら、作者は嬉しいです。


【附記】

この物語では、既成のパラダイムを〈ずらし〉や〈変換〉の技法でパラダイム・シフトするマニエリスム思考で書かれているため、たとえば時系列が、今現在の知見が物語内時間の一九四九年～一九五〇年に繰り上がっている場面が多々あります。

たとえば、マニエリスム美術の場合では、人体の比率が意図的に引き延ばされたり、当然、美の規範はじめに人間社会の規範がずらされたりします。

それと同じ組み立てを行なっているからこそ、マニエリスム思考なのです。

あえて常識や既存の知識、〈思考の枠組みを解体《パラダイムシフト》〉する試み、言い換えるならば自己の無意識、つまり印度哲学では蔵識《ぞうしき》と言いますが、意識の深層に眠る集合的無意識（collective inconsciousness／ユング）を解放することによって、『記紀』を〈脱構築《ディコンストラクション》〉する実験であることをもご理解ください。

作者はこうした歴史常識への挑戦を試みた結果、大量の蔵書を読み込んで、新たなニューロン・ネットワークが創造されて、自脳が活性化したのを自覚します。

ある意味、それは、今年満八六歳に達した作者の脳を長持させる手段でもあるのです。

思考の定住者から、思考の遊牧民への転換を、読者各位にもお薦めします。

作者　識

令和元年一二月

用語解説

［中扉題名］

シュメル　彼らがメソポタミア南部に現れたのは前四〇〇〇年紀の後半、前三〇〇〇年ごろには最古の文明を築いた。だが、前二〇〇四年ごろには相次ぐ異民族の侵入によって歴史の表舞台から消えてしまう。

作者がもっとも関心を持つのは、シュメル人がどこから来たかである。さらに重要なのは彼らはどこへ消えたかである。作者なりにいろいろ調べたが、なぜか資料がない。今日ではＤＮＡ分析の技術が画期的に進み、遺跡から発掘された骨からでも多くのことがわかるはずなのに……である。

一九七九年二月、湾岸戦争がはじまる前に作者はメソポタミアへ行き、ウルのジックラト（エ・テメン・ニグル）や発掘中のバビロン、あるいはマルウィヤ・ミナレットで知られたサーマッラー、そしてチグリス川が市中を流れるバクダードのフセイン通りにあったホテルに泊まり、有名な博物館を見学したが、この謎は解けなかった。

現地へ行くとわかるが、とにかく真っ平である。ノアの大洪水のモデルになった洪水が頻繁に起きたのも理解できる。ガイドに言わせると〈石油の海に浮かんだ国〉だそうだ。

註、ペルシア湾頭よりバクダードまで五〇〇キロメートルあるが、高低差はわずか三〇〜三五メートル、一キロメートルで六〜七センチしかない。『西アジア文明学への招待』（筑波大学西アジア文明研究センター編／悠書館／一六一ページ）

ものの本によっては、彼らは星の世界から来たとか、海から来たとも書かれているが、おそらく北のアナトリア高原（註、いわゆる肥沃な三日月地帯）から、南下してきたはずである。なぜかというと、前九〇〇〇年ごろすでにこの地域で野生の麦を栽培することが始まっていた。これが歴史の教科書にもある人類の農耕の始まりである。

シュメル人たちはこの技術を身につけ、麦の種を持ってメソポタミア平原を南下したはず。

着いたのはユーフラテス川の河口付近、当時はペルシア湾は今より深く内陸に入り込み、今のようにチグリス川とは合流せず湾に注いでいた。

決して良い土地ではなかった。背の高い葦が生い茂った湿地、いわば氾濫原である。何種類もの蛇がたくさん棲息していたらしい。こうした情況は三輪山の大蛇伝説からも想像できるように、わが国と共通点があると思う。

つまり、良い土地はすべて先住民に占拠されていたので、こんな悪地しか残っていなかったのであろう。

しかし、やはり、ここにも先住民がいたようである。考古学的にはウバイド期と呼ばれるが、彼らが何者かもわかっていない。想像だが、日本列島にいわゆる天孫族が、先進技術を持ってやってきたのと同じ立場だったと思う。

彼らは平和的に先住者と暮らしながら、灌漑という画期的農法で麦を栽培した。収穫量は驚くべきもので、一粒の麦が通常の一〇倍どころか八〇倍にもなったと言う。中世ヨーロッパでは二倍程度だったと言われるから、驚異的である。

註、前出『シュメール人の言語・文化・生活』(飯島紀・著/泰流社/七四ページ)

一方、時には四メートルに及んだらしいユーフラテス川の氾濫が、十分に土地を肥やしていたのであろう。だが、ナイル川とはちがって不定期に襲ってくる大洪水から逃れるため、彼らは避難場所として真っ平らな平原に、礼拝場を兼ねたジッグラトを建設した。あるいは丸い葦で編んだ小舟で避難したらしい。

註、『ノアの箱舟の真実――「大洪水伝説」を遡る』(アーヴィング・フィンケル著/宮崎修二+標珠実・訳/明石書店)参照。

作者はウルの（復元された）赤いジッグラト（前二一〇〇年頃、月神《ナンム》を祀る）に登ってきたが、頂は広い。意外と間近に、ネブト砂漠の雄大な砂の世界が、太陽の光と影の境をくっきりとさせて、印象的だった。

やがて、幾つもできたシュメルの都市国家は、河川交通によってネットワーク化され、麦の収穫が国力の源泉となった。こうして先住ウバイド人は農民となり、シュメル人の中の優秀な者が神官となった。あるいは書記となり、粘土板に葦の茎で楔形文字を刻んで契約書を作ることや、文学作品を記録する仕事に没頭した。

彼らの都市国家の経済基盤は交易であった。北方のイラン高原とは陸路で、都市の船着場から穀物を積んで川を下ってペルシア湾を南下、ホルムズ海峡近くのティルムン（註、今のバハーレン島）で交易を行なった。島には通訳がいたであろう。常駐の駐在員もいただろう。交易は双方の約束で成り立つから判子《はんこ》が発明された。これが円筒印章というものである。

彼らは、さらに後発のインダス文明とも密接な関わりを持った。むろん、ドラヴィダ人とは戦争という野蛮な手段ではなく、交易という平和的手段で……。彼らの経済活動は、今で言うグローバリゼーションである。

こうして海外と交易する以上、彼らは航海民族であったにちがいない。メソポタミアでは木材は採れないが、地中海最奥のレバントでは良質な木材が採れたし、インダス流域にもかつて大森林があったはずである。なお、ユーフラテス上流で採れる天然の瀝青が船体の防水に役立った。

一つの仮説であるが、彼らは遠く太平洋へも進出していた可能性がある。日本列島をはじめ西太平洋の各地でシュメル語と思われるペトログリフが見付かっているからである。

彼らは戦後の日本人のように平和を愛した。夏は五〇度を越す炎天下で農作業にいそしみ、日が暮れると仲間たちとビールを楽しみ、異国から輸入した宝石を愛する女に贈り、恋愛の末に結ばれて子供を育てた。彼らにはエジプト人のような来世の思想はなく、ひたすら現世を楽しみ、死後は土に還ると信じていた。なぜなら、彼らは神の血液と粘土を混ぜて創られたからである。

だが、彼らの平穏な暮らしは、享楽にふけりすぎたために終わる。灌漑農法は照りつける太陽で水分が蒸発するとき地中の塩分を地表に吸い上げるからである。これがいわゆる聖書の〈地の塩〉である。

ほんとうは丹念に水を撒き、塩を洗い流さなければならないのに、彼らはそれを怠ったようだ。前二三五〇年（プラス・マイナス一五〇年）ごろ、すでに塩害に弱い小麦がまったく穫れなくなり、農業は四〇パーセントも落ちこんだ。

当然、基幹産業の衰退は国力衰退を意味する。やがて強力な常備軍を備えたサルゴン王がシュメル都市国家の分立を終わらせ、統一王朝を築く。アッカド王国（前二六五〇年〜前二一八〇年）である。しかし、彼はセム系の人であったが、過酷ではなかった。シュメル人は今までどおりメソポタミア南部に住みつづけることができた。

メソポタミアの歴史はさらに流転し、ウル第三王朝（前二〇六〇年〜前一九五〇年）はシュメル人が建てた最初にして最後の王朝であった。今日残るウルのジッグラトは、この王朝をつくったウルナンム王が大々的に修復、拡大したものである。

さらに、前一八三〇年、古バビロニア王国とつづき、前一四五〇年からアッシリアが自立、台頭する。

そして、運命の歯車は彼らを窮地に追いつめる。アッシリアの、特に〈アッシリアの狼〉と恐れられたアッシュール・ナーシル・アプリ王（在位、前八八三年〜八五九年）は、遠征に次ぐ遠征をつづけ、串ざし、皮剥ぎなど反乱住民に対しては過酷な残虐行為、また住民の根こそぎの強制移住を実施するなど、オリエント世界を恐怖のどん底へ陥れた。

おそらくと想像するのだが、シュメル人たちの勇気ある一部人々が、メソポタミア世界からの脱出を試みたのではないだろうか。かくしてメソポタミアの土の中に彼らの痕跡を遺したまま、彼らは世界史から姿を消した。

では、いったい、彼らはどこへ消えたのか。事実上、征服された彼らは圧倒的セム語族の文化の中に吸収、埋没したのであろう。しかし、シュメルの書記たちはすでに人々がアッカド語の話者になっているにもかかわらず、粘土板に彼らの文学作品を刻んだ。彼らは時のはるか彼方で、ふたたび彼らが生きた証が日の目を見ると信じていたのであろうか。

一方、脱出組の彼らはどこへ消えたのであろうか。長い長い旅路の果てに、彼らは何処に？　彼らが第二のティルムンを目指して、わが日本列島に到達していたという可能性が一〇〇パーセントないと否定できる根拠はないはずである。

註、シュメルがどんな都市国家であったかを知るのにもっとわかりやすいのは、ＮＨＫスペシャル『メソポタミア——それは一粒の麦から始まった』（ＤＶＤ）である。当時の生活様式がＣＧで復元されているのでイメージで理解できる。

他、多くの著作があるが、『シュメル——人類最古の文明』（小林登志子・著／中公新書）がお勧めである。より専門的なのが、『メソポタミア』（ジャン・ポテロ・著／松島英子・訳／法政大学出版局）、および『シュメール文明——古代メソポタミア文明の源流』（ヘルムート・ウーリッヒ・著／戸叶勝也・訳／佑学社）などである。

［扉裏］

あり得ないことを考えるとき　脳は活性化する。

本作のように、絶対にあり得ない話をテーマにすることは、自分の脳を非日常的情況に放り込んで、銀河の星の数ほどもあるニューロンに新たな回路を創らせることである。不可能な課題を与えられたとき、日常的常識の環境下で半ば眠っていた脳は、覚醒する。脳の行う試行錯誤は、人工知能のディープラーニングと同じだと思う。結果、試行錯誤の結果はどうあれ、八六歳の作者の脳は、様々な少年時代の記憶を蘇らせてリフレッシュされた。これこそ老化を自覚した脳をオーバーホールする極意である。

第一部

［第一章］

美人局《つつもたせ》　男が、妻もしくは愛人などに他の男性を誘惑させ、それをネタに相手から金銭を脅しとること。

小樽湊《おたるみなと》　この存在しない商港のモデルは、作者が少年時代を送った小樽である。

引揚船　一九四五年終戦時、無条件降伏したとき国外に取り残された邦人数は約六六〇万人。この人々を速やかに引き揚げさせるため、呉など一八港が引揚港となった。舞鶴はその一つで、終戦年一〇月七日に雲仙丸の入港を皮切りに一九五八年九月までに、シベリア方面などから約六〇万人もの引揚者、復員兵を受け入れた。

ラッキーストライク　たしか白地に大きな赤い丸の包装だっと記憶している。世界最大の英国の煙草メーカー、B・A・T・インダストリーズ社の銘柄。

電気館通り　小樽市の商店街、都通りの別称。作者が子供のころは、映画館の電気館に因んで電気館通りと呼んでいた。

ドブロク　米と米麹と水だけを原料として発酵させた酒。濾《こ》さないので清酒ではない。起源は、長江や黄河流域の稲作文化の直接伝播とともに、わが国に伝わったという説がある。『魏志倭人伝』にも「人の性酒を嗜《たしな》む」とある。須佐之男神が八俣大蛇に飲ませたのもこうした濁り酒であろう。戦後は各家庭で盛んに、酒税法違反にかかわらず、ドブロクが造られた。

ダシール・ハメット（一八九四〜一九六一）　代表作は『血の収穫』、『マルタの鷹』など。作者にもハードボイルド調で書いた『未来拳銃南部改』（角川書店）がある。

スイトン汁　小麦粉の生地を手でちぎる、手でまとめるなどして、野菜を加えて汁物にした料理。米が配給制度で不足した戦時下、終戦直後の典型的代用食。参考文献『戦中用語集』（三國一朗・著／岩波新書／一〇八ページ）、〈雑炊食堂〉の項。

レイモンド・チャンドラー（一八八八〜一九五六）　フィリップ・マーロウが活躍するミステリーのハードボイルド文体は、アーネスト・ヘミンウェイと共に、アメリカ大衆文学に大きな影響を与えた。代表作は『大いなる眠り』、『さらば愛しき女よ』。マーロウ探偵の決め科白《せりふ》は有名だ。

米兵二人が　昭和二三年一一月二五日夕方、札幌市の北大構内および路上で実際に起きた事件。犯人は米軍一等兵と伍長で、営林局職員と北大生ら少なくとも三人が死亡、一〇人以上が負傷。彼らは飲酒しマリファナを吸った状態で、日本人から金を巻き上げようと街に繰り出した。二人は死刑判決を受けたが、一年後に恩赦で終身刑に減刑、一等兵は本国へ移されたが、仮釈放された。（北海道新聞夕刊、二〇一五年四月一一日の記事）

GHQ　『GHQ』（竹前栄治・著／岩波新書）参照。

ブロンディーの漫画　ミュラ・バーナード・チック・ヤング（一九〇一～一九七三）原作の新聞連載漫画。戦後一九四六年から朝日新聞連載。当局の宣伝で鬼畜米英と思いこまされていた敗戦国民が、はじめて具体的に、アメリカ国民の日常生活を知った。作者の記憶には、何層にも具を積み上げたオープン・サンドイッチのひと駒が焼き付いている。

厳めしい石造りの建物　今では観光資源的価値の出てきた建物が多いのが、戦前は北海道経済の先進地であった商港小樽であるが、幼年期から作者の行動半径内にあった記憶の建築群。『小樽の建築探訪』（小樽再生フォーラム編／北海道新聞社）

リーダーズ・ダイジェスト　一九二二年創刊のアメリカの月刊誌。日本版は一九四六年から。諸々の出来事、知識が平易に要約されており、広く読まれた。

八俣大蛇《やまたのをろち》　八俣大蛇は『日本書紀』の表記。『古事記』では八俣遠呂智である。『記紀』では毎年、娘を食べる怪物大蛇にされているがほんとうだろうか。『日本書紀』には高志《こし》から来ると書かれているが、この地名は八世紀以前のもので越国である。（おおよそ、日本海側の敦賀湾から津軽半島を含む地域）

以下は私見であるが、紀元前のころ、この地域に対岸の沿海州から移住してきたオロチ族が住みつき、定期的に奥出雲で産出する山鉄の採取に来ていたのではないだろうか。大蛇の尾から出てきた剣がそれを暗示している。

わが国に製鉄技術が伝来するのは七世紀とされているが、オロチ族にその技術があったとは思えない。が、鉄の原料となる山鉄を中国や朝鮮に売ることで交易を行なっていたとは考えられないだろうか。なお、彼らの子孫は現在もアムール川下流域に住む漁撈民で、アルタイ系語族のツングース語に属するオロチ語を話す。

なお、バビロンの龍は怖ろしい蛇、ムシュフシュであるが、空想された合成獣で首が蛇、鱗状の胴、獅子の前脚、鳥の後脚を持つ霊獣である。シュメルの地はペルシア湾頭の湿地帯であるから蛇は多かった。今日のような、大規模な土木工事や灌漑工事が行われていない古代の地球では、いたるところに湿地がひろがっていたので、蛇が神になるのは必然だったのであろう。

註、『古代メソポタミアの神々——世界最古の「王と神の饗宴」』（三笠宮崇仁・監修／岡田明子＋小林登志子・共著／集英社／二一九ページ）参照。

なお、〈七岐の大蛇〉はアッカドの『天地創造物語《エヌマ・エリシュ》』に出てくる。この血液が毒の怪物は、母なるティアマトが創ったと粘土板文書にあるが、この女神は太古の海の塩水の神格化で、真水の神アプスの配偶女神である。なお、この女神を滅ぼしたのがバビロンの都市神マルドゥクで、この女神はイナンナの姉妹、随伴獣が前述のムシュフシュである。

一方、印度には、天候、水害、旱魃《かんばつ》を司るナーガという七頭の蛇神がいるが、釈尊の悟りを守護した八大龍王（ナーガの王、ナーガラージャ）として有名で、この名は法華経の中に出てくる。

猿田毘古神《さるたひこのかみ》　『日本書紀』では、天孫邇邇藝命《ににぎのみこと》が豊葦原中国《とよあしはらなかつくに》に降臨した際、天之八衢《あまのやちまた》にて高天原と中国を照らしている神とされている。天之八衢《あまのやちまた》とは八方の道の辻、あるいは分岐点を指す。このことから、道祖神扱いされているが神話的フィクションであろう。極端な鼻や背の高さ、眼の描写などから異貌の神であることはわかるが、天と地に境があるとすれば、古代人の知識と知恵から想像すれば天と地が交わるのは水平線しかないと思う。従って、この表現は、この神が天孫族以前に南九州に漂着して住み着いていた者と推察できる。

なお、この南九州説は、『古事記』の神代の項はシュメル語で書かれているとする『復元された古事記』（前波仲尾・著／復元された古事記刊行会）の別添解説の五ページに書かれている。

『記紀《きき》』　『古事記』と『日本書紀』を合わせた呼び名。

佐太大神《さだのおほかみ》　『出雲風土記』の神。垂仁五四年創建とされる佐太神社は島根県松江市鹿島町佐陀宮内にあり、神社側公式見解では佐太大神は猿田毘古神とされる。なお、川崎真治説では佐太《さた》は亀を指すらしい。

ウイリアム・ブレーク（一七五七〜一八二七）　ロマン主義詩人。〝虎よ！虎よ！　あかあかと燃える　闇黒々なる夜の森に　いかなる不死の手が　または目が　お前の怖ろしい均整を　つくり得たか？〟

花苑《はなぞの》十字街（花苑公園）　小樽市中央線と公園通りの交差点。花苑公園は花園公園がモデルだが、現在は小樽公園という。

左文字坂《さもんじさか》　小樽の今井丸井（現在はない）の前から札幌方面へ向かうとJRの踏切を越えたあたりで登りとなる。坂の途中、左手に左文字という書店があった記憶から創作した地名。

大国主神《おおくにぬしのかみ》　出雲大社には幾度も通い参拝したが、謎が多すぎる。名前からしてたくさんある。『神々の系図』（川口謙二・著／東京美術選書）によると、『古事記』では大国主神を用い、『日本書紀』では大《おほ》己貴神《なもちのかみ》が多い。大物主命《おほものぬしのみこと》もあるが、これは大国主が荒霊《あらたま》とすると、大物主は和霊《にぎみたま》、幸霊《さきみたま》、奇霊《くしみたま》の名であるとされる。神様は霊的存在であるので、その時、その時の霊の状態で名前も変わるということだろうか。

他に、大穴牟遅神《おほなもちのかみ》（大名持／功績おおく著名）、葦原色許男神《あしわらしこをのかみ》（日本国土を治める偉い神）、八千矛神《やちほこのかみ》（武威偉大神）、宇都志国玉神《うつしくにたまのかみ》（現世の国の守護神）の呼び名もある。

羅摩《かがみ》の船　ガガイモ科蔓草。果実は莢《さや》であり、割れると白い毛のある果実が飛ぶ。要するに神話的比喩表現であり、お椀の舟に乗った一寸法師と同じである。『古事記』（角川文庫／五〇ページ）参照。

少名毘古那神《すくなひこなのかみ》　この神は外来神であるが、『古事記』では冷たく扱われている——とする見方をしているのは『「古事記」神話の謎を解く』（西条勉・著／中公新書）で、「第V章　オオクニヌシ——書きかえられた神」一一八ページ「オオナムチ・スクナヒコナのコンビ」以下に詳しい。『出雲風土記』ではこの両神はコンビで登場するし、当時の民衆には人気があったはずである。

一方、『宇佐家伝承　古伝が語る古代史』（宇佐公康・著／木耳社）一二四ページ以下によれば、この神はおよそ一五万年前の前期旧石器時代のおわりから四万年前の後期旧石器時代のはじめにかけて、日本列島の関東から九州にかけて分布していたと考えられる倭小人《ピグミー》の系統ではないかという。北海道にはアイヌ民族の伝承コロポックル（蕗の下の人／阿寒方面へ行くと蕗は大きく、子供の背丈ほどもある）があるので、納得できる。

錫蘭島《セイロン》　一九七二年にスリランカに変わった島。九州の約一・七倍。SFの巨匠、アーサー・クラークが一九五六年に移住、この国で生涯を終えた。

タミル語　ドラヴィダ語族のなかでもっとも古く、現在残る文献の最古のものは紀元前後と言われる。母音が日本語のようにａｉｕｅｏの五つであるが、それぞれに長短の区別があるので、一〇。これに二重母音の ai au が加わり計一二になる。参考文献は『日本語以前』（大野晋・著／岩波新書）、および『日本語とタミル語』（同上／新潮社）。この本の巻末対応表によると三一五語もある。（註、後出『ささがねの蜘蛛』参照）

なお、『世界民族言語地図』（R・E・アシャー＋クリストファー・モーズレイ・編／土田滋＋福井勝義・日本語監修／福井正子・訳／東洋書林）によると、一九八一年のデータであるが、ドラヴィダ語族は一億五七八三万六七二三人。うちタミル語話者は四四七三万〇三八九九人であるので、決して少数民族の言葉ではないとわかる。また、タミル語話者の分布は南印度およびスリランカの北部と東海岸、および中央部である。なお、スリランカの多数はシンハラ語で、両者間に紛争が起きている。

グリムの法則　グリム兄弟の兄、ヤーコブ・グリムが一八二二年に発表した音韻変化の法則。たとえば、印欧基語の有声音ｂｄｇがゲルマン基語ではｐｔ kに変化する。ただし、この法則はタミル～古日本語には適用できない。（註、後出『ささがねの蜘蛛』参照）

［第二章］

特高　一九二八年に発足した特別高等警察。挙国一致体制維持のため設立された政治警察である。GHQ命令で、一九四五年廃止。一九三三年小樽出身のプロレタリア作家小林多喜二が過酷な訊問で死亡した事件はじめ、京大俳句など新興俳句も弾圧された。

原付自転車　原動機付自転車。軍需産業から平和産業に切り替わった戦後、会社は存続のため、従業員は食い繋ぐために発明した。ピーク時には一五〇社が参入したらしい。

エノケン（一九〇四～一九七〇）　喜劇王榎本健一の愛称。古川ロッパと黄金時代を築く。少年時代に観た映画『エノケンの孫悟空」（一九四一）は忘れられない。家の棟に短筒を並べて連続発射する『エノケンの鞍馬天狗』（同年）の愉快さは、子供たちの話題になったのを覚えている。

ニューギニア戦線　子供心に記憶に残る無惨な作戦。日本軍は豪州攻略の拠点として、ポートモレスビー攻略を目論んだが、作戦立案の基となった地図はたった一枚だったと記憶している。ニューギニア島は島と言っても小大陸ほども大きい。恐竜の形をした島の尾の北側の尾の付け根にあるラエから、最高峰が四〇〇〇メートル級のオーエン・スタンレー山脈を越えて、南側のポートモレスビーを陥すなどという計画は、机上の空論であった。両者の距離は直線でも三〇〇キロメートルもある。重装備、食糧持参で、道なき道を徒歩で山越えすることが可能かどうかは、だれにでもわかるはずだ。自著『空白の大涅槃』「第二部6章　巨いなる涅槃」参照。

秦氏　『新撰姓氏録』によれば、始皇帝の末裔にして、応神一四年（二八三年）に百済から亡命、帰化した弓月君が祖先とされる。東漢《ひがしあや》と並ぶ有力な渡来氏族。

冒険ダン吉　一九三三年より講談社「少年クラブ」に連載された島田敬三の漫画作品。田川水泡の「のらくろ」と人気を二分した。戦後は侵略主義賛美、人種偏見増長の批判を浴びる。

水天宮　総本宮は福岡県久留米市。水難、漁業、海運業、農業、水商売など、水にまつわる事件や職業に関連する。祀神は、天之御中主神の他はまちまちのようである。小樽水天宮は境内から港全体が見渡せる絶景スポットである。一方、札幌水天宮は中島公園を流れる鴨々川の畔にある小さな社であるが、パワースポットらしい。

〈日猶同祖論〉　日本人の祖先は、アッシリアに追放された〈失われた十支族〉の一つとする説など、明治時代に日本に滞在したスコットランド人が言い出したものらしい。詳しくはウィキペディア〈日ユ同祖論〉を見よ。他、「地球ロマン復刊1号」（一九七六年八月号／絃映社）所載の論考「日本・ユダヤ同祖論考」（宮澤正典・著）参照。

〈日本人シュメル起源説〉　後出〈天孫民族六千年史の研究〉の項を見よ。

〈義経・成吉思汗説〉『成吉思汗《ヂンギスカン》ハ源義経也』（哲学博士　故小谷部全一郎氏・著／炎書房）は復刻版で一九五一年に発行されたもの。七六ページに〃昔ホンカンサマは金色の鷲を趁《お》ひて吾々が父祖が往来せる海路を渡り、ポンル、カに行きたり。其処は大河のあるクルミセの国なり云うと。〃というアイヌの人々の言い伝えを述べている。旧樺太経由でアムールを遡るルートが暗示されている。『義経は生きていた——義高（静の子）は由比ヶ浜で殺されていなかった』（佐々木勝三・著／東北社）には平泉を脱出し、追っ手をまいて、陸中海岸に沿って北行するルートが示されている。『成吉思汗は義経——義経は生きていた』（佐々木勝三＋大町北造・横田正二・共著／勁文社）には、小谷部全一郎が想定した義経の渡航ルートが示されている。北海道の寿都あたりから沿岸を北上、サハリンへ至り、アムールを遡ってモンゴル高原へ達した……。自著『義経埋宝伝説殺人事件』（第五章笹竜胆《ささりんどう》）参照。

手宮古代文字　発見は一八六六年、朝里地区の鰊小屋建設のため来道した小田原の石工、長兵衛が建築用の石材を探すうちに、偶然、発見した。推定で紀元四～五世紀ごろとされ北方民族のものとされる。少年時代の行動範囲にあった場所なので幾度も出かけた。作者の無意識に超古代への関心を植え付けた謎の洞窟である。

　解読は確定的ではないが、川崎真治氏は〈梟神に祈る〉、〈主神に祈る〉の繰り返しとする。しかも、シュメル語がユーラシア北方民族の変容を受けつつも残されているらしい。（註、『古代日本の未解読文字』（新人物往来社）五三ページ以降。

　なお、「梟神への祈願文・手宮洞窟文字」の項の書き出しは〝前にも述べたように、わたしが、荒巻義雄氏の招きをうけて、北海道の調査旅行をした。〟である。

　なお、今回、改めて取材したが、少年時代とはうってかわり、立派な施設になっていた。道路を挟み駐車場もある。フラッシュを使わなければ写真撮影もできる。

アカシア市　札幌がモデルであるが、札幌の街路樹はニセアカシアである。

治安維持法　一九二五年公布の思想・結社取締法。

[第三章]

GHQ／キャノン機関　連合軍総司令部《GHQ》（General Headquarters）は、一九四五年八月に設置されたアメリカ政府の対日占領政策の実施・命令機関。

　キャノン機関は一九四九年春、DHQ・G2（課報）のウィロビー局長直属の秘密謀略機関。『昭和二万日の全記録9』（講談社）の三〇八ページ参照。

太宰《だざい》治《おさむ》（一九〇九〜一九四八）生家を改装した旅館、津軽金木の斜陽館に泊まったことがある。木造の大きな家で、大きな階段が記憶に残っている。この家でどんな少年時代を送ったのだろうか。何十人もの使用人と共に暮らした太宰は、もしかすると両親と接する時間も少なく孤独だったのかもしれない。後年、左翼運動にのめり込み、階級闘争と、県下有数の資産家の出であったことが、太宰の内部に矛盾を産み、自己否定の観念に取り憑かれたのかもしれない。東京帝大仏文科に在学中に心中事件を起こした彼の死への想念は止まず、『斜陽』の成功で流行作家になったが、昭和二三年六月、玉川上水で戦争未亡人の愛人とともに入水自殺した。遺作『人間失格』は、戦後の精神的荒廃期の中で生きた日本人の深層に共鳴して人気作となった。

『ギルガメシュ叙事詩』　矢島文夫訳がちくま文庫で出ている。天の牛は、同書八五ページ。〝エンキドゥはイシュタルの言葉を聴くと『天の牛』のももをひき裂き、彼女の顔に投げつけた〟。この牛は星座と関係があり、牡牛座アルデバランとプレアデス星団にあるとされるシュメル語の星座名〈ムル・アピン〉とされている。

なお、同書二三二ページに大正六年創設の〈バビロン学会〉の中心人物、原田敬吾氏のことが書かれてあり、非常に興味深い。同氏は同誌三号（大正七年）に「天照大神とイシュタル女神」を寄稿しているので、冒頭を引用。

〝イシタル神話を読みて次に聯想する所は伊邪那岐命の神話なり。命《みこと》が伊邪那美命の神去り給ひしを慕ひて黄泉国へ赴き給ひしは、正《まさ》しくイシタル女神か（が）恋人タンムーズを慕ひて地獄へ降りしを反映す。〟

以下、伊邪那岐命とイシュタルの言葉や動作などの類似点を指摘して、〝イシタル神が七つの門に於て冠、耳飾り、頸飾り、胸飾り、腰帯、手足の飾り腰裳を順次に剥取らるる神話の変形なるを、誰か疑ふものあらん。〟

作者も『ギルガメシュ叙事詩』を読んだとき、だれにも指摘されたことがなかったにもかかわらず、彼我の類似性を直観した。

電蓄《でんちく》　ゼンマイではなく、モーターで動く電気蓄音機。今の冷蔵庫をひと回り大きくしたボックスの下部がスピーカーだったのを記憶している。

神代文字《じんだいもじ》　この言葉を最初に覚えたのは、その後、書簡や献本などを通じて知り合った吾郷清彦氏の著作であった。他、『神代文字の謎』（藤芳義男・著／桃源社）参照

ロゼッタ・ストーン　ナイル河口のロゼッタで発見。エジプトのヒエログリフ解読の手掛かりとなった碑文。

プロレタリア文学　小林多喜二『蟹工船』、徳永直『太陽のない街』、中野重治『鐵の話』など。

十三湊《とさみなと》　津軽半島にある今の十三湖。蜆《しじみ》の塩汁が

美味しかったのを記憶している。『黄金繭の睡り』（トクマ・ノベルス）参照。

建御名方神《たけみなかたのかみ》　武南方神とも表記。大国主神の一子で、力自慢の神。国譲りに反対するも建御雷之男神に屈服、科野国《しなののくに》（信濃）の州羽海《すわのうみ》（諏訪湖）から一歩も出ないと命乞いをするが、このことはなぜが『古事記』のみで、『日本書紀』と『出雲風土記』には書かれていない。

建御雷之男神《たけみかづちのをのかみ》　建御雷之男神の表記は『古事記』だが、『日本書紀』では武（建）甕槌神である。雷神が神格化された可能性もある。鹿島神宮と春日大社の祭神であることは、天児屋命《あめのこやねのみこと》を始祖とする中臣《なかとみ》氏の勢力範囲を示す。なお、中臣氏は忌部《いんべ》氏とともに神事祭事を司る中央豪族。初代は大化改新で知られる鎌足《かまたり》。その功績により、子孫は藤原姓を賜る。

事代主神《ことしろぬしのかみ》　大国主神と神屋楯比売命《かむやたてひめのみこと》の婚姻で生まれた神。釣り好きらしい。

蜆ライン　『サルタヒコの謎を解く』（藤井耕一郎・著／河出書房新社）六五ページに〈シジミの道〉のことが書かれている。

『東日流三郡誌』《つがるそとさんぐんし》（全六巻／小館衷三＋藤本光幸・編著／北方新社）七光垂景《オーロラ》や不沈日国之日進無夜（白夜）のことが書いてあるのが印象的であった。また、一一六九年の記事に〝北辰海なる神夷津耶塚《カムイチッカ》に安東領標石を建てたり〟とある。上記については、自著『義経埋宝伝説殺人事件』（第七章東日流三郡誌）を見よ。

赤加賀智《あかかがち》　赤い鬼灯《ほおずき》のことであるが、興味深いのは、この表現が八俣大蛇と猿田彦で同じに使われている点である。『日本書紀一』神代上の九二ページ（岩波文庫）では、八俣大蛇は〝頭尾《かしらお》各八岐《やまた》有り。眼《まなこ》は赤酸醤《あかかがち》の如し〟とある。一方、『同書二』神代下の一三二ページには、猿田彦の容貌を〝眼《め》は八咫鏡《やたのかがみ》の如くして、絶然《てりかかやけること》赤酸醤《あかかがち》に似たり。〟とある。この指摘は、『サルタヒコの謎を解く』（藤井耕一郎・著／河出書房新社）の一〇ページにあり、かつ、ヤマタノオロチの中に八衢（ヤチマタ）の四音が入っていると述べているのが興味深い。なお、藤井氏の場合は出雲説である。

［第四章］

須佐之男神《すさのをのかみ》　伊邪那岐神《いざなぎのかみ》が黄泉《よみ》の国から帰り、橘小門《たちばなのおど》の阿波岐原《あわぎはら》で禊ぎをした際に、天照大神、月読命とともに生まれたとされる神であるが、『古事記』では海原を治めよとある。しかし、『日本書紀』の一書は海原なのに、他書には黄泉国とあって、はっきりしない。なお、『日本書紀』の表記は素盞鳴尊である。

坂口安吾《さかぐちあんご》（一九〇六〜一九五五）同時代の無頼派でありながら、太宰治とは対称的である。東洋大学で印度哲学を学んだせいだろうか、太宰とはちがい、時代に負けない精神のバックボーンに太い筋が通っているような気がする。『堕落論』の冒頭〝半年のうちに世相が変わった。（中略）若者たちは花と散ったが、同じ彼らが生き残って闇屋《やみや》となる。〟このふてぶてしさが坂口安吾である。（角川文庫／初出は一九四六年「新潮」）

『不連続殺人事件』　昭和二二年雑誌「日本小説」連載。読者への挑戦状を掲載。正解者に原稿料全額提供を約束。昭和二四年、探偵作家クラブ賞受賞。不便きわまる山中の別荘で、次々と殺人事件が起きるという内容。（坂口安吾全集・第八巻／講談社）

与謝野晶子《よさのあきこ》（一八七八〜一九四二）歌集『みだれ髪』、日露戦争に従軍した弟を想う長詩〈君死にたまうことなかれ〉は当時、反戦歌として文壇に論争を巻き起こした。

伊邪那岐神《いざなぎのかみ》　伊邪那美神《いざなみのかみ》との夫婦神。『古事記』では、別天《ことあま》つ神として天御中主神《あめのみなかぬしのかみ》以下、高御産巣日神《たかみむすびのかみ》、神産巣日神《かみむすびのかみ》、宇摩志阿斯訶備比古遅神《うましあしかびひこぢのかみ》、天常立神《あめのとこたちのかみ》の五柱をあげる。いわゆる森羅万象、宇宙創生の様を神に見立てたもので、ある意味で合理的思考である。つづく神代七代の初めは、国常立神《くにとこたちのかみ》、豊雲野神《とよぐもぬのかみ》とつづくが独神《ひとりがみ》。以下は夫婦で一代とする神々が一〇神、宇比地邇神《うひぢにのかみ》と妹須比智邇神《いもすひぢにのかみ》、角杙神《つのぐいのかみ》と妹活杙神《いもいくぐいのかみ》、意富斗能地神《おほとのぢのかみ》と妹大斗乃辨神《いもおほとのべのかみ》、淤母陀琉神《おもだるのかみ》と妹阿夜訶志古泥神《いもあやかしこねのかみ》につづくのが、伊邪那岐神と伊邪那美神である。

神代七代の一二神は別天つ神とちがい、ごく普通の初期に日本列島に到着した人々という気が作者はしているが、むろん証拠はない。
なお、伊邪那岐神を葬った幽宮《かくれみや》は淡路島にあり、伊邪那美神の墓は出雲と伯伎《ははき》の国境近くにある比婆《ひば》山にあるとされるが、この一二〇〇メートル前後の連峰には登ったことがある。ヒバゴンには出会わなかったが蝮《まむし》には会った。山頂からの眺めは、中国山地の樹海の中に巨岩が幾つもある印象的な景色だった。

八紘一宇《はっこういちう》　紀元二六〇〇年の式典で総理大臣近衛文麿が述べた言葉。田中智学という宗教家の造語らしい。前出『戦中用語集』（七四ページ）参照。

大東亜共栄圏思想　中国や東南アジアに共栄圏をつくり、わが国が盟主になろうとした。しかし無理がある。八紘《天のした》を掩《おお》って宇《家》としたいということであるから、日本語の国家という言葉が示すように、基本は家の思想である。だが、こうした神話的思考が政治的リアリズムで動く国際社会にも通用するとは思えない。

『古事記』がシュメル語で書かれた　戦時下に書かれたが焼却されたとされる前波仲尾氏の著作『復元された古事記』は、一九八三年に改装復刻版が出ている。『古事記』原文は、口でする発音を漢字の音（漢字の意味とは無関係）に置き換えて書かれているが、これを音に従ってシュメル語で読解すれば、我々が知っている意味とは別の意味が表れてくる。

マルコ・ポーロ（一二五四〜一三二四）　元の首府、上都へは、行きがパミール高原、ゴビ砂漠越えの過酷な旅であったが、帰途は船旅。しかし、乗員の大半が死亡している悲惨な旅になったらしい。原本の失われた『東方見聞録』のジパング伝説はむろん伝聞であるが、中国大陸から二五〇〇キロメートルも離れた巨大な島があり、王が治める白い膚の人々が暮らしている。また、黄金の宮殿、豊富な宝石、赤い真珠などがあると記されている。『全訳　マルコ・ポーロ東方見聞録』（青木一夫・訳／校倉書房）　同書一五五節「チパング島の話」（二一七ページ）に〝莫大な量の黄金があるが、この島では非常に豊かに産するのである。〟とある。

出雲王朝　もっとも中庸をいく本を選ぶとすれば、『葬られた王朝――古代出雲の謎を解く』（梅原猛・著／新潮社）であろう。梅原氏によると、藤原不比等（鎌足の子）が『古事記』捏造の張本人らしい。『出雲王朝は実在した』（安達巌・著／新泉社）によると、鉄の武器で武装した建御雷神は鉄部品を使った構造船で出雲を攻撃、青銅製武器と丸木舟の出雲軍は武器の性能の差で敗れたことがわかる。ともあれ、古代出雲には解明しなければならない多くの謎がある。

エンキドゥ　『ギルガメシュ叙事詩』に出てくるこの野獣の乳を飲んで育った野生人は、女たちによって懐柔（文明化）され、やがてギルガメシュの友人となり、彼のために〈天の牛〉と戦って倒すが、そのために死ぬ。

〈天の斑馬《ぶちこま》〉『古事記』（角川文庫）三三ページに、〝服屋《はたや》の頂《むね》を穿ちて、天の斑馬を逆剥ぎて堕し入る時に〟とある。

〈イシュタルの冥界下り〉『ギルガメシュ叙事詩』（ちくま学芸文庫）二一六ページを見よ。ニップル出土のシュメル語版ではイナンナであるが、アッシリア版ではイシュタルで登場。地下に去ったタンムーズを連れ戻すために冥界の七つの門を潜る。その際、身につけていた飾り、衣服を一つずつ剥ぎ取られ、最後は全裸となって冥界の女王エレシュキガルに会う。地上に戻るとき奪われたものを順次、取り戻す。

〈黄泉比良坂《よもつひらさか》〉『古事記』（角川文庫）二六ページ。〝ここに御佩《みはかし》の十拳《とつか》の剱を抜きて、後手《しりへで》に振きつつ逃げ来ませるを、なほ追ひて黄泉比良坂《よもつひらさか》の坂本へ到る時に〟とある。この坂は墳墓の構造から来ているらしい。

天宇受売命《あめのうずめのみこと》　『日本書紀』の表記は天鈿女命《あめのうずめのみこと》である。天孫降臨に随行した五部衆の一人。『古事記』の天之石屋戸《あまのいわと》のシーンは神がかりした巫女の情景であろう。

神殿娼婦　ヘロドトスが、「女はだれでも一生に一度はアプロディティの社内に坐って見知らぬ男と交わらねばならぬことになっている」と記しているのはあらぬ誤解であった。シュメルでは女神イシュタルに扮した女神官と王は、毎年、元旦に交わる〈聖婚儀礼〉が行われた。その意味は、聖なる交合によって、混沌を秩序あるものに回復し、五穀豊穣がもたらされると考えられていたからである。『シュメル』（小林登志子・著／中公新書／七三ページ、七六ページ）参照。

誓約《うけい》　『古事記』二九ページの［誓約］の項を見よ。三二ページ［天の岩戸］の節では、須佐之男は「自分は清らかだから女の子を得た」とあるが、『日本書紀』では「男子が産まれたから潔白だ」としている。この矛盾は理解しがたい。宇気比とも表記。

天照大御神《あまてらすおほみかみ》　伊邪那岐神が禊ぎしたとき左目から生まれたとされる。この神の性格については様々な説があるが男神説もある。折口信夫説では最初は太陽神（男神）に仕えた妻（巫女）が昇格し合体したと考える。

艮《ウシトラ》　鬼門（東北）の方角。

『原《ウル》**古事記』**　今日、知られている『古事記』は成立後、幾度も写本が繰り返されているので、歴史の彼方に消えた未知の『古事記』があるかもしれないという仮説。

〈ヲシテ文献〉　ヲシテ文字はホツマツタエ、ミカサフミ、フトマニの三文献に使われている文字で、漢字将来以前の最古の文字とされる。江戸時代中期に存在したのはたしかだが、昔は母音が八つあったという説をとる側は、この文字が母音五つなので江戸時代以降の偽書だと決めつける。しかし、考えようによっては、縄文時代なら、当然、口伝である。口伝ならば八母音が五母音に収斂したとも考えられる。なお、古日本語の八母音問題はタミル語（前出）が一二母音なのであり得ると思う。

秀真伝《ホツマツタエ》　古い大和言葉で書かれた一万行におよぶ叙事詩形式の歴史書。『記紀』では神代という神話の霧に収められた縄文後期半ばから古墳時代前期までを、天界物語としてではなく実在する場所で起きた出来事としているのでリアリティーがある。

本書の語彙解説として池田満氏の労作『ホツマ辞典——漢字以前の世界へ』（展望社）があるので便利であるが、秀真伝本文が手強い。作者は国書刊行会の大判で部厚い『日本建國史——全訳・ホツマツタエ』（吾郷清彦・訳）を持っているので、冒頭だけを転記しておく。

天の第一巻
コトノベのアヤ　　序章
ホツマツタエをのぶ
ウタタネコ　ミワこれをのぶ
アメツチの　ひらけしときに
フタカミの　トホコにおさむ
タミまして　アマテルカミの
ミカカミを　たしてミクサの
ミタカラを　さつくミマコの
トシタミも　みやすけれはや
トミがオヤ　しいるイサメの

秀真政伝紀序
大直根子　三輪臣これを述ぶ。
天地の　開闢けし時に
両神の　瓊・矛に治む。
民増して　天照太神の
御神鏡を　加して三種の
神器を　授く天孫の
臣・民も　平安ければや。
臣が祖　強いる諫言を

下山事件と三鷹事件　下山事件は、昭和二四年、国鉄総裁の行方不明後、常磐線綾瀬駅付近で轢死体で発見された事件（七月六日深夜）、三鷹事件は三鷹で無人電車が暴走、駅待合室を突っ切って駅前の民家へ突っ込む（七月一五日）、さらに八月一七日、東北本線金谷駅と松川駅の間でカーブからはみ出した列車が脱線転覆。

アブラコ　〈あいなめ〉のこと。海釣りに行くとよく釣れる磯魚。

ウナ電　至急電報のこと。一九七六年廃止。

[第五章]

蘭島《らんしま》　駅から余市方面へトンネルを潜ったあたりが、見通しのいい砂浜。少年時代の鮮明な記憶。胸までの深さで足の指で砂地を探ると、浅蜊《あさり》や蛤《はまぐり》がたくさんとれた。当時はそうした時代だったのである。

フゴッペ　ここがなんらかの礼拝所として使われたものと推定できるが、むろん同一種族とはかぎらず、長い時代の間、様々な種族に言い伝えられてきたのではないだろうか。ともあれ、この洞窟への来訪者の一派は、オホーツク文化の担い手であった可能性がある。その一例について、『白鳥伝説』（谷川健一・著／集英社）の四八〇ページに興味深い記述がある。この洞窟で鈴谷式土器が発見されているが、最初に南樺太の旧大泊で見つかったものである。同じものが石狩川を臨む江別でも発見されているが、時期的には八世紀で阿倍比羅夫北伐と重なるのだ。つまり、平安時代に大陸から樺太経由で北海道へ渡ってこられるルートがあったということである。他、自著『始皇帝の秘宝』（第弐章　古代文字）および、新人物往来社の「歴史読本・二九巻一二号」（一九八四年八月）に寄稿した「フゴッペの翼人」も参照されたし。（後出フゴッペ洞窟の項も参照されたし）

野間《のま》半島　薩摩半島西海岸にある。前出『古事記』六三ページの笠沙《かさ》の御前。邇邇藝命《ににぎのみこと》の上陸地点。ここで地元神大山津見神《おほやまつみのかみ》の娘二人のうちの妹、美人の木花佐久夜毘賣《このはなさくやひめ》を娶り、姉の石長毘賣《いわながひめ》を父親の元へ返すというエピソードが語られる舞台。

イワナガ様　前項より推測されたし。

ストーン・サークル　イギリスのストーン・ヘンジや巨大なエーブリーやフランスのカルナックなどヨーロッパの大西洋側に多い。西南アジアではシナイ、アラビア、イランおよび印度のデカン高原やアッサム地方、南シベリアのミヌシンスク地方、中国甘粛省に多く、わが国では縄文後期と晩期に東北と北海道に多く見られる。太古の時代にストーン・サークルという共通する習俗をもつ文化集団がいたのだろうか。

なお、忍路ストーン・サークルについては、自著『始皇帝の秘宝』巻末の（竜神とストンサークル——あとがきに代えて）で詳しく解説。作者たちが発見した〈泪＝祈る〉もあった。（註、小さい丸い孔が三つ、大きな丸が一つ。人工的に鑿で掘ったと思われる孔も見つかった）

今回、久しぶりで訪れたが、特別の保護対策もなく、かなり荒れ果てた印象が強かった。

他、北海道には多くのストーン・サークルがあり、忍路ストーン・サークルの近くにも地鎮山ストーン・

サークルがある。『日本の巨石文化』（駒井和愛・著／学生社）には、他に西崎山、狩太、余市、音江などが挙げられているが、ストーン・サークル文化は北方民族がもたらしたものであろう。

なお、私見であるが、彼らは地球が極寒を迎えたヤンガードリアス期に間宮海峡、宗谷海峡が凍り、おそらくバイカル湖沿岸のブリヤート族の一部が獲物を追って北海道へ南下したと思われる。（註、更新世の終わり前一万八〇〇〇年～前九六〇〇年ごろに急に温暖化傾向が止まり、いわゆる寒の戻り現象が世界規模で起きたと言われる）

第二部
［第六章］
ゴールデンバット　『戦後値段表』（週刊朝日／朝日文庫）によると、終戦の翌年（一九四六年）七月のとき一円だったゴールデンバットが、一九四九年一月には一五円、六月には二〇本入り三〇円に値上がり。ピースは七円から一九四八年には六〇円へ。この数字だけでも戦後のインフレ率がわかる。なお、記憶しているが、物不足の時代では紙巻きが配給できず、刻んだ煙草を買い、特殊な機具で自ら巻いていた時期があった。このとき使う紙はコンサイスの英和辞書がもっとも適していた……。
花田清輝《はなだきよてる》（一九〇九～一九七四）　戦後を代表する知識人の一人。作者も『アヴァンギャルド芸術』（未来社／一九五四年）の影響を受けた一人である。
西田幾多郎《にしだきたろう》（一八七〇～一九四五）　『善の研究』で知られる哲学者。禅学者の鈴木大拙《すずきだいせつ》との出会いがその後の方向を決めたと言われる。西田哲学のキーワード〈絶対矛盾的自己同一〉は禅的思考である。
三木清《みききよし》（一八九七～一九四五）　高校生のころの

愛読書が、『人生論ノート』（創元社／一九四七）であった。

ルンペン・ストーブ　戦後、北海道では冬の寒さをしのぐ必需品であった。この名のルンペンはドイツ語の襤褸《ぼろ》から派生した浮浪者の意。ルンペン・ストーブは二台一組で交互に焚くので一台が空くからだといわれている。粉炭を筒型の本体に詰めるとき、中心に短冊形に割った木片を立てておく。着火は上から新聞紙などでつける。むろん、熟練度がいるが、小学生であった作者の仕事でもあった。寒い朝起きて、ストーブごと煙突から外し、前夜の燃えかすを外へ棄てる作業から始める当時の光景が、ありありと記憶に残っている。

〈純粋持続〉　ベルグソン（一八五九～一九四一）の代表作は『時間と自由』であるが、〈純粋持続〉とは、物質は刻々流れる時間のなかで孤立しているが、我々人間には記憶が在るので、〈在る〉と感じ、認識できる――と、まあ、こんなふうな理解だが、まちがっているかもしれない。これを覚えたのは、学外で『サルトル入門』（河出文庫）を習った竹内芳郎氏から、たしか「紅茶に砂糖を入れたとき、それが溶ける時間だよ」と、教えられたとき……。ベルグソンの哲学講義はパリのご婦人方に人気でいつも講堂は満員だったそうだ。

カレン族　ネットで検索すると、タイ北部、西部、ミャンマー東部、南部に居住するカレン系言語を母語とする山地民とある。近年、報道番組で、独立闘争と難民問題が報じられている。

洋生《ようなま》　今でいうスイーツ。小樽の西村の洋生は、当時では最新流行のケーキであった。

天之日矛《あめのひぼこ》　この表記は『古事記』であり、『日本書紀』では天日槍である。来日は垂仁天皇の時代で、自ら「われは新羅の王子だ」と名乗った。古代では稀人《まれびと》信仰があったので客神（外来神）として祀られる。これが、兵庫県出石町の出石神社で、このとき将来された八種神宝《やくさのかんだから》とともに祀られている。今日、北朝鮮からの船がしばしば日本海側沿岸に漂着することからも、大いにあり得ることであった。

十六菊花紋　一等航海士の岩田明氏の著書『十六菊花紋の謎』（潮文社）の六四ページ「バビロンで

見た十六菊花紋」の項、参照。作者も一九七九年二月にバビロンへ行ったとき色鮮やかなコバルトブルーのイシュタル門で見たが、霊獣のレリーフの上に十六菊花紋が並んでいた。バクダッド博物館でも十六菊花紋を見た。作者がパスポートを取り出して掲げ、「ザ・セーム」と叫ぶと、案内人のイラク人も興奮して、「イラクは世界の総ての始まりだ」とまくし立てた。その後、湾岸戦争があり、さらに過激派がこの博物館に侵入して破壊、世界史的貴重な資料が強奪された。

シュメル帆船　右著の八〇ページに「シュメール船の復元」の項目がある。形は現在、紅海などで使われている一枚帆のダウ船に似ている。漕ぎ手と交代要員などで三五名乗りの設計。メソポタミアから は麦、羊、牛、油、タールなど。輸入品は金、銀、銅、宝石類。前二三五〇年の就航先にマガン、メルッハの地名がある。マガンはオーマンのどこか、メルッハは印度のどこか、あるいはマラッカ海峡付近。

瀝青《ター ル》の池　ウルからユーフラテス川を遡ること六〇〇キロメートル、ヒートという街に硫黄とともに地中から瀝青（アスファルト）が噴き出している池が今でもあり、屋根や船底の防水に利用されている。シュメルの時代も同じである。砂を付けた手ですくい上げ、そのままユーフラテス川に流して下流のウルまで運んだと思われる。氾濫から守るためジッグラトの防水に使われたあとが今でもある。当然、シュメル船の防水に使われ効果をあげたであろう。（註、前出『メソポタミア』（DVD）に瀝青の池のシーンがある）

緬甸《ビルマ》　ミャンマーの昔の名前

［第七章］

『古事記』の中の神々や人名は、印度のシバ神との関わりが　二〇〇四年に刊行されたこの著作『古事記の真実――神代編の梵語解』（二宮陸夫・著／愛育社）には、驚くべきことが書かれている。著者のあとがきによれば、一九八八年の夏に、サンスクリット文章論を系統的に書く作業をしている際、たまたま『古事記』に触れる機会があり、「これはサンスクリット語ではないか」と、直観したとある。

作者なりに、十分、あり得ると思うわけは、たとえば、大和朝廷成立の西暦三五〇年の中国大陸は北方は五胡十六国の時代で乱れていたが、南は東晋の時代でわが国への文化的影響は強かった。しかし、さらに西方の印度は文化的に優れたグプタ朝時代で、しかも仏教全盛期である。だが、この流れは前五〇〇年ごろ頂点に達したバラモン教への反動として起きたもので、ジャイナ教も同じだ。同時に、バラモン教的体制が脆弱となり、これが土着の非アーリヤ的民間信仰と習俗を吸収、大きく変貌したものが、実はヒンズー教なのである。そう考えれば、当時の印度の新興宗教であったヒンズー教の指導者が、はるばるわが国に渡来し、一部の知識階層に新思想として広めた可能性は、十分、あると思う。

シュムンクル　『アイヌ語地名の研究1』（山田秀三・著作集／三一五ページ）参照。なお、同書によれば小樽は小樽内川からきた地名で、オタは砂、砂浜、ルは道、ナは川らしい。他、自著『義経埋宝伝説殺人事件』（第九章北のシュメール）参照。なお、手宮古代文字を遺したのはシュムンクルの可能性が高い。（間宮林蔵の項も参照）

附記、『アイヌの昔話』（久保寺逸彦・編著／昔話研究資料叢書別巻／三弥井書店）の「パナンペがサマイウンクルと呼ばれるいわれ」（二三〇ページ）に金のエゾマツの巨木の話が出てくる。サマイウンクルは〈傍にいる人、隣の人〉の意とある。

松浦武四郎《まつうらたけしろう》（一八一八～一八八八）　蝦夷地を探検し、北海道と命名した人物。

マグル船　シュメル語のma_2は船。ma_2-gur_8は宗教的な船らしい。

開聞岳　薩摩半島の突端にあり、小さな富士山のような独立峰。たしかに灯台の役目をすると、麓を通ったときに思った。なお、山頂にムー大陸関係の何かがあると聞いたこともある。四四〇〇年前以降、三〇〇〇年間、何度も噴火したという。

『エリュトゥラー海案内記』　原題は『エリュトゥラー海周航記或いは案内記』。古代の地理書は伝聞がもとであるが、この本は印度洋全体を含む体験的航海記である。（村川堅太郎・訳／中公文庫）

マレー半島の大金鉱山　右著の第六十三節一四一

ページに、〝またこの辺には金坑があり、カルティスという金貨があると言われる。この河に対して大洋の中に一つの島があるが、人の住む世界の東に向いた部分の果で、正に昇る朝日の下に位し、クリューセーと呼ばれ、エリュトゥラー海の総ての場処の中で最もよい亀がいる。〟

　クリューセーが黄金島ではなく、マレー半島であるというのが大方の見方であるが、確定したわけではない。昇る朝日の下という言い方も気になるところだ。クリューセーが古代世界の金多産地であった日本であった可能性は、無下に否定できないのでは……。

宮城沢《みやぎさわ》鉱山　札幌市に西区の山中に廃鉱跡があるらしくネット検索も可能。

手稲《ていね》金鉱山　札幌の西に見える頂上がテーブル状の山が手稲山である。テイネはアイヌ語で〈沼地〉のことらしく、実際、麓に沼がある。この鉱山は、札幌から小樽に向かう列車の左手、山の中腹にあり、廃鉱跡が見える。戦時下の子供のころ、家業の関係でこの鉱山へ行った記憶がある。

メソポタミア文明とインダス文明の交流

一九七九年二月五日から一八日まで、湾岸戦争の始まる前に、メソポタミア文明のウルとインダス文明のモヘンジョダロへ行った経験があるので、この両古代文明間に交易関係があったことは現地の掲示板を見て知っていた。それだけに二〇一五年に出た『メソポタミアとインダスのあいだ』（後藤健・著／筑摩書房）は、現地のイメージがあるだけに、非常におもしろかった。銅その他、鉱物を産出しないメソポタミアは交易の対価となる麦を懸命に生産して、周辺種族から必要な物資を手に入れていたのである。他、理想郷ティルムンがオマーン半島沖のバハーレン島であることの詳細や、イラン高原の交易ネットワークの集散地スーサの重要性、およびイラン高原の原エラム文明の存在など多くの知見を得た。

　メソポタミア文明は、すべてが一国でまかなえた自己完結型のエジプト文明とは、地政学的条件が根本的に異なっていたのである。

『魏志倭人伝』　三世紀末、西晋の陳寿が編纂した三国志のうちの魏に関する部分（魏書）のさらに東夷伝のなかの倭人の条を指す。

河童が八代に着いた　九州八代の道路脇に大きな石の記念碑がある。

アッツ島やキスカ島　一九四三年五月一二日アメリカ軍上陸。援軍なく孤立して戦った山崎保代大佐率いるアッツ島守備隊は五月二九日、玉砕。少年であった作者の記憶に残るニュースだった。なお、濃霧に紛れてキスカ島の守備隊が脱出したとき、アッツの方角から叫び声がしたという話がある。慰霊碑が札幌の護国神社にあるが、その近くの中島公園の宿舎に、深夜、ぼろぼろの軍旗を掲げた兵士らが帰還し、声と足音がしたという噂も聞いた。

電気館で額縁ショー　泰西名画風の大きな額縁を舞台に据えて、ヌードの女性にポーズを取らせるショーは一九四七年の東京新宿帝都座の「名画アルバム」が嚆矢《こうし》だそうだ。戦争に負けるまでは絶対にあり得なかったこの企画は全国に広がり、世の男どもで満員となった。電気館のショーは新聞の記事で記憶しているが、真っ暗な会場で電気が点いたとたん消えたとあった。

『富士宮下文書《ふじみやしたもんじょ》』　『神皇紀――富士宮下文書』（三輪義熙・編／新国民社）は八五〇ページの大著。わが国三大偽書とまで言われたようだが、これだけ精密に記された内容を知れば偽書とは言い切れないと思う。応神天皇の第二皇子、大山守皇子よりはじまる宮下家に伝わる古文書。特徴は神武朝以前の歴史を詳述し、かつては阿祖山《あそさん》と呼ばれた富士山が高天原であり、その山麓に神都があったとする。とにかく、SF作家の想像力を掻きたてる超古代史ロマン精神横溢。なお、右に関連して、加茂喜三・著『古代日本の王都が富士山麓にあった』（富士地方史料調査会・発行）がある。

〈面勝《おもか》つ〉　『古事記』（角川文庫）六〇ページの〝汝《いまし》は手弱女人《たわやめ》なれども、い向ふ神と面勝《おもか》つ神なり〟とある。一方、『日本書紀』では〈目勝《まか》ち〉である。（岩波文庫一三二ページ）

舞鶴に着いた引き揚げ船のデッキで労働歌　中断されていたが再開したシベリアからの引揚船入港は、一九四九年六月二七日。それまでの引揚者とは一変、ソ連当局によって思想教育された人々であった。当時、作者は、一六歳（高一）。父の会社から出征した人がシベリアから復員、しばらくわが家の離れに逗留していたが、やがてふっと姿を消したのを記憶している。

陸軍の将校たちまでがね、〈ムー大陸〉を信じたり

戦時下、作者の家に出入りしていた陸軍将校が、少年の作者にチャーチワードの話をしたことを覚えている。

『天孫人種六千年史の研究』　昭和二年に刊行されたこの六〇〇ページに近いと言われる大著の著者は三島敏雄氏。実物はないが「地球ロマン」（復刊1号）の一四〇ページに詳細な紹介がある。内容はシュメル起源説だ。作者が持っているのは一九七四年に限定発行された『天皇アラブ渡来説』で、（〈原題　天孫民族六千年史の研究〉／バビロニア学会・スメル学会　共著／校訂　補注　編者　八切止夫）である。

昭和二年と言えば作者の生まれる前であるが、当時、わが国の人々にかなりの衝撃を与えたのはたしかなようである。内容は省略するが、ご興味のある向きは、〈「日本人シュメール起源説」の謎〉とネット検索すれば見ることができる。

この記事によると、最初にこの説を唱えたのは、ドイツ系オランダ人歴史学者のケンペルで、「高天原はバビロニアにあった。日本人ははるか西方の原郷から渡来した」という内容である。この説を継承したのが大正時代に、バビロン学会に発表した原田敬吾氏。さらにこれを継承したのが三島氏で、古代、日本列島には様々な民族が渡ってきたが、建国という大事業をなし遂げたのは、世界文明の祖であるシュメル系の民族であったというものだった。

なお、ネットによれば、昭和一一年以降、三島氏の本は当時としては超のつくベストセラーになり、一〇〇万部付近に達したという。また、わが国敗戦後、占領軍が三島本をすべて探し出し、焚書したとある。

さらに、ネット記事によると、下関市の西端、関門海峡を望む彦島で多くのペトログラフ（註、石に刻んだ記号や古代文字）を刻んだ石が発見された。ところが、解読したところシュメル文字が交じっていたというのだ。早速、記憶にあった『日本最古の文字と女神画像』（川崎真治・著／六興出版）を調べると、口絵写真六ページ、七ページ、および一九七ページ以降の解説で、カタカナのヒに似た蛇女神や、□を二つ並べ、＋のようなマークを付けた記号のイシュタルも発見されたのである。

もう一冊、前出『十六菊花紋の謎』の一二〇ページに「彦島で発見された岩刻文字《がんこく》」の項目。ペトログリフはツングース系楔形文字、またシュメル系古拙楔形文字でも読めると判明。シュメル系文字での現代語訳は「最高の女神が、シュメール・ウルク王朝の最高の司祭となり日の神の子である日子王が神主となり、七枝樹にかけて祈る」と言う。（同書一二二ページ）

さらに、最近のアメリカ学会で、バリー・フェル名誉教授（ハーバード大学）が、前二〇〇〇年ごろシュメル民族が太平洋を渡った、と述べ、古代史の書き換えを示唆したというのである。（同書一二三ページ）

［第八章］

超能力　ＮＨＫ『超常現象第2集／秘められた未知のパワー』は、科学者たちの様々な実験を編集したもので、決して興味本位の際物ではない。たとえば、アメリカ軍による遠隔透視の検証や実際の遠隔透視を扱ったものだし、他多くの興味深い実験例が示されていた。作者は大学が心理学だった関係でライン博士の本に親しんできたが、並行してユングが研究したシンクロ現象の研究にも関心があった。事実、自身でも何度か思い当たる経験をしているのである。

註、『超心理学概説』（Ｊ・Ｂ・ライン＋Ｊ・Ｇ・プラット共著／湯浅泰雄・訳／宗教心理学研究所出版部）参照。

なお、生命体が潜在的に持つ超能力現象は、おそらく今世紀の重要な研究テーマになると思うが、今後は量子物理学との関連で研究されるはずだ。たとえば、未だにその謎が究明できない〈量子もつれ〉の実験（三次元空間の距離を無視して、光速すらも越える情報伝達）などから解明されると思われる。

長命人種　ロバート・A・ハインラインの『愛の時間』参照。聖書でもっとも長生きしたとされるメトセラに因んだ長命人種の出現は、人類が超光速航法を行う超遠距離植民地時代において、長生きした家系間の政略結婚によって実現した。彼らは四〇〇〇年以上長生きするのだ。

一方、『古事記』の神話時代の天皇はみな数百年も長生きするが、もしかすると粉飾ではなく事実だとしたら……そうした自在性がSFの特色である。とすると、イワナガ様とは……いったいだれ？

邇邇藝命《ににぎのみこと》　前出『日本語とタミル語』一一七ページ。いわゆる神代の時代には、わが日本列島に漂流民を含む多数の移民があり、このばらばらな国の成り立ちを一本化しようとしたのが『記紀』編纂のコンセプトだったのではないだろうか。

円山の蝦夷地鎮守の社　札幌円山公園にある北海道神宮は、島判官が鬼門封じの理由で、全国的におそらく唯一、鬼門に向いて建てられている。自著『空白のアトランチス』一七〇ページ参照。

島義勇《しまよしたけ》（一八二二〜一八七四）　佐賀七賢人の一人。札幌の造営にかかわり判官さまとよばれた。晩年、征韓論に関わり佐賀の乱を起こし刑死。大久保利道らが主導する明治政府に対する士族の反乱であった。

江藤新平《えとうしんぺい》（一八三四〜一八七四）　維新十傑、佐賀七賢人の一人。島とともに佐賀の乱を起こし刑死。

〈海彦・山彦〉　前出『古事記』六四ページの「七、日子穂穂出見《ひこほほでみ》の命《みこと》／海彦と山彦」を見よ。

艮金神《うしとらこんじん》　災厄の神とされているが、金光教や大本教では重視しているようである。手元にある『大本神論・火の巻——民衆宗教の聖典・大本教』（出口ナオ・村上重良・校注）の一一四ページ（大正四年旧四月六日）冒頭には、〝国常立尊が艮へ押籠られて居りたから、丑寅の金神と名を変へられたのであるぞよ〟とある。

国常立神《くにとこたちのかみ》　前出『ホツマ辞典』一三三ページの解説によれば、わが国のそもそもの創始者で、時代は稲作導入以前である。この神は木の実の栽培、家の建て方、暦を作って人々の生活向上に寄与した。なお、この時代の人々は長生きであったらしく、また建国の中心地は琵琶湖周辺とされている。

大穴牟遅神と少名毘古神は必ず一緒　『古事記』神話の謎を解く』（西条勉・著／中公新書）の一一八ページ「オオナムチ・スクナヒコナのコンビ」を見よ。

伊福部《いふくべ》昭《あきら》（一九一四〜二〇〇六）　日本を代表する作曲家の一人。デビュー曲「日本狂詩曲」はじめ民族主義的力強いオーケストラ曲の他、「ゴジラ」はじめ多くの映画音楽をてがける。

ニライカナイ　奄美《あまみ》群島に伝わる理想郷の概念で、遙か辰己（東）の海上か海底にあるとされる。ここは魂の源であり、生命はここから現世に来、死ねばここに戻るとされる。なお、ニライカナイの語源は今のところニライは〈根の方〉を表すなど各説あるが、サンスクリットの地獄を表す言葉に似ているという説もある。

モヘンジョダロ　戦後はじめて、わが国でも世界史が選択科目になった。大学受験は二浪したので世界史の勉強を十分したせいか、作家としての自分の仕事にずいぶん役立ったと思う。三大文明発祥の地はそんなわけで憧れの地であったが、一九七九年二月、メソポタミア、ギリシア（ミケーネ）を回った帰途、念願を果たせた。カラチから空路で北上したが眼下に見えたインダス川は暴れ川の印象だった。

　驚くほど正確な都市計画、各戸に装備されたダストシューターや下水坑、大きなプール式沐浴場、舗装された路など。王宮、王墓がないことから、この街には絶対的支配者はいなかったようだ。

サラスヴァティー川　別名ガッガル・ハークラー川は、今でも大雨のときは現れるらしいが地下水脈として存在し、ポンプでくみ上げて農業に利用している。近年まで、なぜ都市遺跡が内陸部にあるのかわからなかったが、この消えた川の存在発見で、インダス文明が河川交通ネットワークで結ばれた都市連合体であることがはっきりした。

ドーラビーラー　ＮＨＫスペシャル『インダス――謎の民は海を渡った』（ＤＶＤ）で知った。完璧に水を制御するよう設計された都市。

　なお、インダス文明は、何十もの都市が、河川のネットワークで結ばれた都市国家群だったようだ。

最盛期は前二三〇〇年~前二〇〇〇年。衰退は前二千年紀後半と言われ、この亜大陸のあとからやってきて、ガンガーの流れるヒンドゥスタン平原を開拓した、印度・アーリア語系の民族に徐々に吸収されたらしい。ともあれ、カースト制度を今日まで維持しつづけている彼らとは、平等さにおいて対称的であった。

ロータル　印度西部、アメダバード南部三八〇キロメートル、キャンベイ湾の近くにある。城壁の外に二一九メートル×三七メートル×四五メートルのいわゆるドッグと呼ばれる施設があり、川とつながっている。巨大貯水槽という説もあるが、遺物からインダス文明の対メソポタミア交易の拠点であったことはまちがいない。繁栄は前二四五〇年~一九〇〇年が第一期で、第二期は前一九〇〇年~一四〇〇年。彼らの船が日本列島に来ていた可能性は十分あると思う。『世界考古学事典』(平凡社)参照。

註、『古代インドの文化と文明』(K・C・チャクラヴァルティ・著/橋本芳契+橋本契・共訳/東方出版)によれば、一九八二年刊行にもかかわらず、初めから完成された都市のデザインから、先進文明シュメルの影響を暗示。ドラヴィダ人がシュメル人であった可能性もあるらしい。なお、彼らは都市に定住した生活を送っていた(いわば当時の文明人であった)ため、肉体的に強く、忍苦をものともせず、機知に富み、鉄器や馬、無蓋車を使いこなせた遊牧民のアーリア人には敵わなかった。アーリア人は、最初、パンジャーブ地方に拠点を作り、徐々に東と南へ進攻して行った。

(第三章二四ページ以降)

万葉集　身分の隔てなく天皇、皇族、貴族、下級役人、農民、防人《さきもり》、芸能者、遊行女婦《うかれめ》など、七~八世紀にうたわれた長短様々な四五〇〇余首を収録した、わが国最初の歌集。

〈化生《かせい》神話〉　世界や人類、穀物などが、原初の神の屍体から生まれたとする考え。

[第九章]

中古のT型フォード　フォード・モーターが一九〇八年から一九二七年までに生産した大衆車。

一五〇〇万台生産。

男女共学　作者は新制高校二年から共学を経験した。

高天原の原はタミル語では　後出『ささがねの蜘蛛』（四五八ページ。タミル語のvarai（広がり）が日本語の原（fara）に対応。『日本語とタミル語』（大野晋・著／新潮社／二一七ページでは、タミル語のpar-a（広がっている所、平らな土）が**far-a**（原）に対応とある。

タミル語で読めば〈山の麓〉　後出『ささがねの蜘蛛』（四五九ページ）

〈ナカ〉はタミル語の　後出『ささがねの蜘蛛』（四六〇ページ）

『古事類苑《こじるいえん》』（神宮司廳蔵版／吉川弘文館）明治から大正にかけて編纂されたわが国の百科事典。索引もできて便利になった。作者は、十数巻を所蔵しているが、様々な新知識が得られておもしろい。

殷墟　殷の最後の王、紂王は財宝や奴隷を増やすことを目的に、幾度も東方へ遠征を繰り返していた。作者は二回、殷墟に行っているが（註、一回目は一九八四年、二回目の一九八五年のときは川崎真治氏同行）、実際、アコヤ貝や大きな海亀の甲羅など南海産のものが多い。奴隷狩りも大規模だったらしく、奴隷たちの骨を等間隔で何列も埋めた墓を見せられたが、なぜか、頭部や様々な骨を部位ごとに分類されていたのである。戦車（馬車）を引いた状態で埋葬された馬の墓もみたが、馬体は小さかった。学芸員にフゴッペの鹿の肩胛骨の話をしたところ、かなり興味を示していた。

殷墟のある安陽《アンヤン》へは鄭州《チョンチョウ》から汽車で北上するが、途中、黄河を渡る。まさに、泥絵具を溶かしたような真黄色な大河である。なお、殷は商と呼ばれるほうが通例であるが、文字通り奴隷狩りを生業とした商人国家だったのかもしれない。殷墟はかなり内陸にあるが、黄河下流の巨大なデルタ地帯の地形で無数の川が分流している。従って、殷人らはこの迷路状の水路を使って渤海へ出て、日本海や東シナ海や南シナ海へ航海していたのではないだろうか。自著『黄河遺宝殺人事件』（第六章　殷墟の諸問題）参照。

殷周革命　前一一世紀後半、周の武王が紂王統治

下の殷を破った。以降、封建制へ移行する。この際、かなりの殷人が朝鮮半島へ移住（箕氏朝鮮）、もしかすると日本列島にも逃げた可能性もあると思う。なお、作者は西安《シーアン》のさらに奥にある周原へも行ったことがあり、ここは周王朝の故郷である。何十頭もの馬が埋められた墓（殉死の一種か？）があった。

太卜《ふとまに》（太占）　獣骨を用いる場合を骨卜《こつぼく》と言い、亀の場合は亀卜《きぼく》、鹿の場合は鹿卜《ろくぼく》である。なお、蝦夷鹿の肩胛骨を殷もしくは周へ輸出したのではないかという推定は、『北海道古代文字』（朝枝文裕・著／一九七二年／私家版？）の一一三ページ以下にあり、非常に興味深い。

殷代の金文　岩内の背後、ニセコ山系の斜面にある線刻文字。川崎真治氏が解読。『黄河遺宝殺人事件』（第七章　積丹半島の殷文字）

小谷部全一郎《おやべぜんいちろう》（一八六八～一九四一）　牧師、教師、アイヌ民族研究家。――〈義経・成吉思汗説〉、並びに日猶同祖論の提唱者。主著『日本及び日本国民の起源』。『義経は成吉思汗也』は一九二三年、上梓（普及版は炎書房／昭和五一年初版）。

間宮林蔵《まみやりんぞう》（一七七五～一八四四）　江戸末期、樺太探検、蝦夷地測量。シーボルト事件の密告者である。以降、幕府の密偵。なお、『東韃紀行』（間宮林蔵・原著／大谷恒彦・訳／教育社）の一七七ページ以降に「スメレンクル夷」のことが書かれているが、同書によれば、〝オロッコ族とよく似ているが、容貌はオロッコ族に比し、どことなく上品である。言葉は、これまで聞いた土民のとは全く違い、ほとんど理解できない。〟とある。

笹竜胆《ささりんどう》　源頼朝が使った家紋。鎌倉時代から流行って公家衆に好まれた。横浜市の市章でもある。

イースター島　この南太平洋に浮かぶモアイの島へ行ったのは、一九七六年三月から四月にかけてだった。目的は小学館「GORO」誌の取材である。まさに絶海の孤島と言ってよく、この島の不思議さは行ってみなければわからない。自著『空白のムー大陸』参照。

タミル語研究　目からうろこの『ささがねの蜘蛛――古事記・日本書紀・万葉集と古代タミル語の饗宴Ⅰ』（田中孝顕・著／幻冬舎）を読む。大野晋博士の日本・タミル語説を補強する、非常に親切に編集された名著なので推薦しておきたい。巻末に大野学説に反対する人々へ鋭い反論があり、十分、納得がいく。タミル→古日本語への語韻変換に印欧語族の法則は当てはまらない。だいたい前一〇〇〇年ごろから紀元二〇〇年ぐらいの期間に、タミル人の船がわが国に交易に来ていたのではないか——という大野博士の推定は、作者なりの勘で納得できると思う。

言葉の通じない現地人と遠方から来た交易商人の間で交わされる言葉の単純なやりとりが、やがて、子孫の代になると、単語の発音の乱れや文法が整理されて母語として定着したという説明も納得できる。幕末や明治開国時に起きた外国語の流入と同じことが、紀元前の日本列島で起きていたのだ。敗戦後のわが国に流入してきた夥しいカタカナ英語も、ある意味でクレオール語なのである。

市村房子《いちむらふさこ》　すでに他界された参議院議員がモデル。学生時代にお会いしたことがある。

フゴッペ洞窟　今回、改めて取材したが、立派な施設に変貌していた。ガラスの仕切りが作られ、照明も暗くてよく見えなかった。問題の有翼女神の線刻画は一つでなかった。幾つもあるらしいが、作者が見つけたのは地面の近くに一体、上部の岩棚の下に一体、さらに薄れていたが小さいものもあった。

発掘された土器、石器、骨角器が続縄文時代（註、北海道には弥生時代はない。前三世紀から七世紀までの期間とされている）ものであることから、フゴッペは紀元後四〇〇年ごろと推定されているが、洞窟そのものは太古からあったわけだから、紀元前にこの地へ来た者がいなかったとは言えないと思う。（註、洞内の写真はネットで見ることができる／前出フゴッペの項も参照されたし）

なお、昭和二年に発見されたフゴッペ遺跡は、これとは別物で、フゴッペ洞窟がある丸山の裏側にあったもの。鉄道建設作業中に発見されたが、後代のいたずらとされ放置されたため、現在は消滅した。

阿倍比羅夫《あべのひらふ》　『日本書紀』によれば、斉明天皇の西暦六五八年、水軍一八〇隻を率いて蝦夷（北海道）を討ち、さらに粛慎《みしはせ》を平定した。なお後方羊蹄《しりべし》に政所《まんどころ》をおいたとあるが、場所の特定は諸説あり必ずしも後志《しりべし》とはかぎらないようだ。しかし、江別、恵庭説とともに余市説は有力だと思う

粛慎《みしはせ》　ツングース系狩猟民を指すが、『日本書紀』の場合はミシハセと呼び、中国のシュクシンとはちがう種族らしいが、両者の関係は不明らしい。

〈日本中央の碑《いしぶみ》〉　一九四九年六月、青森県下北半島の付け根の東北村で発見。義経北紀行ツアーに同行したとき、学校の校庭の隅にあったのを見たが、現在は保存館の中にあるらしい。この碑の正体については各説あるが、豊臣秀吉が奥羽のことを日本と表現した例があるらしく、この場合はヒノモトと読む。東北と北海道を含めた地域が別の国という意識が古代にはあったのでないだろうか。発見の事情等は、前掲『白鳥伝説』（四七四ページ以下）を参照。

前方後円墳の思想　〈NHK　歴史秘話ヒストリア「巨大古墳誕生・世界遺産目前！　百舌鳥古市古墳群」〉によると、五世紀の倭の五王の時代、強力な騎馬軍団を有する高句麗の脅威に対抗するため、各地の豪族たちの墓の特徴を取り入れた前方後円墳を新たに設計し、築造技師を各地に派遣。各地の経済力に合わせて大きさを決めながら形は同じものを作らせた。このことによって、共通の祖先を持つという意識を育み、豪族連合政権を樹立した。九州から東北地方まで、その数は大小合わせて四〇〇〇以上と言われる。

〝骨を灼きて以て吉凶を占う〟　前出『魏志倭人伝』二四一ページに〝骨を灼きて卜し、以て吉凶を占い、先ず卜する所を告ぐ。其の辞は令亀《れいき》の法の如く、火坼《かたく》を視て兆を占う。〟とある。

思兼神《おもいかねのかみ》の案でよいかどうか　前出『古事記』（三三ページ）。〝天の児屋の命布刀玉《ふとだま》の命を召びて、天の香山の真男鹿《さをしか》の肩を内抜《うつぬ》きに抜きて、天の香山の天の波波迦《ははか》を取りて、占合《うらへ》まかなはしめて〟とある。（註、波波迦は樺の木。これで鹿骨を焼き、ひび割れを見て占う）

平塚雷鳥《ひらつからいちょう》（一八八六～一九七一）　女性解放運動家、平和運動家。

コノワタ　海鼠《なまこ》の腸の塩漬け

戸来《へらい》村　八戸から十和田湖へ抜ける途中にある。

ヘライをヘブライに関連づける。現在は新郷村。近づくと〈キリストの里へようこそ〉という看板。十字架の立ったキリストの墓がある。なお、この村を有名にしたのは、山根キクという救世軍の女性で、『竹内文書』が絡む。前出「「地球ロマン」復刊1・2・3・4号に連載された「戸来村キリスト伝説と竹内文献の謎（Ⅰ・Ⅱ・Ⅲ・Ⅳ）」（有賀龍太・著）、および自著『空白の失楽園』（2章　キリストの墓）、および日本交通公社の『旅』に書いた「みちのく超古代史の旅」などを参照。

剱山／ソロモンの秘宝　山頂付近に宝茂岩、鶴岩、亀岩、剣岩と名付けられた巨石群がある。剣山のどこかにソロモン王とその一族が運び込んだ聖櫃《アーク》と莫大な金貨があるという奇想天外な説を言い出したのは、聖書研究家の高根正教という人である。敗戦直後、進駐軍が調査したという話は、モーゼの墓とされる三つ子塚と同じである。作者も取材で登ったことがある。自著『ソロモンの秘宝』参照。

なお、ご子息の高根三教氏が父親のことを書いた『ソロモンの秘宝』（大陸書房／一九七九年）がある。実に独創的な見解である。巻末（二一四ページ）に〝奈良藤原宮跡の日高山なる処より、「メソポタミア」の日干しレンガが〈の〉（の誤植か）窯が出土したと報じられている。〟という記述を見付けた。

三つ子塚／モーゼの墓　石川県羽咋郡宝達志水町にある。モーゼはシナイ山に登ったあと天浮船に乗って能登宝達山に着き、五八三歳の天寿を全うしたという。この説を言い出したのは、新郷村キリストの墓と言い出した救世軍の山根キクという人と同じ。ネットを検索すると出てくる。作者が取材したときは突然、何もしないのに持参したカメラの自動ピント合わせが動き出して驚いた経験がある。現在は以前とちがって、整備された〈伝説の森パーク〉となり、パワースポットとして観光資源に活用されているらしい。前出「地球ロマン4号」二〇九ページ（有賀龍太・著の〈モーゼの墓〉および自著『能登モーゼ伝説殺紀行』（第五章　モーゼの墓））

国家治安維持法　第一次世界大戦中に、わが国に、ヨーロッパの巨大な民主主義思想の流入があったため、一九二五年、これを警戒してできた思想・結社の取締法。

高海原《たかあまはら》　琵琶湖を高天原とする考えは、碩学、吾郷清彦氏の説でもあるが、朝鮮半島から若狭湾に至る海上ルートを考えれば合理的である。しかし、となると、なぜ『記紀』がわざわざ日向を大和朝廷の発進地としたかの説明が必要になると思う。

この琵琶湖説を補強するのが、京都の古本店、京阪書房で、たまたま見付けた下記の本である。『近江と高天原』（橋本犀之助・著／近江人教会／昭和五年十二月一日発行）と奥付にあるもので、当時の値段が参圓。本書の第一章が「我が國神代に於ける交通」とあるように、古代交通から論じ、〝天照大神が、伊吹山下に宮居し給ふ〟（同書一四八ページ）と述べるのである。つまり、複数ある高天原の一つが琵琶湖だと論じているようである。

となると、この琵琶湖に天下った植民集団と日向に天下った集団は、本来は別系統であって、『古事記』編纂に際して、朝廷の権威を高める目的で、二つ以上、複数の移住集団を万世一系という編纂コンセプトに従って、一系統に編集したのではないかと推察される。

その他、『近江高天原の発掘』（吾郷清彦・著／琵琶湖研究会）参照。

縄文時代にどのくらい人がいたか　『歴史人口学で見た日本』（速水融・著／文春文庫／一九四ページ）参照。

トホカミエヒタメ　『神代文書『秀真伝《ほつまつたえ》』の語彙解説書『ホツマ辞典』（池田満・著／ホツマ刊行会／（株）展望社）、一八八ページによれば、初代国常立命の八人の御子の名の最初の音だという。この言葉には呪術的意味もあるらしいが、一般的には八方の方位を表す記号とされているようだ。

ハタレ　同右書七一ページ下段の〈ハタレ〉の説明によれば、国常立命以来、八代目アマカミ・アマテルの時代に起きた全国規模の反乱の総称。反乱勢力は六集団七〇万九〇〇〇人とある。

伊藤整《いとうせい》（一九〇六〜一九六九）　小山書店刊Ｄ・Ｈ・ロレンス・著『チャタレー夫人の恋人』の完訳版は裁判沙汰となり大きな論争となった。代表作の『火の鳥』以外にも初期作品の「雪明かりの道」は小樽の風景を描いて印象的だった記憶がある。

仁川《インチョン》　韓国ソウル国際空港に近い観光地。朝鮮戦争の際の仁川上陸作戦は有名。取材で行ったことがある。

［第一〇章］

古塚岩雄《こづかいわお》　高校の同窓生であった郷土研究部の大《おお》塚依和雄《つかいわお》氏がモデル。フゴッペの発見は大塚兄弟の功績が大きい。詳細は、北海道新聞（二〇一九年五月五日朝刊）「時を訪ねて」を見よ。

祇園祭《ぎおんまつり》　この祭りのハイライトは山鉾巡礼であるが、ネットによると元型は鎌倉時代、鉾車の登場は室町中期らしい。では、なぜ山車と書いてダシと読ませるか、この謎がわからない。ネットで検索すると、自然の山岳を模した依り代とあり山岳信仰を暗示しているが、やはり、なぜダシと読ませるかの説明はない。実は、一九七五年、南印度旅行をしたとき、ブバネーシュワルから有名な太陽寺院《スーリア》のあるコナーラクへ行く途中、プリーで祇園祭とそっくりの大きな山車を見かけた。昔は熱狂した民衆が山車の車に身を投げて自ら死んだといわれた、印度三大祭りの一つが、このヒンズー教のダシェラ（Ｄｕｓｓｅｈｒａ）祭である。語源はこのダシェラのダシから来ていると思う。（註、ネット検索でも出てくるが、最近のものはちょっとアニメっぽくなっているらしい）

祭りは一〇月一九日。神像を乗せた山車はラタと呼ばれ、群衆がジャンガナート寺院から三キロ離れたグンディチャ寺院まで曳きながら練り歩く。

なお、コナーラクのスーリア寺院は大きな石造寺院だが、基壇部に大きな複数の車輪が彫刻されている。古代印度では意外にも車が発達しており、車輪を付けることで太陽の運行を表しているのである。

なお、ヒンズーの最高神シバ神をヤマという。このヤマが〈山の車〉と書く所以であろう。となると、須佐之男神に比定される牛頭天王は、その性質から推定すると朝鮮から来た神と言うよりも、南印度発で朝鮮経由でわが国に将来した神となるし、さらに、その思想の淵源はメソポタミアの牛神《ハル》であろう。なぜなら、神とは実体にない実態、つまり霊的存在なので様々な思想や観念が入り交じる。これがいわゆる習合であって、牛頭天王がいつの間にか須佐之男神と重なり融合したのであろう。繰り返すが、『記紀』神話のわかりにくさも、実体のない実態存在である神の歴史だからである。

註、『日本人のルーツ——その探索の一方法』（加治木義博・著／保育社／五四〜五五ページ）、および『印度芸術』（エルンスト・ディーッ・著／土方定一・訳／アトリア社／七七ページ）

〈石置文字〉 フゴッペ洞窟の一番奥、囲炉裏《いろり》らしいものの隣に、左に小石三個、右に大きな石を置いたものがそれ。サンズイに目で涙→祈るの意。『古代日本の未解読文字』（川崎真治・著／新人物往来社／六〇ページ）、および『黄河遺宝殺人事件』（第五章　石置文字）

フゴッペのフ 前出『古代日本文字の未解読文字』の「鳥人司祭者のいるフゴッペ洞窟」五八ページ以降に、〝フゴッペ洞窟の「鳥人」像は、ツングースの鳥装司祭者であり、その原像の有翼神人は古代シュメルのものである。古代シュメルでは、「鳥」をフといい、「託宣司祭者」をグデアと言った。〟

クロライト 実は、ネット検索で知ったのだが、ラピスラズリの道の中継都市がホルムズ海峡付近のイランで発見された。トランス・エラム文明と名付けられたもので、規模はメソポタミア文明に匹敵するらしい。紀元前三〇〇〇年〜二五〇〇年ごろすでに緑泥石《クロライト》と呼ばれる加工しやすい美しい石で造った製品を、宝石、金属、木材などの特産品を農耕文明のメソポタミアへ輸出して潤っていたのである。その中心地を今のジロフト付近で発見、発掘された。紀元前の交易路は、我々現代人が考える以上に広範囲、遠距離へ発達していたのである。

齋・魯 戦国時代の中国は南は楚が支配するも（一部は越）、北は春秋時代以来、群雄割拠して複雑である。山東半島と渤海湾に臨む地域は齋、長城を境にその南が魯である。先に魯が征服され、つづいて前二二一年に秦が齋を滅ぼして統一を果たすが短命で、前二〇六年を以て終わり、前漢が覇権を得る。

三苗族 祖霊信仰とともに樹木、山、川、泉など大自然も霊魂を宿すという精霊崇拝は、わが国の神道にも一脈通ずる。

カレン族　前出『日本人のルーツ』「カレン人は日本にもいたのか」の項。二四ページ。カレンの歴史に詳しい語り部の酋長は、その先祖はバビロン人で、その滅亡後も大移動をつづけ、日本や朝鮮、旧満州にも広く住んでいたという。言語も日本語と同系統。

山海経《さんがいきょう》　怪物や神々など中国神話研究の基礎資料。

強い黒潮の流れを越えるとき　一九八九年一二月、取材で対馬から高速艇で釜山《プサン》へ渡ったことがあるが、途中の海は黒潮の字句どおり黒光りしていたし、流れも速そうだった。古代の船で黒潮を横断するには、高度の専門的技術が必要であったであろうことを、十分に想像できた。事実、多くの船が筑紫島へ行き着けず、遠く日本列島の日本海沿岸に流されていたのである。

夫婦像　前出『シュメル――人類最古の文明』一六八ページ。

文化の伝播　前出『日本人のルーツ』（「古代に民族は大移動したか／七六ページ）。メソポタミアの農業技術は、彩文土器を指標とするワンセットの文化と共に、印度やステップ・ロードなどを経由して北中国の仰韶《ヤンチャオ》文化（前四〇〇〇年〜三八〇〇年）に達していた。

『「バグダット博物館の秘宝　ティグリス＝ユーフラテス文明展』（北海道新聞／一九七四年の展覧会カタログ）を見ると、彼らの美術的センスはむしろ現代的である。多く出土する彩文土器の絵付けは、作者が上海ミュージアムで見た仰韶《ヤンチャオ》文化の土器の絵付けに非常に似ている。このことからも、シュメル×黄河文明の関係が立証されるのでは。また、中国神話時代の王たちが、黄河の治水技術を、シュメルから学んだのではないかという仮説も成り立つように思われる。

龍宮閣　一九三三年から翌年にかけて施工。オタモイの絶壁に足場を組んで土台を作り建てる。一歩まちがえば墜落死確実なので屋根の板金をだれも引き受けなかったため、大工が施工するも、大工一名が転落死したという。ぼんやりとではあるが、母親に連れられて幾度か食事に行った記憶がある。たしか大きな広間で、窓の外の大きな海は水平線が霞んでいた。しかし、一九五二年焼失。前出『小樽の建築探訪』（一三八ページ）参照。

ラノシュマ　前出『アイヌ語地名の研究』Ⅱ（蘭島川の項、二一〇ページ）

ラガシュ　シュメル初期王朝の一つで、第一王朝の前二六世紀〜二四世紀に最盛期を迎えた。ウル初め、幾度も戦争があったらしい。鴉との関係は謎であるが、おそらくラガシュの都市神がニンギルスで、この神は初めは植物神であったが後に戦いの神となり、その最大の武器は洪水だったらしい。一方、『ギルガメシュ叙事詩』の中の洪水神話の中でニシル山の頂に漂着したとき、鳩、燕についで三番目に鴉を飛ばしたという故事に関連づけられるかもしれない。

イル・ガ・ガ　『日本最古の文字と女神画像』（川崎真治・著／六興出版／第六章　日本語化された線刻女神画像、イル・ガ・ガ（祈る）の日本定着／二四六ページ以下）

伊迦加色許男命《いかがしこをのみこと》　前出『古事記』九二ページ

伊迦加色許賣命《いかがしこめのみこと》　前出『古事記』八七、八九ページ

シュメル・ビール　シュメルでは豊かに実る大麦やエンメル麦から盛んに、世界最初のビールが製造され、エジプト他近隣諸国へも輸出された。前出『シュメル——人類最古の文明』（五七ページ）参照。

大規模な殉葬　『世界女神大全Ⅰ——原始の女神からギリシア神話まで』（アン・ベアリング＋ジュールズ・キャッシュフォード・共著／森雅子・訳／原書房／第四章青銅器時代、青銅器時代の供儀／一九六ページ以下）

戦陣訓　兵士の身分証の役目も兼ねていた〈軍隊手課〉（註、手帳ではない）に載せられていたもの。その「第八　名を惜しむ」の一節。〝生きて虜囚の辱《はずかしめ》を受けず、死して罪禍《ざいくわ》の汚名を残すこと勿《なか》れ〟。前出『戦中用語集』（一七二ページ）参照。

霊魂再来補完機構《ザ・コンプリメンタリー・オーガナイゼーション・オブ・リインカーネーション》　The Complementary Organization of Reincarnation は、自著『もはや宇宙は迷宮の鏡のように』（彩流社／二章13節、八二ページ、および同五章26節）のキー概

念。作者の造語である。

エルの物語　プラトン全集11『クレイトポン　国家』（岩波書店／七四一ページ以下）、および自著『同右』（五章28節「復活の儀式」）参照

［第一一章］

太母神　ユングの元型《アーキタイプ》の一つ。母系社会では母親はすべての生命の源と考えられていた。

メエルシュトレエム　ポーの『大渦にのまれて』の渦。

渡鴉《わたりがらす》　ハシブトよりひとまわり大きく、体長六〇センチ。英語ではcommon raven。ユーラシア大陸全域、北米大陸に分布。わが国では北海道で見かけることができ、大鴉と呼んでいる。

実はBS-TBSの佐々木蔵之介さん出演「地球創世記　ミステリアス・アメリカ／生物大絶滅と縄文人の謎」第二夜（2019/8/30）によると、近年まで北米大陸への最初の移住者は一万三〇〇〇年前にシベリアからベーリング陸橋を渡って来たと考えられてきたが、どうやら北海道を出発した縄文人の一派が、約一万五〇〇〇年〜一万四五〇〇年前に、クリル列島、カムチャッカ半島、アリューシャン列島、アラスカ伝いに海路を北米大陸へ渡ったことが、遺物の有舌尖頭器《ゆうぜつせんとうき》の形の酷似とその製造手順の一致、あるいは糞石のDNA鑑定でほぼ証明されるらしい。彼らは、いわゆる〈巨大海藻の道《ケルプ・ハイウェイ》〉を、漁をしながら丸木舟で渡ったのだ。

また、北米のネイティブ・アメリカンの伝説では、渡鴉が世界の創世者と考えられているほど、象徴的な鳥である。しかも、神武東征の際、高御産巣日神《たかみむすびのかみ》によって遣わされ、熊野から大和へ案内した三足烏の八咫烏が渡鴉ではないかと言われているとおり、道案内の鳥とも考えられている。

従って、縄文人を導いたように、ラガシュを発ったシュメル人たちを導いたのも、彼らの国鳥である黒い鳥、渡鴉（？）ではないかという仮説も成り立つと思う。

これが採れる場所は秘密だ　網走支庁管内の白滝村は古代から知られた、良質の黒曜石の産地。

犬　小型の犬を連れて沖縄を伝い、南方（台湾や

福建省あたり）から渡来したのが、どうやら縄文人らしい。犬のＤＮＡ解析から判明。

大きな岬　積丹半島

この大きな島の外れ　松前付近

目の前に横たわる海峡　津軽海峡

大昔に大きな集落があって　津軽半島の三内丸山（遺跡）。縄文前期中頃から中期末まで存在。（縄文前期は前四五〇〇年〜三〇〇〇年ごろ、中期は前三〇〇〇年〜二〇〇〇年とされる）。推定集落人口は約五〇〇人。

北東へ何日か歩けば　噴火湾から内陸へ一キロメートルにある旧茅部町の著保内野《ちょぼないの》遺跡。国宝、中空土偶の発見は二〇一六年。

対岸が近付いてくる　津軽半島龍飛崎《たっぴざき》。津軽海峡横断の最短距離である。

心霊子《プシコン》　ロジャー・ペンローズの〈量子脳理論〉参照。なお、欧米等の最先端科学の研究では、もはや意識は精神現象ではなく、未発見ではあるが、特殊な素粒子の作用で起きる現象と考えられているようだ。実験的に確認されている各種の超常現象を説明するには、量子特有の不思議な性質を想定する必要があると思う。

［あとがきに代えて］

思考の遊牧民　ノマドロジー（遊牧論）は、ジル・ドゥルーズとフェリックス・ガタリによって造られた哲学用語。彼らは、『千のプラトー』の中で「歴史はつねに定住民の視点から、そして国家装置の名において書かれてきた」と言っている。

人類が定住生活に入ったとき、人類は土地を測量して点を決め、それを線で結び、囲って領土化することを始めた。境界線や国境線、領海などの概念がそれです。（ノマドロジーでいう条理空間）

しかし、遊牧民はちがう。彼らの空間は、海と砂漠、ステップでイメージできる。（ノマドロジーでいう平滑空間）

今日、我々は国境とか敷地のある空間で暮らしているが、思考だけは、より拡がりをもった自由な空間で思索を遊ばせたい。それが、脳にとっては健康的なんじゃないかと、作者はドゥルーズとガタリの思索を借りて思うわけです。

考えてもみてください。『記紀』が成立したのは、国家という装置があらわれた時代です。つまり、領土化の観念の下で創られた歴史書なわけです。

しかし、それ以前は国境なんてものはなかった。戸籍謄本もなかった。地球全体が平滑空間であった。であれば、定住型思考では『記紀』以前のイメージはつかみ取れないのではないか――作者はそう考えているのです。

太古の人々は健脚だった。だれもが冒険家だった。我々の祖先はノマド的人間だった。ですから、平気で荒野を旅し、生き延びる方法を体得していた。彼らは、星を見て方向を知り、海原を小さな舟で行く大胆さを有していた。

そう考えれば、紀元前の世界では、我々現代人が考えるよりはるかに何倍も、人々は行き来していたのではないでしょうか。

第一、アフリカを出発した我々の先祖が、獲物を追ってユーラシア大陸を東へ進み、アメリカ大陸に渡り、南米南端にまで達したのにどれくらい時間が掛かったでしょうか。何千年もかかったわけではないのです。

そう考えれば、シュメル人直系の子孫たちが、古代世界のティルムンであったわが日本列島に流れ着いたのではという仮説も、あり得る話ではないだろうか。

作者はその痕跡らしきものを、フゴッペ洞窟の奥の岩肌に刻まれた翼のある人の線刻画に見つけた……。

そう、〈痕跡〉なのです。たとえば、一九六九年に、アポロ11号が月面上に遺した足跡のようなものです。もし人類史の記録が失われた遠い未来の時点で、ふたたび新人類が月に行ったとします。彼らは、そこで人間らしい足跡や着陸船が遺した脚部を見つけたとします。それと同じことじゃないかと思うわけです。

取材写真一覧

ウルのジックラト

これがウルの楔形文字

バビロン　遠景の門がイシュタル門

バビロンの大通り

バビロンの屋上アスファルト防水

モヘンジョダロ　この丸い塔は後で作られた
仏教徒の仏塔（モヘンジョダロ発見の契機に）

現地購入の絵はがき
聖牛の額に 16 菊花紋

モヘンジョダロの通路

モヘンジョダロの町の跡
円柱は氾濫堆積の後で作られた井戸

モヘンジョダロの共同井戸

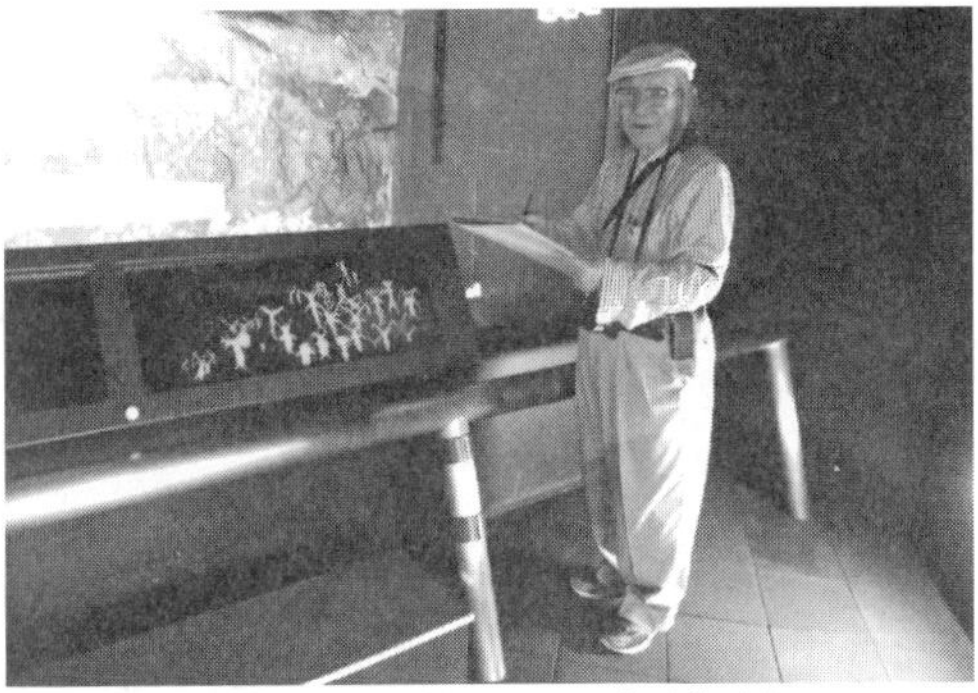

手宮洞窟取材スナップ（作者）

手宮古代文字

忍路ストーン・サークル

イシュタル女神像
（大英博物館蔵）

フゴッペ洞窟の有翼人
「本作品の内容と余市水産博物館所蔵
の本画像とは一切関係はありません」

フゴッペ洞窟前の作者

全登場人物一覧

山門武史《やまとたけし》　本作の主人公、山門探偵事務所
鍛冶村鉄平《かじむらてっぺい》　鍛冶村組組長
鍛冶村秦子《かじむらしんこ》　岩戸家の女将（鉄平の実妹）
権堂《ごんどう》　鍛冶村組小頭
児屋《こやね》 勇《いさむ》　（株）解放出版社長
エルビス　米軍下士官（駐留軍厨房主任）
申女卯女子《さるめうめこ》　須佐水産合資会社事務員（後に諏佐世理恵後援会小樽湊支部長）
申女三郎《さるめさぶろう》　画家（卯女子の父、戦死）
申女光子《さるめみつこ》　双葉中学絵画教師（他界）
竹羽十郎《ちくわじゅうろう》　（株）千島海産社員
諏佐泰一朗《すさたいちろう》　須佐水産合資会社社長
諏佐世理恵《すさよりえ》　同右夫人（参議院議員、婦人人権同盟会員）
諏佐憲男《すさのりを》　須佐水産合資会社（初代）
諏佐憲文《すさのりぶみ》　須佐水産合資会社（二代目）
校倉州市《あぜくらしゅういち》　小樽湊署刑事
左田明雄《さだあきお》　小樽湊商業高等学校数学科教官
大国太郎《おおくにたろう》　昭和八年に他界した新進作家
少名史彦《すくなふみひこ》　案山子《かかし》書房店主
少名彦兵衛《すくなひこべい》　同右父（他界）

有翼女神伝説の謎（全登場人物一覧）

赤染真作《あかぞめしんさく》　地元衆議院議員
武邑《たけむら》　若い刑事
イワナガ様　謎の老婆
キヨ　旅籠竜宮の女主人
トヨ　キヨの妹
月夜見隼人《つきよみはやと》　元小樽湊海洋大学教授（シュメル学の世界的権威、他界）
月夜見月江《つきよみつきえ》　同右未亡人
川嵜真二郎《かわさきしんじろう》　元外国航路の航海士
国代《くにしろ》 昇《のぼる》　画家
間士部海人《まどべかいと》　小樽湊警察刑事
産土一兵《うぶすないちへい》　小樽湊海洋大学海洋工学科助手
斑《まだら》 風子《ふうこ》　港湾新報記者
斑《まだら》 菊道《きくみち》　同右父
作事棟夫《さくじむねお》　田岸建築設計事務所主任
稲葉博斗《いなばはくと》　小樽湊商科大学外国語担当教官
大山津狭名恵《おおやまつさなえ》　鹿児島の桜島女学校、寄宿舎の舎監
中女春彦《さるめはるひこ》　山門武史の旧制高校当時の友人
太《おおの》 晋六《すすむ》　汐留《しおどめ》中学国語教師（タミル語研究者）
牛飼春樹《うしかいはるき》　北海総合大学名誉教授（考古学者）
市村房子《いちむらふさこ》　参議院議員（婦人人権同盟会長）
古塚岩雄《こづかいわお》　アカシア市南高校の生徒（南高郷土史研究会）

【著者】

荒巻義雄

（あらまき　よしお）

1933年、小樽市生まれ。早稲田大学で心理学、北海学園大学で土木・建築学を修める。
日本SFの第一世代の主力作家の一人。
1970年、SF評論『術の小説論』、SF短編『大いなる正午』で「SFマガジン」（早川書房）デビュー。以来、執筆活動に入り現在に至る。
単行本著作数180冊以上（文庫含まず）。1990年代の『紺碧の艦隊』（徳間書店）『旭日の艦隊』（中央公論新社）で、シミュレーション小説の創始者と見なされている。
1972年、第3回星雲賞（短編部門）を『白壁の文字は夕陽に映える』で受賞
2012年、詩集『骸骨半島』で第46回北海道新聞社文学賞（詩部門）
2013年度札幌芸術賞受賞
2014年2月8日～3月23日まで、北海道立文学館で「荒巻義雄の世界」展を開催。
2014年11月より『定本　荒巻義雄メタSF全集』（全7巻＋別巻／彩流社）を刊行。
2017年には『もはや宇宙は迷宮の鏡のように』（彩流社）を満84歳で書き下ろし刊行。
2019年、北海道文学館俳句賞・井手都子記念賞
現在も生涯現役をモットーに、作家活動を続けている。

有翼女神伝説《ゆうよくじょしんでんせつ》の謎《なぞ》

蝦夷地《えぞち》に眠《ねむ》る古代《こだい》シュメルの遺宝《いほう》

2019年12月25日　第1刷発行

【著者】
荒巻義雄

発行者：高梨 治
発行所：株式会社**小鳥遊《たかなし》書房**
〒102-0071　東京都千代田区富士見1-7-6-5F
電話 03 (6265) 4910（代表）／FAX 03 (6265) 4902
http://www.tkns-shobou.co.jp

編集協力　有限会社ネオセントラル
装幀　渡辺将史
印刷　モリモト印刷株式会社
製本　株式会社村上製本所

ISBN978-4-909812-27-8　C0093